ELINOR BICKS

Nimmergrün

TRÜGERISCHE SAAT Kommissar Roland Otto ermittelt mit seinem Kollegen Brenneisen an seinem bisher schwierigsten Fall. Ein mysteriöser Erpresser verbreitet ein aggressives Pflanzenvirus, das den Baumbestand im Landkreis Darmstadt-Dieburg bedroht. Damit steht auch das Prestigeprojekt der Region auf dem Spiel: die erfolgreiche Einweihung einer neuen Teilstrecke des Odenwälder Hugenotten- und Waldenserpfades. Als dann noch zwei Kinder zu Tode kommen, beginnt ein Wettlauf gegen die Zeit. Roland Otto ermittelt mit konstant hohem Koffeinpegel und gerät in ein Dickicht aus verwirrenden Hinweisen: politische Intrigen, Umweltschützer, die Siedlungsgeschichte der Waldenser, ein geheimnisvoller Fluch, der Tod einer Hasch-WG. Erst als Lore Kukuk die Spur eines hochwirksamen Giftes verfolgt, fügen sich die Puzzleteile zusammen und eine furchtbare Wahrheit tritt zu Tage. Gleichzeitig erfährt Lore etwas über ihre Vorfahren, das besser im Dunkeln geblieben wäre.

Elinor Bicks wurde in Darmstadt geboren und wuchs zum Teil im Odenwald auf. Sie studierte Romanistik in Heidelberg und Bogota. Nach Ausflügen in den Journalismus und als Sprachlehrerin landete sie in der Werbung, wo sie bis heute als Texterin und Strategin für international bekannte Marken tätig ist. Elinor Bicks gewann für ihre Arbeiten mehrere Awards und publizierte unter anderem in der Frankfurter Allgemeinen Sonntagszeitung. Die Autorin lebt in der Mainmetropole Frankfurt und hält sich auch heute noch gerne im Odenwald auf.

Bisherige Veröffentlichungen im Gmeiner-Verlag:
Silberregen (2016)
Lavendelbitter (2015)

ELINOR BICKS

Nimmergrün

Roman

GMEINER SPANNUNG

Ausgewählt von
Claudia Senghaas

Personen und Handlung sind frei erfunden.
Ähnlichkeiten mit lebenden oder toten Personen
sind rein zufällig und nicht beabsichtigt.

Besuchen Sie uns im Internet:
www.gmeiner-verlag.de

Im Ehnried 5, 88605 Meßkirch
Telefon 07575/2095-0
info@gmeiner-verlag.de

1. Auflage 2017

Lektorat: Claudia Senghaas, Kirchardt
Herstellung: Mirjam Hecht
Umschlaggestaltung: U.O.R.G. Lutz Eberle, Stuttgart
unter Verwendung eines Fotos von: © time_lady / fotolia.com
Druck: CPI books GmbH, Leck
Printed in Germany
ISBN 978-3-8392-2010-8

für Bücherregal

»Ja, der glückliche Erfolg, den die französischen Gärtner mit den verschiedensten Gartenprodukten und in der Blumenzucht erzielten, schien den Einheimischen an ein Wunder zu grenzen, und das Volk glaubte, sie wendeten geheime Zauberkünste an …«

Eduard Muret (1833–1904)

PROLOG

Reggie streckte ihre Glieder und rutschte auf die andere Seite des Bettes, um mit dem Körper die Sonnenstrahlen aufzufangen, die durchs offene Fenster hereinfielen. Eine Weile lag sie so da, mit geschlossenen Augen, und stellte sich vor, dass es sich um die kalifornische Sonne handelte. Dann wieder gelangten das Gackern der Hühner und der Mistgeruch in ihr Bewusstsein und verwandelten den Sonnenschein in einen profanen Morgen im Odenwald.

Sie hatte einen irren Traum gehabt. Außerirdische hatten sie in ein Raumschiff entführt, doch statt zu starten, hatte das Ding nur gebrummt. »Wann fliegen wir los«, hatte Reggie immer wieder gefordert, in Erwartung auf das Abenteuer ihres Lebens, ohne jedoch eine Antwort zu bekommen. Reggie sah darin ein Zeichen. Sie musste es endlich anpacken. Auch ohne Geld und ohne den Segen vom Rest der Sippe. Reinhardt würde nachkommen, da war sie sich sicher, so sehr er sich aufregte und so viel die Alte auch Terror machte. Auf die anderen konnte sie eh verzichten. Sie musste es nur endlich anpacken.

Reggie wälzte sich an die Bettkante und strich die Haare aus dem Gesicht, die eine dringende Wäsche benötigten, wie sie feststellte. Sie tastete auf dem Fenstersims nach ihren Zigaretten, erwischte aber nur eine leere Zellophanhülle, die sie zerknüllte und in die Ecke feuerte.

Plötzlich wusste sie, dass es ganz leicht werden würde, sich von all dem hier zu verabschieden. Das Chaos hier, der Mangel an Privatsphäre, der ewige Streit ums Geld, all das würde ihr kein bisschen fehlen. Mühsam erhob sie sich von der Matratze und ging nach unten.

Die helle Sonne aus dem Obergeschoss blieb im Untergeschoss ausgesperrt. Im Wohnzimmer, wo die Vorhänge zugezogen waren, lagen die Leiber ihrer Mitbewohner kreuz und quer auf den beiden abgenutzten Sofas verteilt. Reinhardt mit seinen spitzen Knochen und dem Bart wie angespülter Seetang, neben ihm Robert mit seinem Buddhakörper, auf dem anderen Sofa Marja und Andrea mit ihren Zottelhaaren und den Indienkleidern, die sie niemals zu wechseln schienen.

Über allen hing der Zigarettennebel von vergangener Nacht.

»Sydney?«, rief Regina in die Stille und schauderte. Hier drinnen war es kühl. Reggie entdeckte ein halbvolles Päckchen Reval auf dem Tisch. Natürlich, sie hatten sich wieder an ihren Zigaretten bedient. Sie fummelte eine heraus und klemmte sie sich zwischen die Lippen. Sie ging in die Küche, um die Zigarette am Gasherd anzuzünden. Ein Blick auf den Herd bestärkte sie erneut. Es war nicht nur der verdreckte Herd. Die schmutzigen Matratzen mit der ständig wechselnden Besetzung, der ewige Mief nach Mist und nassen Tieren, der Kleinkrieg mit den Nachbarn. Verkrustete Platten, eingetrocknetes Geschirr … Es würde ihr leichtfallen fortzugehen. Wie zur Besiegelung nahm sie einen tiefen Zug aus ihrer Zigarette und füllte sich Wein aus einer angebrochenen Flasche in eines der gebrauchten Gläser, die auf der Anrichte herumstanden. Reggies Gesicht wurde von einem Lächeln überflutet, während sie sich ihre Zukunft in den buntesten Farben ausmalte. Sonne, Freiheit und verwandte Seelen. Sie prostete einem imaginären Gegenüber zu, leerte den Wein mit einem Schluck und schüttelte sich anschließend.

Der Wein schmeckte so scheußlich, dass es ihr eine Gänsehaut den Rücken hinabtrieb. Sie nahm zwei, drei tiefe Züge und drückte die Zigarette in einem gebrauchten Teebeutel aus, der auf dem Herd lag.

Plötzlich wurde ihr Körper von einem merkwürdigen Kribbeln erfasst. Es begann am Zahnfleisch und breitete sich vom Mund über den Kopf bis über den ganzen Körper aus. Gleichzeitig wurde sie von einem Glücksgefühl durchdrungen, und ihr Körper hob an zu singen. Oder war es ein Brummen? So wie in dem Traum heute Nacht?

Reggie schüttelte sich. Vermutlich war sie einfach noch nicht richtig wach. Plötzlich stellte sich jedes einzelne Haar an ihrem Körper auf. Es fühlte sich an, als wüchse ihr ein Fell. Oder Federn. Voller Grauen betrachtete Reggie ihre Unterarme. Trotz des merkwürdigen Bodyfeelings gelangte sie ins Wohnzimmer, wo sie sich neben Reinhardt hinkniete und ihn heftig schüttelte.

Sein Körper schlackerte leblos hin und her. Jetzt wurde Reggie von Panik ergriffen, untermauert von einem irren Herzrasen.

Sie kroch hinüber zu Robert und versuchte ihn wachzurütteln. Vergebens. Sie wollte schreien, aber brachte nur ein Würgen hervor. Sie musste sich auf den Boden stützen. Eiswasser schoss durch Reggies Venen, und sie sehnte sich wie irre nach Wärme. Kalifornischer Wärme oder auch Odenwälder Wärme, egal. Sie quetschte sich zwischen Reinhardt und Robert, und als sie so dalag, spürte sie, dass deren Körper eiskalt waren. Regina fiel Stockwerke in die Tiefe, während eine Horde Todesreiter durch ihren Kopf galoppierte. Dann wurde ihr grün vor Augen.

TRÜGERISCHE SAAT

»Unverschämtheit.« Lore feuerte die braune Knolle zurück in den Gemüsekasten. Krummsiegel registrierte es mit Missbilligung. Durch das Fenster fiel ein milchiges Licht in den Raum des Burgmuseums der Veste Otzberg und illuminierte die schwebende Mähne des Museumsdirektors wie einen Heiligenschein. Mehr denn je wirkte er wie das Schlossgespenst, als das ihn Lore gern bezeichnete. Jetzt verzog sich sein Gesicht zu einem dünnlippigen Lächeln.

»Das müssen Sie schon schlucken. Die Hugenotten haben unseren Speiseplan um ein Vielfaches bereichert. Unter anderem auch um die Kartoffel.«

»Frechheit«, murmelte Lore. Es widerstrebte ihr immer noch, die Wahrheit über die Herkunft ihrer so geliebten Odenwälder Kartoffel zu akzeptieren. Wie einige andere unbequeme Tatsachen, die sie bei den Vorbereitungen der Hugenotten- und Waldenserausstellung erfahren hatte. Die Religionsflüchtlinge, die im 17. und 18. Jahrhundert eingewandert waren, hatten den Ackerbau und den Gartenbau der Deutschen gehörig revolutioniert, und damit einhergehend auch deren Ernährung. Denn die armen Bauern auf dem Lande ernährten sich zum Ende des 17. Jahrhunderts noch von Kraut und Rüben. Die Einwanderer dagegen kannten eine Vielzahl von Obst und

Gemüsesorten wie Blumenkohl, Artischocken, grüne Bohnen, Spargel und Salate.

Das konnte Lore noch akzeptieren. Auch, dass die für die Frankfurter Grüne Soße typischen Küchenkräuter wie Borretsch, Estragon, Kerbel, Kresse, Petersilie, Pimpinelle, Sauerampfer und Schnittlauch Mitbringsel der Einwanderer sein sollten, konnte sie verkraften. Aber dass die Siedler sogar für die Einführung und Verbreitung der Kartoffel verantwortlich sein sollten, war zu viel. Die Kartoffel, die waschechte Odenwälder Kartoffel vom Franzosen? Also nein.

Krummsiegel nahm die Steige mit den Blumen und platzierte sie neben die Kiste mit den Gemüseexponaten.

»Das sieht doch toll aus.« Er stemmte die Hände in die Seiten und betrachtete das blühende Gemisch aus Tulpen, Narzissen, Kaiserkronen, Ranunkeln, Kirschlorbeer und anderen Blumen, ebenfalls alle eingeführt von hugenottischen Gärtnern.

Neben den Blumen befand sich der Quadratmeter Erde mit den Melonensamen, die unter der Glasglocke keimten. Eigentlich züchteten die Hugenotten ihre Melonen auf Mist, doch Lore hatte Krummsiegel verboten, ein originalgetreues Mistbeet im Museum nachzustellen.

Immerhin würde die Ministerin zur Ausstellungseröffnung erscheinen. »Wollen Sie, dass sie hernach riecht wie eine Jauchegrube?«, hatte Lore gesagt. Das Argument hatte Krummsiegel überzeugt.

Die Hugenotten- und Waldenserausstellung musste auf jeden Fall ein Erfolg werden. Denn sie ging einher mit der Einweihung des neuen Streckenabschnittes des Hugenotten- und Waldenserpfades bei Wembach. Der Kulturfernwanderweg mit dem imposanten Doppelnamen war ein paneuropäisches Projekt von enormer Bedeutung für die ganze Region.

»Der Hugenottenpfad ist der neue Jakobsweg«, so lautete die unterschwellige Botschaft der Hugenotten-Kommission, einer Gruppe von Landespolitikern, die sich seit 20 Jahren für den Ausbau des Weges und für eine Angliederung an den Geo-Naturpark Bergstraße starkmachten. All diese Bemühungen sollten nun gekrönt werden mit der feierlichen Eröffnung des neuen Streckenabschnittes und der Ausstellung, in 14 Tagen war es soweit.

Krummsiegel war peinlich genau darauf bedacht, dass die Ausstellung reibungslos verlief. Nicht nur wegen der Bedeutung für die Region. Sondern auch, weil er im Rahmen der Vorbereitungen herausgefunden hatte, dass seine Vorfahren von den Hugenotten abstammten und er entfernt mit der französischstämmigen Familie de Maizière verwandt war. Seitdem nervte er Lore fortwährend mit seinem Wissen und schmückte seine Reden immer wieder mit französischen ›Bonmots‹. Zudem konnte er sich die gesamten Errungenschaften der Hugenotten zugutehalten, während sie, Lore, dastand wie der Dorftrottel, der sich heute noch von Steckrübensuppe ernähren würde, wenn die Franzosen nicht gekommen wären.

Lore griff nach einem glasgerahmten Foto, um es an die Wand zu hängen. Es zeigte die Waldenserkolonie in Wembach, verschwommene Häuschen mit Giebeln und kleinen Gärten. Das Foto war 1899, zum 200-jährigen Bestehen der Kolonie aufgenommen worden. Die Waldenser waren neben den Hugenotten die zweite große Gruppe an protestantischen Flüchtlingen, die nach Deutschland eingewandert war, teilweise auf denselben Wegen wie die Hugenotten, weshalb der Pfad den Doppelnamen trug. 1699 hatten sich rund 50 Waldenserfamilien in Rohrbach und Wembach-Hahn niedergelassen.

Krummsiegel trat neben Lore und rückte das Foto zurecht. »Sehen Sie die Vorgärten vor den Häusern? Die waren so prächtig, dass die Deutschen an Sonntagen dahin pilgerten, um sie zu bewundern. Natürlich gab es viel Neid. Manche Einheimischen dachten, es gehe mit Hexerei zu, dass bei den Einwanderern alles so gut gedieh.«

»Jaja, dabei hatten alle einfach nur einen grünen Daumen«, seufzte Lore. Sie hatte Krummsiegels Belehrungen gründlich satt. Sie hängte das nächste Bild auf, wobei der kleine Aufhänger an dem Haken abglitt und ihr das Bild beinahe aus den Händen fiel. Krummsiegel sprang herbei, um es aufzufangen.

»Machen Sie mir keine Fisimatenten«, grinste er, wobei er das Wort urhessisch betonte. Lore rollte die

Augen und rechnete fest damit, erneut mit der Entstehungsgeschichte des Ausdruckes belehrt zu werden. Doch offensichtlich hatte Krummsiegel ein Einsehen.

Ein zweiter Versuch, das Bild aufzuhängen, verursachte ein unangenehmes Kratzen, als Lore wieder an dem Haken abglitt. »Der Haken ist zu klein«, schimpfte sie.

Krummsiegel nahm ihr das Bild aus der Hand. »Nun lassen Sie Ihren Unmut wegen der Kartoffel doch nicht an unseren Exponaten aus.« Und wie um sie eines Besseren zu belehren, hängte er das Bild auf, wobei der Aufhänger vorbildlich über den Haken glitt. Beschwichtigend legte Krummsiegel seine Hand auf ihre Schulter. »Wir können beide stolz sein, denke ich.«

Lore duckte sich unter seinem Griff weg. »Kann ich jetzt gehen?«, fragte sie. Als Krummsiegel nickte verließ sie das Museum.

Als sie den Burghof überquerte, kam es ihr so vor, als werde sie zum ersten Mal in diesem Jahr vom Sommer berührt. Die Juniluft war mild, und ein Potpourri von Düften umhüllte sie wie ein flauschiger Mantel. Sommerblumen, Wiesen, das Korn aus den Feldern zusammen mit dem Waldgeruch der Bäume versetzten Lore wie in eine Trance. Als Mädchen hatte sie oft den anbrechenden Sommer gewittert, wobei ihr eine unbestimmte Sehnsucht fast die Brust zersprengte. Sehnsucht nach dem Erwachsensein, so hatte sie es gedeutet. Aber das sehnsuchtsvolle Ziehen hatte nicht aufgehört, obwohl sie heute mehr als erwachsen war.

Unwillkürlich musste sie an den Kommissar mit dem Bartschatten denken. Und an jene gemeinsame Nacht. Wenn Lore auch zugeben musste, dass eine Nacht innerhalb eines Jahres nicht gerade viel war, so hatte diese doch einen nachhaltigen Eindruck bei ihr hinterlassen. Voller süßer Erinnerungen. Lore hatte diese Nacht ausgekostet und jede Sekunde eingeatmet, in dem Wissen, dass sie das Aroma dieser Nacht für den Rest ihres Lebens abspeichern musste.

Denn eine Wiederholung würde es nicht geben. Konnte es nicht geben.

Lore wischte jeden weiteren Gedanken beiseite und betrat ihr Haus, das schräg gegenüber vom Burgmuseum lag. Drinnen war sie umgeben von den dicken Mauern der Veste Otzberg, die kaum etwas von der sommerlichen Wärme hindurch ließ. Sie trat auf die Terrasse, von wo aus sie den Blick über die blühende Pracht in ihrem Garten genoss. Blumen und Kräuter dufteten betörend. Zur Wiedergutmachung des Ärgers und der gefühlten Demütigung, der Lore durch die Hugenottenausstellung ausgesetzt war, hatte sie hin und wieder eines der Saatpflänzchen oder eine Blumenzwiebel, die für die Ausstellung gedacht waren, mitgehen lassen und in ihrem Garten eingepflanzt.

Jetzt blühten in ihrem Beet die Gladiolen mit dem Rittersporn um die Wette. Weiter rechts grünten einige der Küchenkräuter. Lores Sommervorrat für die Grüne Soße. Der Rhododendron entfaltete wie jedes Jahr seine pinke Farbenpracht in voller Stärke und leuchtete geradezu neonfarben.

Lore holte die Gießkanne, um die Pflanzen zu wässern. Die Erde staubte, als sie vom Wasserstrahl getroffen wurde. Lore ging bereits zum dritten Mal und nahm sich endgültig vor, einen Gartenschlauch anzuschaffen. Als sie von der unteren Seite an den Rhododendron herantrat, entdeckte sie etwas Merkwürdiges. Sie bog einen der Zweige zur Seite, um besser sehen zu können, und bekam einen Schreck. Die tabakbraunen Flecken, die sie letzte Woche an den Blättern und Blüten bemerkt hatte, hatten sich epidemieartig ausgebreitet. Die Pflanze war nun geradezu zerfressen von braunen Flecken. Und noch schlimmer, die Krankheit schien auf den nebenstehenden Oleander übergesprungen zu sein. Und auch die Blätter und Äste der Apfelbäumchen wiesen erste braune Flecken auf. Vereinzelt waren Blätter bereits abgefallen. Lore bekam Angst. Hatte sie mit den Hugenottensamen eine Krankheit eingeschleppt?

Sie knabberte an ihrer Unterlippe und überlegte, ob sie Krummsiegel informieren sollte. Aber das hieß, den Diebstahl zu gestehen, was sie auf keinen Fall wollte. Nein, sie musste selbst mit der Angelegenheit fertig werden.

Dann begann sie, die frisch gepflanzten Setzlinge aus der Erde zu rupfen. Bei den Beeten mit den Kräuterkeimlingen trug sie die obere Schicht Erde ab, verpackte diese in Mülltüten und versenkte sie tief im Restmüll. Nachdem sie das Gröbste entfernt hatte, ging sie zurück ins Haus und überlegte fieberhaft, was sie noch tun konnte.

Und ihr wurde klar, dass es nur einen Ausweg gab. Auch wenn sie dafür das Gelübde brechen musste, das sie nach dem Tod des Gärtners abgelegt hatte. Aber ein Gelübde, das man sich selbst gegeben hatte, konnte man ja auch selbst wieder lösen, oder?

Lore öffnete die Tür zum Keller und stieg die enge Betontreppe hinab. Die Lampe auf Höhe der leichten Treppenbiegung tauchte den Raum in ein trübes Licht. Im Vorratskeller lehnte die alte Holzleiter an der Wand. Lore befreite sie aus dem Gerümpel, hinter dem sie sich befand, und schleppte sie nach oben in den ersten Stock. Dort befand sich der Raum, den Lore immer noch Edels Zimmer nannte, obwohl die falsche Schwester inzwischen im Gefängnis einsaß und diesen Raum sicherlich niemals mehr bewohnen würde.

Später hatte Opa Gersprenz in diesem Raum gewohnt, und als Lore eintrat, glaubte sie, das Aroma getragener Kleidung und ausgetrockneter Bierflaschen wahrzunehmen. In der Decke des Raumes befand sich eine Luke. Mit dem dafür vorgesehenen Haken zog Lore die Luke auf und stellte die alte Leiter in die so gewonnene Öffnung. Die Leiter, die ursprünglich zu dem Konstrukt gehört hatte, existierte nur noch zur Hälfte. Den unteren Teil hatte Edel als Mädchen in einem Wutanfall abgeschlagen.

Lore stieg die Leiter hinauf auf den Dachboden. Hier oben war alles genau so, wie sie es in Erinnerung hatte. Die Luft war heiß, staubig, muffig mit einer Note nach altem Holz und Papier. In der Ecke befanden sich vier Kisten. Zwei mit alten Kleidern von Oma Kukuk und zwei Kisten mit altem Kram von Edel.

Lore öffnete den Karton. Eine alte Puppe befand sich darin, die Haare hatte Edel ihr rigoros abgeschnitten, Lore erinnerte sich daran, dass Edel Ärztin gespielt hatte und vorgab, die Puppe an einem Gehirntumor operieren zu müssen. Der Kopf war lädiert, ein Auge fehlte, wohl ein Kollateralschaden der Operation.

Die Puppe trug keine Kleider, sodass man ihre absurde Machart drastisch vor Augen geführt bekam. Die Arme und Beine waren aus hartem Plastik angefertigt, während der Leib aus Stoff bestand, der mit Schaumstoffwürfeln gefüllt war. Auf dem Rücken befand sich eine offene Stelle, an der die Würfel zum Vorschein traten. Das ungeübte Auge würde annehmen, dass der mürbe gewordene Stoff geplatzt war. Doch Lore wusste, dass es sich dabei um die Operationsnarbe handelte, Edel hatte sie mit groben Stichen vernäht. Lore legte die Puppe zurück. Weiter befand sich in der Kiste ein Pudel, dessen Fell aus einem festen Kunststoffmaterial angefertigt war. Beide Augen waren eingedrückt. Überhaupt befand sich kein einziges Spielzeug von Edel in der Kiste, das noch unversehrt war.

Hatte Edel sich damit im Grunde schon verraten? Brauchte man nur das Kinderspielzeug von den Menschen anzusehen, um beurteilen zu können, ob es sich um zukünftige Massenmörder handelte, die eine Bedrohung der Gesellschaft darstellten? War damals schon Edels furchtbare Wahrheit zutage getreten, und sie alle hatten weggesehen und sie in Kisten verpackt? Lore verstaute die Spielsachen und verschloss den Karton sorgfältig.

In dem zweiten Karton befanden sich Edels und Lores alte Schulsachen. Hefte und Bücher, zum Teil eingebunden in farbige Plastikumschläge, die sie schützen sollten, die sich aber meistens schon nach kurzer Nutzung lösten und im Schulranzen oder wie jetzt in der Kiste verknitterten. Lore fand ihr altes Schulmäppchen und zog es zwischen den Sachen heraus. Die Hülle war kariert in bunten Farben, schon das Äußere hatte sie damals fasziniert. Vorsichtig öffnete sie den Reißverschluss.

Hinter den ausgeleierten Gummihaltern steckten abgebrochene Stifte und ein Kuli ohne Mine. Der Platz für den einstigen Ratzefummel war leer, der Radiergummi längst verbraucht. Lore strich über das grüne, samtige Futter.

Sie erinnerte sich gut daran, wie es gewesen war, das Mäppchen zum ersten Mal in der Hand zu halten. Es war die Verheißung eines neuen Lebensabschnittes, der sich vor ihr öffnete. Die ersten Schritte zum Erwachsensein, und die Werkzeuge hierfür barg dieser Schatz. Hinter jedem der Gummis hatte einst ein brandneuer Stift gesteckt, ein Lineal mit makellos schimmernder Oberfläche, ein nagelneuer Radiergummi und, besonderes Heiligtum, ein Geha-Füller mit metallisch-blanker Feder.

Was hatte sie aus dem Leben gemacht, das mit dieser Handvoll Werkzeuge begonnen hatte? Oder vielmehr, was hatte das Leben aus ihr gemacht? Ihr war, als sei sie von einem Strudel fortgeschwemmt worden und jetzt mit gut 60 Jahren auf dem Dachboden von Oma Kukuk gelandet. Das war ihr Leben. Vergeudet oder nicht.

Lore steckte das Mäppchen zurück in den Karton. Auf der Suche nach Oma Kukuks Rezeptheft fuhren ihre Finger vorsichtig über die Buchrücken und Kanten der Hefte. Ohne dass sie hinsehen musste, fand sie, wonach sie suchte. War es der textile Rücken oder die eigenartige Energie, die das Büchlein ausstrahlte?

Zögernd zog sie es heraus und wog es in ihrer Hand, wobei ein eigenartiges Gefühl ihren Körper überzog. Seit der Angelegenheit mit dem Gärtner hatte Lore es vorgezogen, Omas Rezeptheft an einem nicht zugänglichen Ort aufzubewahren und das Gelübde abgelegt, das Wissen, das in ihm niedergelegt war, nie wieder anzuwenden. Ein Gelübde, das sie jetzt brechen musste. Aber es war ja für einen guten Zweck.

Sie erhob sich entschlossen, fast trotzig, und knickte gleich darauf ein. Von der langen Hocke war ihr Bein eingeschlafen und fühlte sich an wie unter einem dicken Verband. Nur langsam konnte sie sich in Richtung Luke bewegen, während kribbelnd das Leben zurückkam. Lore musste kurz warten, bis sie wieder Kontrolle über ihren Fuß hatte, bevor sie die Leiter nach unten klettern konnte.

Sie setzte sich an den Küchentisch und blätterte das fleckige Oktavheft langsam durch. Nicht nur Oma Kukuk, auch Lore hatte darin ihre Rezepte hinterlassen. Selbstverständlich waren Lores Mischanleitungen von völlig anderer Natur als die von Oma Kukuk, die man auch die Kukuksgärtnerin genannt hatte.

Sie hatte die Kräuter aus ihrem Garten dazu verwendet, um andere Menschen gesund zu machen. Lores Rezepte jedoch zielten auf eine andere Form von Heilung ab. Sie musste lächeln, als ihr Blick über die alten Bezeichnungen und Mengenangaben glitt. Absinth, Bilsenbier oder Tollkirschenschnaps, so lauteten ihre giftigen Schöpfungen. Mit dem Tollkirschenschnaps hatte sie Edels einstigen Freund Freddy erst auf einen Trip an den Hof von König Ludwig dem 14. geschickt und dann in die Psychiatrie.

Dann war lange gar nichts geschehen, bis zu dem Vorfall mit dem Gärtner und Opa Gersprenz. Damals hatte sie Omas Rezeptbuch durch zwei simple, aber äußerst wirkungsvolle Rezepte ergänzt. Um den Silberregen und den Orangefuchsigen Raukopf. Beide maximal heimtückisch. Der Staub des Silberregens entfaltete sofort seine toxische Wirkung, wenn man ihn einatmete. Der Orangefuchsige Raukopf dagegen, ein gelblicher Pilz, wirkte oft erst Tage oder Wochen nach der Einnahme, etwa durch Nierenversagen, nur in seltenen Fällen konnte ein Zusammenhang mit dem Verzehr des Pilzes festgestellt werden. Wie man im Falle des toten Opa Gersprenz gesehen hatte. All dies war Wissen, das keinesfalls in falsche Hände geraten durfte. Schon gar nicht in die des Kommissars mit dem Bartschatten.

Allein beim Gedanken an den Kommissar spürte Lore ein Erglühen ihrer Wangen. Es war wie verhext. Kaum waren sie sich näher gekommen, hatte sich schon wieder das Schicksal dazwischengedrängt. In Form des toten Opa Gersprenz und des toten Gärtners.

Lore seufzte, befeuchtete ihren Zeigefinger mit der Zunge und blätterte die widerspenstigen Seiten um. Diesmal suchte sie nichts gegen Krankheiten oder für Rauschzustände. Diesmal suchte sie etwas anderes. Oma Kukuks Rezeptbuch enthielt nicht nur Heilmittel für Mensch und Tier, sondern auch wirksame Mittel gegen Schädlinge und Pflanzenkrankheiten. Milch gegen Mehltau, Spüli gegen Spinnmilben, Kohletabletten und Knoblauch gegen Stammfäule.

Aber um welche Krankheit handelte es sich nun in Lores Garten? Sie führte sich die Symptome noch einmal genau vor Augen. Braune Stellen an Rinde und Blättern, vereinzelt weiche Stellen. Vielleicht tatsächlich die Stammfäule. Hierfür empfahl Oma Kukuk folgende Vorgehensweise:

Schwammige Rinde entfernen.
Kohletabletten in Mörser zerstoßen, Knoblauch ohne Schale zerdrücken.
Zu einer Paste vermengen.
Auftragen mit einem festen Pinsel und dann nicht gießen, bis die Erde trocken ist.
Nach 4 Wochen die Stelle mit künstlicher Rinde bestreichen.

Allerdings waren bei Lores Pflanzen nicht nur der Stamm befallen, sondern auch die Blätter, sodass es sich nicht um eine reine Stammfäule handeln konnte. Dennoch schien Knoblauch zu den wirksamsten Mitteln zu gehören, denn jedes zweite Rezept von Oma Kukuk basierte darauf. Laut Oma Kukuk half der Wunderstoff sogar gegen Bienen. Im letzten Jahr, als Lore durch die benachbarte Robinie von einer regelrechten Bienenplage heimgesucht worden war, hatte sie tatsächlich die Gartenmöbel mit Knoblauch eingerieben. Die Folge war ein unerträglicher Gestank, von dem sich die Stechbiester jedoch nicht abhalten ließen. Die einzige Wirkung des Mittels war, dass Lores gesamte Gartenbestuhlung grausam stank – und das den ganzen Sommer lang. Nun gut, dachte Lore. In diesem Jahr hatte sie kein Problem mit den Bienen, da die Ursache des Ärgers, die Robinie, nicht mehr existierte. Sie war vom Gärtner abgesägt worden. Seine letzte Tat war eine gute.

Lore entschied sich für die Zubereitung eines Zwiebel-Knoblauch-Suds. Die Zutaten hatte sie im Haus, die Zubereitung war einfach, und den beiden Knollen wurden wahre Wunder in Sachen Keimhemmung nachgesagt.

Je 100g gehackte Zwiebeln und Knoblauch auf
5 Liter Wasser.
Aufkochen.
Nase zuhalten.
Auf die Pflanzen aufgeben.

Lore setzte den Sud auf, und alsbald verbreitete sich der Gestank im ganzen Haus. Lore band sich ein Tuch vor die Nase. Nach dem ersten Aufkochen nahm sie den Topf vom Herd und stellte ihn hinaus auf die Terrasse. Sie würde die Pflanzen damit besprühen, sobald die Brühe abgekühlt war.

WALDSTERBEN

Revierförster Sigurd Pöhl lief mit ausholenden Schritten durch den Wald. Der Boden unter ihm gab weich und federnd nach, die Baumkronen über ihm strotzten nur so vor Lebenskraft, die Vögel pfiffen aus voller Kehle einen Lobgesang auf die Natur. Pöhl inhalierte die würzige Waldluft wie eine Droge. Am liebsten hätte er in den Gesang der Vögel eingestimmt. Aber er war nicht alleine. In seinem Rücken befand sich eine Truppe von selbsterklärten Spezialisten, Abgesandte der Kommission Hugenotten- und Waldenserpfad. Bei einigen handelte es sich um Politiker vom Landkreis, zwei von ihnen kamen sogar vom hessischen Ministerium. Vorsitzende, Beisitzende, Pöhl hatte sich deren Funktionen nicht merken können, auf jeden Fall waren es Tätigkeiten im Sitzen.

Eigentlich sollte Forstamtsleiter Kesselbeck die Herren führen, aber der hatte eine dringende ärztliche Untersuchung. Also hatte Pöhl für den Vorgesetzten einspringen müssen, und er gab sein Bestes, auch wenn er sich eingestehen musste, dass er sich besser in der Kommunikation mit Bäumen verstand als mit Menschen.

Daher war er sich auch nicht sicher, ob die Herren Städter wirklich so unwissend waren, wie sie sich gaben, oder ob sie ihre Unkenntnis nur vorspielten, um ihn zu prüfen. Seit Beginn ihrer Exkursion löcherten sie ihn unentwegt mit den dümmsten Fragen. Die Männer von der Hugenotten-Kommission waren gekommen, um sich in Sachen Fauna fit zu machen, um dann mit ihrem Wissen nächste Woche bei der Einweihung des Streckenabschnittes Eindruck bei der Ministerin für Umwelt und Naturschutz zu schinden.

Den Schreibtischtätern die Natur nahezubringen, war etwa so einfach, wie einem Elefanten Ballettanzen zu lehren. Pöhl war bereits der Mund trocken, und das Schwerste stand noch bevor. Er musste ihnen die verschiedenen Bäume erklären und erläutern, welche Rolle sie im pflanzensoziologischen System bildeten, dabei konnten sie keine Tanne von einem Laubbaum unterscheiden.

Pöhl blieb stehen und begann eine seiner vorbereiteten Erläuterungen. »Wir befinden uns hier in den typischen Waldgesellschaften von Eichen-Hainbuchen-Wäldern.« Pöhl entgingen nicht die spöttischen Blicke, die die Delegierten beim Wort Waldgesellschaften austauschten, doch er bemühte sich, unbeirrt fortzufahren.

»Die Stiel- und Traubeneichen bauen ein oberes Baumstockwerk auf, unter dem die schattenverträgliche Hainbuche ein zweites Stockwerk bildet. Die perfekte Ökonomie.«

Pöhl blickte in fragende Gesichter. »Was ist eine Hainbuche?«, fragte einer der Delegierten. Pöhl wies auf einen der umstehenden Bäume mit gräulich-weißem Stamm und erklärte den Unterschied zu Eichen mit ihrer schorfigen Rinde.

»Wie unterscheidet man die Hainbuche von der Rotbuche?«, fragte ein anderer. Pöhl verzichtete darauf zu erklären, dass die beiden Arten entgegen aller Erwartungen nicht miteinander verwandt waren, die Rotbuche zur Gattung der Buchengewächse gehörte.

»An der Farbe«, entgegnete er bissig. Im Hintergrund hörte er die anderen auf Kosten des Fragers witzeln.

Während er weiterging, verwies Pöhl gelegentlich auf eine Winterlinde, Vogelkirsche oder Esche, obwohl er sicher war, dass keiner der Delegierten später in der Lage sein würde, die entsprechende Baumart wiederzuerkennen.

»Oh, Tannen«, rief einer von ihnen, als sie an einer Fichtenschonung vorbeikamen. Pöhl verzichtete darauf, ihn zu korrigieren. Er hoffte inständig, dass die Gruppe es bei der Erläuterung der wichtigsten Baumarten bewenden lassen würde. Wenn er sie auch in Sachen Sträucher, Gräser und Moose aufklären musste, wären sie gezwungen, die Nacht im Wald zu biwakieren.

»Was ist das für ein Gras?«, fragte einer der Delegierten prompt und deutete auf eine Böschung mit Farnen.

»Wurmfarn, die am weitesten verbreitete Farnsorte«, erklärte Pöhl. »Der Wurmfarn erzeugt einen giftigen Wirkstoff, der Bandwürmer lähmt, ohne sie zu töten.« Auch hier wieder Lachen, wie nach einem schmutzigen Herrenwitz. Schade eigentlich, dass noch keine Pilzsaison war. Pöhl kannte eine Sorte, die schon allein beim Beschnuppern tödlich war.

Der Revierleiter ging weiter, wobei er die Zweige einer niedrigen Hainbuche beiseitebog. Er ließ sie just in dem Moment los, in dem der Delegierte hinter ihm aufschloss, sodass diesem die Zweige ins Gesicht schnalzten. »Entschuldigung.« Pöhl blickte nach vorn, damit niemand die Schadenfreude in seinem Gesicht lesen konnte.

Der Pfad, der zurück auf den Wanderweg führte, war überwuchert von herrlichstem Moos. Die Delegierten trampelten darüber hinweg, nicht ahnend, dass es allein elf verschiedene Moossorten gab, deren Namen sich Pöhl gerne genussvoll auf der Zunge zergehen ließ. Silber-Birnmoos, Brunnenlebermoos, sparriges Kranzmoos, gemeines Kurzbüchsenmoos. Einfach wunderbar.

Inzwischen schien der Wissensdurst der Herren allmählich gelöscht, denn nicht nur das Witzeln, auch die Fragen versickerten allmählich, und Pöhl konnte deutlicher die Waldgeräusche wahrnehmen. Das feine Knacken der Zweige unter den Füßen, das sumpfige Rascheln des feuchten Laubs, wenn Kleintiere durchs Unterholz huschten, das sanfte Rauschen der Blätter in den Baumkronen, obwohl kein Lüftchen ging. Jeder Quadratzentimeter war voller Leben und stets in Bewegung. Ganz anders als die Betonwelten der Stadtmenschen. Für die Delegierten war der Wald nicht mehr als eine Tapete, Kulisse für den Touristentrampelpfad, mit dem sie sich größtmöglichen Gewinn erhofften.

Die Heldentaten, die Pöhl in diesem Wald in den letzten 19 Jahren vollbracht hatte, nahm keiner von ihnen wahr. Die fein aufeinander abgestimmten Stockwerke. Die sorgsame Ausdünnung, damit neue Bäumchen die Chance bekamen, gen Himmel zu sprießen. Das sanfte Ausholzen der Fichten, die dem letzten Herbststurm zum Opfer gefallen waren. Pöhl nahm nahezu jedes Pflänzchen in seinem Revier bewusst wahr. Jetzt wurden seine Schätzchen den Touristenmassen preisgegeben, die im Frühjahr die Anemonen niedertrampeln würden und den Wald mit ihren Plastikflaschen verseuchten. Ganz zu schweigen von ihren Hunden, die seine Hasen und Füchse jagten.

Nein, Pöhl konnte nicht sagen, dass er glücklich darüber war, dass sein Waldabschnitt an den Hugenotten- und Waldenserpfad angegliedert worden war. Wenn es auch mehr Geld bedeutete. Unmengen Geldes sogar. Aber wie er die Menschheit kannte, würde das gerade mal genügen, den Müll und die Schäden, die die Horden verursachten, zu beseitigen.

Sie waren zurück auf dem Hauptpfad, und Pöhl wartete, bis die Gruppe, die durchs Gebüsch brach wie eine Herde Elefanten, wieder auf dem Weg angekommen war. Endlich konnten sie den Heimweg antreten.

»Was ist das denn?«, rief einer der Sesselpupser, gerade, als sie sich in Bewegung gesetzt hatten. Pöhl rollte mit den Augen. Hörte die dämliche Fragerei niemals auf? Genervt drehte er sich um.

Einer der Schreibtischtheoretiker deutete in die Krone einer circa 100-jährigen Eiche. Pöhl schob den Hut eine Handbreit nach hinten, um den Blick freizugeben. Die Blätter wiesen braune Flecken auf, oben zur Krone hin waren sie bereits vertrocknet und fielen ab. Und das, wo der Wonnemonat Mai gerade erst beendet war.

Pöhl nahm ein heruntergefallenes Blatt vom Boden auf, zerkrümelte es zwischen den Fingern und roch daran. »Das ist ein Blattpilz, völlig harmlos.«

Die Blicke der Delegierten blieben misstrauisch, allerdings dazu bereit, sich beruhigen zu lassen. »Heimwärts, meine Herren«, wies Pöhl die Truppe an und schickte sie voran. Nachdem sie an ihm vorbeigezogen waren, sammelte Pöhl unauffällig einige der infizierten Blätter und steckte sie in eine seiner Jackentaschen. Alle Gelassenheit war von ihm gewichen. Stattdessen fühlte er sich von einer Hitzewelle überflutet und hatte eine Scheißangst.

HACKORDNUNG

Otto blinzelte in die milde Junisonne, die sich in den Scheiben seiner Terrassentür spiegelte. Das sanfte, milchige Licht passte so gar nicht zu dem derben

Vorhaben, das er für diesen Nachmittag geplant hatte. Die grob gesägten Klötze aus Espenholz, die ihm Förster Pöhl gestern angeliefert hatte, mussten gehackt und aufgeschichtet werden, damit es über den Sommer trocknen konnte.

Otto griff das erste Scheit, legte es auf den Klotz, setzte die Axt in einem bestimmten Winkel an, konzentrierte sich und schlug zu. Die ersten Versuche gerieten etwas wackelig, immerhin war es gut ein Jahr her, seit er das letzte Holz gemacht hatte. Doch mit dem Hacken war es wie mit dem Fahrrad fahren. Nach wenigen Scheiten war er wieder voll drin und fand schnell zu seinem Rhythmus. Das Hacken geschah nun automatisch. Jedes Mal, wenn ein Stammstück auseinanderbrach, genoss er den harzigen Duft, den das frische Holz verströmte, wenn sich sein glänzendes, wohlriechendes Inneres zeigte. Den Schnittstellen sah man an, dass die Sägekette gut gefeilt war.

Mitten in seine kontemplative Tätigkeit platzte der Ton einer SMS. Otto zog sein Handy aus der Tasche. Der Text, den er auf dem Bildschirm las, beunruhigte ihn augenblicklich. Beate. Schon wieder. Otto hatte gehofft, er könne die Sache im Sande verlaufen lassen. Immerhin waren es nur wenige Nächte gewesen, die sie miteinander geteilt hatten. Aber offensichtlich hatte Beate sich verliebt. Jedenfalls verfolgte sie ihn mit der Hartnäckigkeit einer ambitionierten Tierschützerin, die sich vorgenommen hatte, ihn zu retten. Dabei stand er für Rettungsmaßnahmen gar nicht zur Verfügung. Er war nicht zu retten. Er war verschossen in die kratzbürstigste Frau im Landkreis. Aber was wollte er machen, er konnte nicht anders.

Und die Sache mit der Kukuk entwickelte sich gut. Nachdem Otto herausgefunden hatte, dass sie nicht mit diesem Erich liiert war, wie dieser behauptet hatte, und nachdem sich die Wogen um die tödlichen Unfälle in Lores Garten geglättet hatten, waren sie sich nähergekommen. Und Otto dachte dabei nicht nur an ausgiebige Kaffee- und Kuchennachmittage, sondern auch an eine besondere Nacht, die er in bester Erinnerung hatte und die er so schnell als möglich wiederholen wollte. Dies bedeutete jedoch, die Sache mit Beate möglichst schnell zu Ende zu bringen. Falls überhaupt etwas existiert hatte, das man zu Ende bringen konnte. Jedenfalls musste Otto verhindern, dass ihm diese Sache im Wege stand, wenn es eines Tages darum ging, die Geschichte zwischen ihm und Lore zum Blühen zu bringen.

Er studierte konzentriert die SMS, die sie ihm geschickt hatte und in der sie um ein Treffen bat. ›Treffe dich später im Tierheim‹, antwortete er und steckte das Handy zurück in die Tasche. Er hatte einfach den blöden Verdacht, dass sie im ungünstigsten Moment bei ihm auftauchen konnte und alles ruinierte.

Mit neuer Energie widmete sich Otto wieder seinem Holz. Er konnte sich gut erinnern, wie es damals gewesen war, das erste Mal Holz spalten. Vor zwei

Jahren, nachdem er den neuen Ofen eingebaut hatte. Am Anfang hatte er sich angestellt wie eben jemand, der es nicht gewohnt ist, mit den Händen zu arbeiten. Mit ungeschickter Handhabe hatte er das Holz eher püriert als gespalten. Aber er war drangeblieben, und auf einmal hatte sich etwas verändert. Irgendwann begriffen seine Hände, ja sein ganzer Körper, was zu tun war. Das Zusammenspiel von Geschwindigkeit, Rhythmus und Präzision waren weit wichtiger als blinde Kraft. Mit etwas Übung fand er heraus, dass er die Schlaggeschwindigkeit erhöhen konnte, wenn er der Axt kurz vor dem Einschlag einen leichten Schwung nach innen gab. Überhaupt zählte beim Holzhacken in erster Linie die mentale Einstellung. Man konzentrierte sich weniger auf das Scheit als auf den Holzklotz oder die Stelle unter dem Scheit. Dann hieß es, nicht zögern oder zweifeln, sondern zuschlagen. Darin lag der große Reiz beim Holzhacken: Man überließ es seinem Gespür und den Körperkräften.

Das Holz hatte Otto geholfen. Besser als es jede Therapie vermocht hätte. Seine Arme waren stählerner, sein Oberkörper drahtiger geworden. Aber auch mental hatte sich etwas verändert. Das Holz hatte ihm eine archaische, männliche Gelassenheit verliehen, der Kopf wurde durch die Kombination aus Variation und Wiederholung angenehm leer.

Obwohl der Sommer gerade begonnen hatte und mit seinen frohen Farben und Düften pures Leben versprühte, konnte Otto die Heizsaison kaum abwarten. Es war ein unvergleichliches Gefühl, wenn der Ofen die behagliche Wärme abstrahlte und man vor dem Ofen jeden Meter, den man das Holz bewegt hatte, genießen konnte. Holz wärmt zweimal. Einmal beim Holz machen und einmal beim Feuern. Das Verwandeln von Holz in Wärme brachte ihn nicht nur in Kontakt mit seiner männlichen Natur, sondern auch der Natur. Man muss hinaus, wird konfrontiert mit der Kälte. Wieder im Warmen, überkam ihn eine tiefe Zufriedenheit. Bis das Holz im Ofen lag und ihn mit der behaglichen Wärme versorgte, hatte Otto bei einem Festmeter Holz viereinhalb Tonnen bewegt, hatte er einmal ausgerechnet. Einmal den Stamm zum Haus schleppen, auf die Säge hieven, die Stammstücke auf den Hauklotz legen, danach aufstapeln und schließlich im trockenen Zustand zum Ofen transportieren. Und wie viel angenehmer die Wärme des Holzes war im Vergleich zu schnöder Heizungswärme. Feuerwärme, so stellte er an Winterabenden fest, war wie Sonnenwärme, die sich auf der Haut ausbreitet, um dann in jeden Körperteil vorzudringen. Holz wärmt Körper und Seele. Es war, als finge ein Baum die Sonnenenergie vieler Jahre ein, um sie dann zusammen mit der Ruhe und der Behaglichkeit eines Waldes abzugeben. Otto begutachtete jedes Scheit, bevor er es auf dem Holzklotz platzierte. Die Klinge soll so wenige Jahresringe wie möglich kreuzen, sonst hat man gegen den natürlichen Verlauf der Holzfasern anzukämpfen. Gut ein Drittel hatte er geschafft. Er freute sich bereits auf das Stapeln, auch das war eine Kunst für sich.

Jeder Stapel trägt den Stempel des Erbauers, so sagten die kanadischen Holzfäller. Die Kunst bestand darin, das Holz dicht genug zu stapeln, dass es fest war, aber weit genug, dass sich kein Kondenswasser und damit Schimmel und Pilze in den Zwischenräumen bildeten. Eine Maus kann noch durch die Scheite passen, wenn aber die Katze hinterherspringen kann, ist es zu weit gestapelt.

Plötzlich flog das Scheit, das er gerade vor sich auf dem Klotz hatte und entzweischlagen wollte, in einem Riesenbogen durch die Luft. Otto musste sich wegducken, damit ihn das Holzstück nicht auf den Kopf traf. Er las das versprengte Holz auf und betrachtete es. Schon beim Schlagen mit der Axt hatte er bemerkt, dass das Holz ganz plötzlich keinerlei Widerstand mehr bot. Nun sah er, dass das Holz an manchen Stellen porös war wie Löschpapier. Er drückte mit dem Daumen in die weiche Stelle und hatte einen bräunlichen Schleim am Finger.

Otto ließ das Scheit fallen und wischte sich die Hand ab. Er untersuchte die anderen Holzklötze und fand auch auf ihnen die rätselhaften Flecken. Waren das Schädlinge? Oder eine merkwürdige Baumkrankheit? Otto stapelte die Holzklötze notdürftig an der Häuserwand und ging dann ins Haus, um sich zu duschen.

BRANDBESCHLEUNIGER

Stefan Weißgerber schob ein Minzbonbon in den Mund und lockerte seine Krawatte. Das ungute Gefühl, das er mit sich herumtrug, seit er die erkrankte Stelle an dem Baum bei der Forstbegehung entdeckt hatte, manifestierte sich in seinem Mund als übler Geschmack.

Vor ihm auf dem Tisch befanden sich durchsichtige Tüten, in denen sich unappetitlich aussehende Zweige befanden, eine Bestätigung seiner Befürchtung, dass es schlimmer war, als dieser Waldschrat bei der Begehung zugegeben hatte. Weißgerber hatte genau genommen immer eine ungute Ahnung gehabt, was diese Hugenottensache anging. Schon damals, als sie die Höfe verkauft hatten und erst recht, als er zum Pressereferenten der Kommission berufen worden war. Die ganze Zeit war er von einer üblen Vorahnung besessen gewesen, die sich nun bestätigte.

Die Luft im Sitzungssaal des Kreisamts konnte man schneiden, der Geruch abgestandener Behörde mischte sich mit dem von billigem Rasierwasser. Forstamtsleiter Kesselbeck, sein Revierleiter Pöhl und die beiden Kreistagsabgeordneten Schaller und Franz schnatterten durcheinander wie wild gewordene Teichenten. Weißgerber hätte es vorgezogen, das Problem erst einmal in kleiner Runde zu diskutieren. Doch der Revierleiter hatte umgehend seinen Vorgesetzten Kesselbeck informiert, und dieser hatte zwei der Kreistagsabgeordneten eingeschaltet, ebenfalls Mitglieder der Hugenotten-Kommission und anwesend bei der Waldbegehung, die sie vor drei Tagen durchgeführt hatten.

Die Eröffnung des neu ausgebauten Streckenabschnittes zwischen Rohrbach und Wembach-Hahn stand bevor, in zwei Wochen wurde mit einer feierlichen Zeremonie eröffnet, in Anwesenheit der Bundesministerin und einer Europaabgeordneten. Wenn sie es bis dahin nicht hinbekamen, eine gepflegte Naturlandschaft zu präsentieren, konnten sie die Fördersumme streichen.

»Meine Herren!« Weißgerber klopfte auf den Tisch. »Lassen Sie uns erst mal die Fakten sammeln, bevor wir alles Weitere diskutieren. Kesselbeck«, Weißgerber wandte sich an den Forstamtsleiter, »erklären Sie mir und den anderen Kollegen, worum es hier eigentlich geht.«

Kesselbeck zwinkerte nervös und wurde rot. Er hatte das Gesicht einer Bulldogge und das Gemüt eines Rehs, was den Umgang mit ihm zu einem irritierenden Erlebnis machte. So verlor Weißgerber nach wenigen stockenden, unzusammenhängend formulierten Ausführungen des Forstamtsleiters den Faden. Als Kesselbeck das Wort schließlich an Pöhl, den Revierleiter, weitergab, fiel Weißgerber das Herz gänzlich in die Hose. Der Waldschrat mit Filzhut und abgenutzter Wachsjacke hatte ihn schon bei der Begehung zur Weißglut getrieben. Als sich der Revierleiter erhob, stieß er ein Glas Wasser um. Peinlich berührt zog er aus der Hosentasche ein schmuddeliges Tuch, mit dem er versuchte aufzuwischen. Das Glas fiel dabei auf den Boden und zerschellte. Nun kniete der Kerl unter dem Tisch.

»Lassen Sie das liegen«, rief Weißgerber ungeduldig. »Erzählen Sie uns lieber etwas über diese ominöse Krankheit.« Beifall heischend sah er sich im Raum um und erntete spöttelnde Blicke von den Politikerkollegen.

Pöhl kam unter dem Tisch hervor und stellte sich gerade hin, wobei sein Blick durch den Raum irrlichterte. Der Waldschrat schien sich erst jetzt seiner unangemessenen Kopfbedeckung bewusst zu sein, nahm den Hut herunter und fingerte nervös an seinem Rand.

»Phytophthora Ramorum«, stieß er schließlich aus.

›Gott sei Dank, er kann reden‹, dachte Weißgerber.

Doch damit schien seine Fähigkeit zur freien Rede erschöpft zu sein, denn der Waldschrat legte nun den Hut ab und holte einen zerknautschten Zettel aus seiner Jackentasche, um fortan davon abzulesen.

»Die Untersuchung hat ergeben, dass es sich um den Schadorganismus Phytophthora Ramorum handelt. Seit etwa 20 Jahren in Europa und in den USA bekannt, befällt er zahlreiche Gehölzpflanzen. Im Westen der USA führte der Schadorganismus zu einem weitverbreiteten Absterben von Eichen und anderen Laubbäumen. In Europa trat der Erreger bisher meist an Ziersträuchern auf und befällt deren Blätter und Nadeln, aber auch Triebe oder Stamm. Befall an Waldbäumen und Wildpflanzen wurde bis vor Kurzem nur vereinzelt festgestellt. 2009 traten in Großbritannien erste größere Befallsherde an der Japanlärche und an Heidelbeeren auf.«

»Heidelbeeren?«, unterbrach Weißgerber. Wollte sie hier jemand hinters Licht führen? Der Blick des Pressereferenten streifte durch den Saal auf der Suche nach einer versteckten Kamera, konnte jedoch nichts entdecken.

Der Waldschrat ignorierte die Zwischenfrage und griff stattdessen nach einer der Plastiktüten mit dem unappetitlichen Inhalt. Er holte einen der Zweige heraus und reichte ihn Weißgerber, der ihn entgegennahm und zwischen den Fingern drehte. An dem circa fünf Millimeter dünnen Ästchen hingen ein paar vereinzelte, welke Blätter, der Zweig selbst war übersät mit braunen Flecken. Als Weißgerber den Zweig weiterreichte, stellte er fest, dass die Rinde da, wo er ihn gegriffen hatte, schleimig war. Angeekelt wischte er sich die Hand an einem Papiertaschentuch ab.

Sein Nachbar ließ das Exemplar sofort auf den Tisch fallen, und die beiden Abgeordneten betrachteten den Zweig, ohne ihn zu berühren.

»Und wie kann man diese … Baumkrankheit bekämpfen?«

»Es handelt sich gewissermaßen, nun um einen

äh, äußerst aggressiven Organismus. Symptomatisch äußert er sich in drei unterschiedlichen Formen: Blattflecken«, der Waldschrat deutete auf die von Braun durchsiebten Blätter, »Triebsterben und Kambiumnekrosen mit Schleimfluss.« Hierbei deutete er auf teerähnliche Flecken an den Zweigen. Weißgerber warf ihm einen bösen Blick zu. Das mit dem Schleimfluss hätte er ihm auch vorher sagen können.

»An Gehölzen ruft er Schäden bis zum Absterben der Pflanze hervor. Wir haben so etwas hier in Deutschland noch nicht erlebt. Wir brauchen einen sicheren Erregernachweis, um ein geeignetes Gegenmittel zu finden. Ich schlage vor, dass wir die Sache sofort dem Landeslabor übergeben.« Hierbei warf der Waldschrat seinem Vorgesetzten Kesselbeck einen Blick zu, der um Unterstützung bat. Doch dieser blickte nur mit undurchdringlichem Bulldoggengesicht in die Runde.

Weißgerber schäumte. Wenn sie das der Behörde übergaben, hätten sie vor nächstem Jahr kein Ergebnis. »Wie viel Baumbestand ist denn betroffen?«

»In meinem Revier in Ober-Ramstadt«, räusperte sich Pöhl, »sind circa fünf Hektar befallen. Aber die Kollegen von den Revieren Groß-Bieberau und Groß-Zimmern haben weiteren großen Befall gemeldet. Die Krankheit breitet sich rasch aus. Wir hatten eine Begehung vor zehn Tagen, auf der keinerlei Schäden festgestellt werden konnten.«

Weißgerber grummelte. ›Wenn ich dich nicht auf

den Schaden aufmerksam gemacht hätte, hättest du vielleicht gar nichts bemerkt‹, dachte er. Vielleicht war doch alles halb so wild.

»Auffällig ist, dass die Krankheit hauptsächlich entlang des Hugenotten- und Waldenserpfades verläuft«, ergänzte der Waldschrat. »Als ob die Natur etwas gegen das Projekt Pilgerpfad hätte.«

»Okay«, schaltete sich Weißgerber ein. »Sie sagten doch, die Krankheit ist bereits in anderen Ländern aufgetaucht. Wie wurde sie denn bisher behandelt?«

Der Waldschrat sah Weißgerber an, als sei die Luft im Raum mit einem Mal nicht nur stickig, sondern auch vergiftet.

»Wie gesagt, strenge Quarantäne.« Die brodelnde Stimme, die von rechts außen kam, war für Weißgerber so überraschend, dass er kurz erschrak. Endlich machte der Forstamtsleiter mal den Mund auf.

Weißgerber lächelte bitter. »Wir können den Wald ja schlecht in Quarantäne geben.« Das Lächeln verging ihm, als ihm klar wurde, was es bedeutete, wenn man das gesamte Waldstück absperren musste. »Was können wir noch tun?«

Die Stille, die darauf folgte, war hitzig und nervös aufgeladen.

Dann gab der Waldschrat die Antwort. »Abholzen.«

Weißgerber spürte, wie seine Achseln feucht wurden. Sein Minzbonbon klebte am Gaumen. Die Gesichtsfarbe seiner Kollegen ließ darauf schließen, dass diese Nachricht bei ihnen ähnliche Reaktionen hervorrief. Weißgerber musste handeln, und zwar schnell und ohne dass ihm die Behördenfuzzis vom staatlichen Labor dazwischenpfuschten. Ihm würde schon etwas einfallen. Und wenn er die Bäume rings um den Pfad grün ansprühen lassen müsste. Weißgerber räusperte sich leise.

»Meine Herren, ich möchte Sie bitten, das Gespräch vorerst unter uns zu belassen und die Information nicht an die Behörde weiterzuleiten. Dann geht alles seinen bürokratischen Gang, so viel Zeit haben wir nicht. Ich kümmere mich darum.«

»Ich weiß nicht, ob ich das verantworten kann«, intervenierte die Bulldogge. »Phytophthora Ramorum wird seitens der EU als Quarantäneschaderreger eingestuft. Ein Auftreten wie in unserem Fall ist meldepflichtig.«

Weißgerber schoss nach vorn. »Wissen Sie, was dann los ist? Dann können wir das Projekt Hugenottenpfad vergessen.« Er merkte, dass er zu laut geworden war, die anderen im Raum starrten ihn verwundert an. Er versuchte, seine Stimme zu beruhigen. »Ich übernehme die volle Verantwortung. Wenn wir an die Behörde gehen, dauert das viel zu lange. Ich kümmere mich um eine schnelle Lösung.«

Weißgerber packte die Tüten mit den infizierten Zweigen, verabschiedete sich von den Waldmeistern und den Abgeordneten mit knappem Gruß und verließ den Saal im Laufschritt. Während er nach oben in sein Büro ging, hämmerten die Worte ›Scheiße,

Scheiße, Scheiße‹ einen beklemmenden Rhythmus in seinen Kopf.

»Verbinden Sie mich mit Evelyn Jost vom Regierungspräsidium Darmstadt«, rief er seiner Sekretärin zu, bevor er in sein Büro stürmte und die Tür zuknallte.

FAMILIENZUWACHS

Das Abendlicht, das sich im Bürofenster der Tierherberge Egelsbach brach, illuminierte Beates Haare und vergoldete ihren Teint. Roland Otto konnte den Blick nicht von ihr wenden. Warum waren Frauen immer dann am schönsten, wenn man sie verlassen wollte?

Als hätte sie etwas geahnt, hatte sie sich mehr Mühe gegeben als sonst. Statt ihren üblichen Kapuzenpullovern und Jeans trug sie eine körperbetonte Jacke, die gerade genug geöffnet war, um ein beachtliches Dekolleté vermuten zu lassen. Statt der üblichen Aura nach Hundefutter verströmte sie heute einen sinnlichen Parfümduft. Geschäftig lief sie zwischen Schreibtisch und Wandschrank hin und her, um ihre Büroutensilien zu verstauen und ihre Habseligkeiten zusammenzupacken. Ihr Gesicht strahlte vor Erwartungsfreude.

»Gehen wir zum Amato oder ins Delphi?«, fragte sie mit glühenden Wangen.

Otto räusperte sich. »Wir müssen etwas besprechen, Beate.«

Es dauerte eine kurze Zeit, bis die Ernsthaftigkeit in seinem Ton auch zu Beate durchgedrungen war. Mitten in der Bewegung schien sie plötzlich einzufrieren.

»Worum geht's?«, fragte sie in bemüht leichtem Ton.

Otto wollte sie auffordern, sich zu setzen, doch dann machte er sich klar, dass es ja schließlich keine Todesnachricht war, die er überbrachte.

»Es ist besser … also, was ich besprechen wollte …« Seine Stimme erstarb, und für Sekunden war es so still im Zimmer, dass Otto glaubte, das Flirren des Staubes in der Luft hören zu können. Beates Gesicht fror ein, sie umfasste sich mit beiden Armen, als würde sie frieren.

»Du willst Schluss machen.« Nun sah sie wirklich so aus, als habe man ihr eine Todesnachricht überbracht.

Otto deutete ein Nicken an. »Ist besser so.«

»Besser für wen?«

Otto presste die Lippen aufeinander. »Für uns beide.«

Sie lachte auf. »Sag mir nicht, was gut für mich ist.«

Otto wusste nichts darauf zu erwidern. Nach einer Ewigkeit ergriff sie das Wort. »Und warum jetzt?«

Otto blickte zu Boden. Es war wie bei einem Verhör. Wenn den Leuten das, was man ihnen zu sagen hatte, nicht gefiel, dann stürzten sie sich auf die Form. Warum jetzt, warum so? Dabei gab es doch weder den richtigen Zeitpunkt, noch den richtigen Ort für ein Trennungsgespräch, eine Todesnachricht oder was auch immer. Otto fing den Blick seines Pudelmischlings Peppy auf, der ihm zu Füßen saß, mit schwarzen Knopfaugen zu ihm aufsah und ratlos mit dem Stummel wedelte.

Die Verunsicherung des Hundes rührte Otto fast noch mehr als die Anklage von Beate.

»Woher der plötzliche Meinungsumschwung?« Beate hatte so schnell nicht vor, ihn aus ihrem Verhör zu entlassen.

Doch sie saß einem Trugschluss auf. Genau genommen war Otto nie der Meinung gewesen, dass er und Beate zusammenpassten, und hatte das auch niemals so formuliert. Sie hatte dies aus seinem Verhalten abgeleitet. Aber das zu äußern, wäre grausam. Allmählich begann Otto, sich unbehaglich zu fühlen, und wie immer in solchen Momenten ergriff eine große Ungeduld, gepaart mit Widerstand, von ihm Besitz. Was wollte sie denn? Beate und er hatten nicht mehr als ein paar Abende beim Griechen oder Italiener verbracht. Und ein paar, zugegeben, sehr aufregende Nächte. Aber kein Grund sich aufzuführen, als wolle er eine Verlobung lösen.

»Hast du eine andere?« Sie ließ sich in ihren Bürostuhl sinken.

Auch wenn es Otto schmerzte, Lore zu verleugnen, hatte er doch das bestimmte Gefühl, dass er sie besser nicht ins Spiel bringen sollte.

»Nein, nicht direkt.«

»Und indirekt?«

Herrgott, das hatte wirklich Verhörqualitäten. Otto bemerkte bei der Gelegenheit, dass er schon lange keine Diskussion mehr mit einer Frau geführt hatte. »Das war nur so dahin gesagt.«

Beate sah ihn nun an wie eine Fliege, der sie am liebsten jedes Bein einzeln ausreißen würde.

»Dahin gesagt. So wie alles, was du mir gesagt hast, oder was?«

Otto kratzte sich am Kopf. »Hör zu, ich habe gerade einen sehr stressigen Fall. Es tut mir leid, wenn ich dir wehgetan habe. Das war nicht meine Absicht. Wenn ich irgendetwas tun kann, um es wiedergutzumachen …« Seine Worte erstarben allmählich.

Otto war auf alles Mögliche vorbereitet. Eine Schimpftirade. Vorwürfe, fliegende Gegenstände.

Doch was sie dann tat, überraschte ihn wirklich.

»Da ist tatsächlich etwas.« Es kam wie aus der Pistole geschossen. Sie erhob sich von ihrem Bürosessel und verschwand im Nebenraum, der nach Ottos Erinnerung eine Art Untersuchungsraum war. Es dauerte nicht lange, dann erschien sie in der Tür, auf dem Arm ein undefinierbares Bündel. Als Beate sich Otto näherte, erkannte er eine Art Langhaardackel, der in eine Decke gewickelt war und die Zähne herausfordernd fletschte. Dabei stieß er ein Knurren aus, das geradewegs aus der Hölle zu kommen schien.

»Das ist Plato«, sagte Beate, »er sucht ein neues Zuhause.«

Otto hob die Hände. »Auf keinen Fall. Ich kann keinen zweiten Hund aufnehmen«, wehrte er sich. Doch da hatte er das Biest schon auf dem Arm, es fühlte sich warm an wie ein Neugeborenes. Der kleine Kerl schien genauso erstaunt über den Wechsel zu sein wie Otto, denn er schaute sekundenlang neugierig nach oben und schnupperte. Dann begann er wieder, vernehmlich zu knurren, wobei der gesamte Körper vibrierte.

Beate trat zwei Schritte zurück und verschränkte die Arme. »Ihr werdet ein Superteam, davon bin ich überzeugt.«

Otto hatte daran seine Zweifel. Aber er konnte den Dackel schwer wieder absetzen, zumal Peppy an ihm hochsprang, sichtlich erfreut über den Familienzuwachs. Otto nickte Beate zu, erhob sich vorsichtig mit seiner neuen Fracht und verließ den Raum. Insgeheim freute er sich, ohne weitere Diskussion davongekommen zu sein. Draußen am Tor drehte er sich um und erblickte Beate, die am Fenster stand und ihn zu beobachten schien. In ihren Augen glaubte er, ein höhnisches Blitzen zu erkennen, und war sich plötzlich nicht mehr so sicher, gut davongekommen zu sein.

RÄNKESCHMIEDE

Evelyn Jost saß an ihrem Schreibtisch und verspeiste ihre Drei-Minuten-Terrine. Seit sechs Wochen war sie wieder auf Diät. Das hieß montags Minestrone, dienstags Kartoffelsuppe, mittwochs Thaisuppe, donnerstags einen Apfel, freitags Müsli. Donnerstags einen Apfel, weil sie abends zum Single-Abend ins Huckebein ging, wo es immer ein Gläschen Sekt gab. Die Kalorien von abends musste sie mittags einsparen. Huckebein, das hieß, Evelyn war nicht nur auf Diät, sie war auch wieder Single. Gedankenverloren pustete sie die Mahlzeit, die genau genommen ein Chemiecocktail aus künstlichen Inhaltsstoffen und Geschmacksverstärkern war. Aber hey, tagsüber arbeiten, abends ins Fitnessstudio, wann bitte sollte sie kochen?

Als das Telefon klingelte und Evelyn die Nummer

erkannte, wollte sie zuerst nicht drangehen. Dann beschloss Evelyn, dass es nicht erwachsen war, nicht dranzugehen. Sie konnte genauso gut abheben und Stefan Weißgerber zeigen, wie gut es ihr ohne ihn ging.

»Regierungspräsidium Darmstadt, Evelyn Jost?« Sie meldete sich mit munterer Stimme, als hätte sie die Nummer, die ihr jahrelang ein euphorisches Jubeln in den Bauch gejagt hatte, nicht erkannt.

»Hier Stefan Weißgerber«, meldete sich die vertraute Stimme zögerlich vom anderen Ende.

»Ja?«

»Wir müssen uns sehen.«

Evelyn lächelte diabolisch.

»Wir wissen doch beide, dass das keinen Sinn mehr hat.«

»Ich brauche dich.«

»Lässt du dich scheiden?«

»Ich brauche dein Fachwissen. Es geht um eine etwas delikate Angelegenheit.«

Evelyn rollte die Augen. Alles in ihr sträubte sich, sich weiterhin von Weißgerber ausnutzen zu lassen. Ja, er war ein Supertyp. Ja, mit ihnen hatte es verdammt gut funktioniert an Tisch und im Bett. Aber Weißgerber war verheiratet. Und sie nicht. Und wenn sie auf dem Singlemarkt noch zu einem guten Preis weggehen wollte, musste sie sich ranhalten. Und durfte ihre Zeit nicht mit einem verheirateten Typen vertun.

»Ich sitze im Mini-Café, und es wäre toll, wenn du eine Viertelstunde hättest. Kommst du? Es ist wirklich wichtig.«

Evelyn zögerte. Einen Espresso in der Sonne konnte sie schlecht ausschlagen. Außerdem wäre das eine tolle Gelegenheit, ihm zu präsentieren, wie top sie in Form war.

Zehn Minuten später war Evelyn am Luisenplatz, der unter dem blauen Himmel im Sonnenlicht glänzte. Die metallenen Straßenbahnschienen reflektierten das Licht und zerschnitten den Asphalt wie glühende Lavastreifen.

Der kleine Plexiglaswürfel mit der Aufschrift Mini-Café befand sich an dieser Stelle, solange sie denken konnte. Während ihrer Zeit an der Technischen Hochschule Darmstadt hatte sie mit ihren Studienkollegen dort gesessen, Spritz aus schmalen Wassergläsern getrunken und große Pläne geschmiedet. Forscher wollten sie werden, denen es gelang, die großen Epidemien zu besiegen. Die meisten von Evelyns Studienkollegen waren Lehrer geworden oder saßen in einem Labor und untersuchten Blut- und Stuhlproben auf Schimmelpilze. Evelyn, die nach ihrem Doktor beim Regierungspräsidium gelandet war, hatte es da schon weitergebracht. Als Bevollmächtigte in der Abteilung Arbeitsschutz und Umwelt war sie die Schnittstelle zum Hessischen Ministerium für Umwelt und Naturschutz und wurde in eingeweihten Kreisen sogar als die nächste Ministerin gehandelt. Aber Evelyn fühlte sich zwischen den Behördentypen wie ein Koi im Heringsschwarm. Verfügbare Männer zum Heiraten: Null. Zumindest nicht solche Typen wie Stefan Weißgerber. Evelyn sah ihn schon von Weitem sitzen: Seine dunklen Haare glänzten in der Sonne, seine behaarten Arme sprangen buchstäblich aus dem hochgekrempelten Hemd, das über der Brust spannte. Er strahlte das männliche Selbstbewusstsein aus, das nur verheiratete Männer besaßen. Als sie ihn vor vier Jahren als Referent der Hugenotten-Kommission kennengelernt hatte, war sie ihm sofort verfallen. Ein Glückstreffer, so dachte sie. Und verbrachte mit ihm eine wilde willenlose Zeit. Bis er ihr eröffnete, dass er Familienvater war. Verheiratet natürlich. Unglücklich natürlich. Aber das Haus, die Kinder, du verstehst.

Evelyn verstand die Welt nicht mehr, und nur mit größter emotionaler Anstrengung war es ihr gelungen, sich von ihm zu lösen. Pass auf, dass du nicht wieder in die Falle tappst, dachte sie, als sie sich ihm näherte. Aber sie visualisierte wieder das Ziel, das sie sich jenseits der 35 ausgemalt hatte: verheiratet mit Kind und war alsbald wieder die, als die sie von ihm gesehen werden wollte. Die toughe Wissenschaftlerin, die alles im Griff hatte.

Evelyn nahm die Sonnenbrille ab und blieb kurz vor ihm stehen. Sie wusste, welche Wirkung die körperbetonte Bluse und der Bleistiftrock auf Männer ausübten. Mit einer eleganten Bewegung setzte sie sich und bestellte per Handzeichen einen Espresso.

»Was ist denn so dringend?«, sagte sie, während sie mit Genugtuung feststellte, wie seine Augen an ihr klebten. Erst als der Kellner das Getränk brachte, konnte er sich von ihr lösen.

Evelyn nahm den Bügel ihrer Sonnenbrille in den Mundwinkel und schlug das rechte Bein über das linke. »Ich habe nicht viel Zeit.«

Weißgerber schien sich nur mit Mühe konzentrieren zu können. »Ich möchte etwas untersuchen lassen, ohne dass das Ministerium etwas mitbekommt.« Er zog einen Beutel mit einem unappetitlichen Inhalt aus seiner Ledertasche. Es sah aus, als hätte er ein Aquarium geplündert und die Wasserpflanzen in eine Tüte gesteckt.

Evelyn beugte sich nach vorn. »Um Himmels willen, was ist das?«

»Eine mysteriöse Krankheit, von der die Bäume rings um den Hugenotten- und Waldenserpfad befallen sind. Es ist sehr ernst. Wie du weißt, ist demnächst die Einweihung, bis dahin hätte ich die Sache gerne im Griff. Kennst du ein Privatlabor, in dem die vertraulich mit so etwas umgehen?«

Evelyn hob die Augenbrauen. »Und wenn nicht, bekommst du tüchtig Ärger?« Während ihrer wilden Zeit hatte Weißgerber ihr von einer kleinen Korruptionssache erzählt, in die er verwickelt war. Er hatte es ihr berichtet, um sie zu beeindrucken, jetzt war Evelyn froh, dass sie mehr über ihn wusste, als ihm lieb war.

»Es geht nicht um mich, es geht um das Projekt.«

»Und die Millionen.« Evelyn lächelte und leerte ihren Espresso ohne Zucker.

Sie wusste, wie hoch der Zuschuss von der EU für dieses Projekt war. Eigentlich hatte sie keine Lust, Weißgerber zu helfen, aber es schadete auch nichts, ihm zu demonstrieren, wie gut sie vernetzt war.

»Einer meiner Exkollegen ist bei der Nova-Tech hier in Darmstadt beschäftigt. Ist ein Pharmakonzern, aber sie befassen sich auch mit Pflanzenschutz, so viel ich weiß.« Evelyn suchte in ihrem Handy nach seiner Telefonnummer und diktierte sie Weißgerber, der sie erleichtert notierte.

»Du bist ein Schatz, danke. Wenn bei der Begehung in 14 Tagen nicht alles glattläuft, rollen Köpfe.«

Und mein Weg wäre frei, dachte Evelyn.

Mit einer dankbaren Geste beugte sich Stefan Weißgerber vor, gleichzeitig landete seine Hand auf ihrem Knie. »Du hast was gut bei mir.« Evelyn erhob sich, sodass seine Hand abrutschte.

»Viel Glück.«

»Du hörst von mir«, rief er ihr hinterher.

Evelyn ging darauf jede Wette ein und legte sich dafür mit jedem Hüftschwungschritt ins Zeug.

RACHE IST ROT.

Als Otto auf dem Schlosshof parkte, war der Morgen kaum aufgeklart, und am Rande der Mauerzinnen zeichneten sich die glühenden Ränder der gerade erst aufgehenden Sonne ab. Er war extra früh ins Büro gefahren. Nicht nur, weil sein neuer Familienzuwachs namens Plato ihn nicht schlafen gelassen hatte, sondern auch, um möglichst unbemerkt ins Präsidium zu gelangen. Zu Ottos Überraschung brannte in Brenneisens Büro bereits Licht. Er versuchte, sich am Büro des Kollegen vorbeizuschmuggeln, doch der schien auf ihn gewartet zu haben, denn kaum hatte Otto die weit geöffnete Tür erreicht, sprang dieser von seinem Büroplatz auf.

»Moin, Kollege!«, rief er mit aller Ambition, zu der er fähig war. Seit er sich von seiner Hochleistungssportlerin getrennt hatte, steckte er voller Energie und war rund um die Uhr zum Scherzen aufgelegt. Otto wandte ihm den Rücken zu und machte, dass er in sein Büro kam.

»Brauch erst einen Kaffee«, murmelte er.

Doch Brenneisen blieb ihm auf den Fersen. Kaum hatte Otto sein Büro betreten, stand er schon hinter ihm.

»Wir haben einen neuen Fall, Kollege.«

Otto blieb kurz mit dem Rücken zu ihm stehen

und drehte sich dann widerwillig um. In diesem Moment drang ein vernehmliches Knurren aus dem Tragetuch, das Otto um Hals und Bauch geschlungen hatte.

»Oh, noch nicht gefrühstückt?«, fragte Brenneisen grinsend.

»Familienzuwachs«, murmelte Otto mit zusammengebissenen Zähnen und betrachtete das rothaarige Bündel auf seinem Arm. Beates Rache. Sie hatte ihm in der Tat das asozialste, gestörteste Tier angedreht, das er jemals erlebt hatte. Das Wochenende mit dem Vieh war die reine Hölle gewesen. Sobald er das Biest auf den Boden setzte, verbiss sich der Kerl in sein Bein. Durch Versuchsreihen hatte Otto herausgefunden, dass ein gut gefüllter Futternapf das Tier von seinen Attacken abhalten konnte, zumindest während der Zeit, in der es fraß. Auch Peppy hielt respektvollen Abstand zu dem Neuankömmling. Gemeinsame Spaziergänge waren so gut wie unmöglich. Und nachts hatte ihn das Tier erst recht auf Trab gehalten. Er setzte sich neben Ottos Bett und schmatzte solange, bis Otto aufstand, um ihn in den Garten zu lassen. Wenn Otto aber die Terrassentür öffnete, kniff der kleine Rothaarige den Schwanz ein und weigerte sich, allein nach draußen zu gehen. Das bedeutete für Otto, Jacke anziehen und Schuhe und das Vieh nach draußen tragen und auf dem Rasen absetzen, wo es dann sein Geschäft erledigen konnte.

War dies vollbracht, hatte das Vieh nichts anderes im Sinn, als auf dem Weg zurück ins Haus nach Ottos Hosenbeinen zu schnappen, woraufhin er das knurrende Tier wieder ins Haus tragen musste. Danach war Otto so wach, dass an Schlaf nicht mehr zu denken war.

Heute Morgen hatte Otto es nicht gewagt, den verhaltensgestörten Dackel allein mit Peppy zu Hause zu lassen, also hatte er aus einer alten Decke eine Art Tragetuch geknüpft, in dem er das Tier transportieren konnte, und mitgenommen. Peppy hatte er bei der Nachbarin untergebracht.

Tragen im Tuch war der einzige Zustand, in dem sich der wütende Dackel einigermaßen beruhigte und Otto sich bewegen konnte, ohne das Tier am Bein zu haben. Der Kommissar setzte sich mitsamt Tragetuch und Dackel an seinen Schreibtisch.

»Soll ich Ihnen einen Kaffee machen?«, bot Brenneisen an, doch Otto winkte ab.

»Was für ein Fall?«, fragte er, während er das Tier so auf seinem Schoß platzierte, dass das Tragetuch nicht allzu tief in seinen Nacken schnitt. Gleichzeitig drehte er den Kopf abwechselnd nach rechts und nach links, um seine Muskulatur zu lockern. Wie hielten das nur die Mütter aus, die ihre Babys den ganzen Tag durch die Gegend schleppten?

Brenneisen setzte sich auf die Schreibtischecke, was Otto hasste, aber er verzichtete darauf, ihn zu tadeln, da er sonst todsicher eine Retourkutsche kassierte. Ein Hauptkommissar mit einem Dackel im Tragetuch. Hatte man schon etwas Lächerlicheres gesehen? Er musste das Tier auf schnellstem Wege loswerden.

Als Brenneisen ihm den Bericht reichte, den er offensichtlich heute Morgen geschrieben hatte, stellte Otto mit einer gewissen Genugtuung fest, dass sich über dem Hosengürtel des Kollegen ein beachtlicher Wanst abzeichnete. Scheinbar wirkte sich die Trennung von der sportlichen Hungerkünstlerin nicht nur positiv auf seinen Energielevel aus, sondern sorgte auch für normale Figurverhältnisse. Zwischendurch hatte Otto sich ernsthaft Sorgen gemacht, den Kollegen an die Magersucht zu verlieren. Im Vergleich zu Brenneisen war Otto durch das Holzhacken geradezu drahtig und muskulös, eine Feststellung, die seine Laune zumindest annäherungsweise besserte.

»Es handelt sich um Vandalismus«, erklärte Brenneisen. »Bei einem Kaktuszüchter in Lengfeld wurde in ein Gewächshaus eingebrochen und dabei erheblicher Sachschaden verursacht.«

»Einbruch fällt in Ihr Ressort, nicht in meins«, unterbrach Otto und verlagerte den Hund auf seinem Schoß um wenige Zentimeter, woraufhin dieser begann zu knurren und dabei vibrierte wie eine elektrische Zahnbürste.

»Das ist nicht bloß ein Einbruch.« Brenneisen verlagerte seinen Sitzschwerpunkt auf die andere Pobacke, während er den Hund im Tragetuch im Auge behielt. »Das ist schwere Sachbeschädigung, nachbarschaftlicher Terror. Ich dachte …« Brenneisen verstummte jäh.

Otto, der inzwischen von der Gier auf einen Kaffee schier übermannt wurde, wartete ungeduldig darauf, dass Brenneisen den Satz beendete.

Als dies nicht passierte, bellte er ein ungeduldiges »Was?«

»Naja, die Gegend ist Ihnen doch vertraut. Ich dachte, Sie sehen mal nach dem Rechten. Hören sich mal ein bisschen um.«

»Und warum gehen Sie nicht hin?«

»Ich habe heute eine Schulung. Achtsamkeit bei Verhören.«

Otto rieb sich das Gesicht. Du lieber Himmel, das wurde ja immer bunter. Er wollte schon rundheraus ablehnen, da kam ihm ein Gedanke. Vielleicht konnte er das Nützliche mit dem Notwendigen verbinden. Zwei Fliegen mit einer Klappe schlagen, sozusagen. »Hauen Sie ab, ich kümmere mich darum«, knurrte er und deutete auf das rothaarige Bündel. »Im Moment kann ich hier ohnehin nicht für Ihre Sicherheit garantieren.«

Brenneisen bedankte sich, indem er sich an die Stirn tippte, und verließ endlich das Büro. Sobald sich Otto allein und in Sicherheit wähnte, erhob er sich langsam von seinem Bürostuhl und ging zur Kaffeemaschine. Wie eine Schwangere, dachte er, während er die Maschine unter dem aufmerksamen Blick des Dackels in Gang brachte.

Als der ersehnte Kaffee fertig war, setzte sich Otto an den Schreibtisch und trank in kleinen Schlucken, während er durch die noch frische Ausgabe des Darmstädter Echo blätterte. Die Vorgänge in Lengfeld hatten es noch nicht in die Presse geschafft. Otto hoffte, dass sie die Bagatelle erledigen würden, bevor es einen Aufruhr gab. Nachdem er seinen Morgenkaffee beendet hatte, erhob er sich vorsichtig, sodass die Bestie, die im Tragetuch eingeschlafen war, nicht aufwachte.

Als Otto hinaus auf den Schlosshof trat, stand die Sonne deutlich höher am Himmel und wärmte die Luft auf erfreuliche Sommertemperaturen. Den Auftrag, den er von Brenneisen übernommen hatte, erschien dem Kommissar auf einmal als willkommene Abwechslung. Die Mission, die er damit verband, versetzte ihn in eine leise Aufregung.

Er stieg in seinen Wagen und platzierte den Hund vorsichtig auf den Beifahrersitz. Der wachte nun auf und blickte sich einige Sekunden orientierungslos um. Otto startete den Motor und fuhr zügig los. Im selben Moment richtete sich der Hund auf, indem er die Vorderpfoten auf das Seitensims stützte, und starrte nach draußen. Otto atmete auf. Einige Sekunden später, und das Vieh hätte sich auf seinen Oberschenkel gestürzt.

Aber aus früheren Versuchen wusste Otto bereits, dass das Tier Autofahrten durchaus genoss und zumindest während dieser Zeit friedlich blieb. Otto lauschte auf seinen Herzschlag, der sich allmählich beruhigte. Das Tier hatte ihn mit seinem Terror voll im Griff. Das musste aufhören und zwar schnellstens.

Otto nahm die Bundesstraße Richtung Messel und hielt an einem der straßennahen Waldparkplätze an. Mit einer geschickten Bewegung stieg er aus dem Wagen und holte den Hund an der Beifahrertür ab. Die ersten Minuten draußen, so hatte Otto am Wochenende gelernt, benötigte der kleine Kerl immer, um sich zu orientieren, den Waldboden zu erschnüffeln und sein Geschäft zu verrichten, bevor er sich in das nächstgelegene Bein, das in diesem Fall immer Ottos war, verbiss. So war das Tier auch diesmal relativ friedlich und ließ sich an der Leine in den Wald führen. Otto schaute sich um und spielte mit dem Gedanken, das Tier an einem der herumliegenden Äste festzubinden. Weit und breit befand sich niemand, der ihn beobachten konnte. Sollte er, sollte er nicht? Ein Handgriff – und alle seine Probleme wären erledigt.

Doch er brachte es nicht übers Herz, das Tier auszusetzen. Außerdem spielte bei seiner Entscheidung auch ein Stück Angst mit. Wenn jemand den Hund fände und bei Beate ablieferte, war er als Schuldiger sofort enttarnt. Also lieber Plan A durchführen. Er ging zurück zum Auto, warf das Tragetuch in einem unerwarteten Moment über das Vieh, packte den nach beiden Seiten heftig schnappenden Dackel und setzte ihn auf den Beifahrersitz. Bis sich das Tier aus dem Tuch befreit hatte, war Otto in voller Fahrt auf der Straße. »Wir haben das gleich, Freundchen«, flüsterte er dem neuen Mitbewohner zu.

Auf der Fahrt genoss Otto die sommerliche Landschaft. Die Bäume und Gräser rechts und links der Straße strotzten vor Grün. Als er bei Dieburg auf die B 26 fuhr, breitete sich eine saftige Bilderbuchlandschaft vor ihm aus. Otto fragte sich, ob seine positive Einstellung dem herrlichen Frühsommerwetter zuzuschreiben war oder der bevorstehenden Begegnung.

Seine Gedanken schweiften zu jener einen Nacht, die er mit Lore verlebt hatte. Und die schon viel zu lange her war, dennoch war die Erinnerung daran hellwach und verzauberte ihn bis in die Gegenwart.

Für Otto war das der Beginn von etwas gewesen, und er hoffte natürlich, dass Lore das ebenso empfand. Leider war es seither zu keiner Begegnung mehr gekommen, und Telefonate waren ebenfalls rar gesät. Otto hatte zunächst angenommen, dass sie sich schämte und sich vielleicht nicht traute, weiter aus sich heraus zu gehen, und er hatte einige Anstrengungen unternommen, ihr zu zeigen, dass sie keinerlei Bedenken haben musste. Doch sie hatte kaum reagiert, und mit der Zeit bekam er das Gefühl, dass ihr seine Aufmerksamkeit so lästig war wie Werbebriefe, die man ungebeten in den Briefkasten geworfen bekam und ungelesen in den Müll warf.

Otto bog den asphaltierten Weg durch die Felder ein, der zur Veste hinaufführte. Das rothaarige Bündel neben ihm hatte sich auf dem Sitz zusammengerollt und war friedlich. Vielleicht sollte er das Tier einem Trucker oder Taxifahrer schenken, dachte er, als er den Wagen abstellte.

Das Gewächshaus von Kaktus-Kaiser befand sich auf der linken Seite des Weges. Das Reklameschild, das über der Eingangstür angebracht war, war eines der wenigen intakten Dinge an dem Gebäude. Ansonsten bot sich ein Bild der Verwüstung.

Fast jede einzelne Glasscheibe war eingeschlagen. Otto stellte den Motor aus. Sobald er die Fahrertür öffnete, hob der Köter den Kopf, fletschte die Zähne und stieß ein wahres Höllenknurren aus. Mit einer geschickten, inzwischen geübten Bewegung entkam Otto dem Tier und schlug die Tür von außen zu, nur wenige Zentimeter vor der wütend geifernden Hundeschnauze. Während er auf das Glashaus zuging, hörte er den Radau, den das Tier im Wagen veranstaltete. Otto konnte nur hoffen, dass er später einen intakten Fahrersitz und ein funktionierendes Lenkrad vorfinden würde.

Vom Gebäude her näherte sich ein Mann, ein hochgewachsener Typ in Karohemd und ausgebeulten Cordhosen, auf dem Kopf thronte ein speckiger Hut. Das musste der sogenannte Kaktus-Kaiser sein. »Temperamentvolles Kerlchen«, rief er Otto von Weitem zu.

»Präsidium Darmstadt«, antwortete Otto. »Sind Sie der Inhaber des Gewächshauses?« Otto reichte ihm die Hand zur Begrüßung. Sein Gegenüber hatte einen leicht irren Ausdruck in den Augen und nickte kaum merklich. »Schauen Sie sich den Scherbenhaufen gerne von Nahem an.« Er ging voraus, Otto folgte ihm in das Chaos.

Von innen war das zerstörte Gewächshaus überladen mit den seltsamsten Gewächsen. Otto glaubte Kakteen zu erkennen, die bedrohlich ihre Stacheln in alle Richtungen reckten. Als Kind hatte man ihm hin und wieder so ein Stachelvieh geschenkt, das sogar piekte, wenn man es goss. Wenig verwunderlich, dass selbst diese robusten, wasserspeichernden Pflanzen nach kurzer Zeit bei ihm eingegangen waren.

Doch allein mit Stachelgewächsen war es hier nicht getan. Otto erblickte Gewächse, die aussahen wie Direktimporte vom Mars. Lange, fleischige Blätter oder krautige Stengel ragten in die Luft wie Krallen. Andere Pflanzen besaßen eine pelzige Oberfläche, die an seltsame Tierarten erinnerte, dann gab es aber auch überwältigende Blüten, die ein seltsames Duftgemisch verbreiteten. Süß und bitter zugleich.

Unübersehbar war das ganze Ausmaß der Zerstörung. Überall lagen Glasscherben, die unter den Füßen knirschten, sobald man sich nur einen Schritt bewegte. An den Regalen stand eine Mitarbeiterin, die die Scherben in mühseliger Kleinarbeit aus den

Töpfen las und die umgekippten Töpfe aufrichtete. Das Aufräumen würde Wochen dauern.

»Und das vor unserem Kaktus-Fest, wir wollten am Sonntag feiern«, klagte der Inhaber mit dünner Stimme.

»Haben Sie eine Ahnung, wer das gewesen sein könnte?«, fragte Otto.

Der Kaiser zuckte mit den Schultern. »Ich nehme an, irgendwelche Spitzbuben aus der Gegend.«

»Wurde etwas gestohlen?« Otto deutete auf eine Kaktee von der Grüße eines Basektballspielers. »Ich könnte mir vorstellen, dass einige Ihrer Pflanzen von großem Wert sind.«

Der Kaiser schnaubte. »Das können Sie laut sagen. Aber die Täter haben nichts mitgenommen. Nur einiges kaputt gemacht. Die denken, ich habe die Krankheit hier eingeschleppt.«

»Welche Krankheit?«

Kaktus-Kaiser hob die Augenbrauen. »Na, die seltsame Baumkrankheit, die überall um sich greift. Haben Sie davon noch nichts gehört?«

Otto musste an das poröse Holzscheit denken, das ihm gestern untergekommen war. »Worum geht es?«

»Die Wälder in der Gegend sind verseucht, die Leute sind schon in Panik.«

»Könnte es denn sein, dass es sich um einen exotischen Virus handelt?«

Sein Gegenüber wehrte entschieden ab. »Auf keinen Fall. Wir führen zwar durchaus exotische Kakteen aus dem Ausland ein. Aber wir haben strengste Auflagen. Wir haben alle Papiere und halten die notwendigen Quarantänezeiten ein. Unsere Kakteen sind sauber, die Sukkulenten und Tillandsien erst recht.«

»Bitte was?«, fragte der Kommissar.

Sein Gegenüber lächelte. »Das, was Sie hier sehen, sind nicht alles Kakteen. Sondern auch Sukkulenten, Pflanzen, die besonders viel Saft in den Blättern speichern, wie zum Beispiel diese hier«, er griff nach einer Pflanze mit dicken fleischigen Blättern und brach eines davon in der Mitte durch. »Aloe Vera«, erklärte er und deutete auf den geleeartigen Inhalt des Blattes.

Otto beugte sich über den flüssigen Kern. Den Namen hatte er schon gehört. Aber die zugehörige Pflanze noch nie gesehen.

»Das Pflanzenorgan ist auf Wasserspeicherung umgebildet, so kann die Pflanze über Jahre Wasser speichern und ist damit auch in unwirtlichen Verhältnissen überlebensfähig«, fuhr Kaktus-Kaiser fort.

»Dann gibt es noch die Tillandsien.« Er deutete auf ein Regal mit Pflanzen, die Otto eigentlich nur als Kraut bezeichnen konnte, was er aber für sich behielt.

»Sie wachsen auf anderen Bäumen, also da, wo nichts wächst. Manche Arten bilden ein ›Stämmchen‹, sie besitzen also mehr oder weniger lange Stängel, an denen die Laubblätter wechselständig verteilt stehen. Die oft leuchtend bunten Hochblätter der Blütenstände sind bei vielen Arten lange haltbar. Die zwittrigen Blüten sind dreizählig mit doppelter Blütenhülle. Die drei freien Kelchblätter sind symmetrisch und spitz.«

»Ja, das reicht«, unterbrach Otto den Vortrag. »Hatten Sie zuletzt eine Einfuhr exotischer Pflanzen?«

Der Mann nickte. »Ja, wir haben eine Ladung von Tillandsien aus der Atacamawüste bekommen, aber deren Einfuhr ist streng reglementiert, und die Pflanzen sind nachweislich ohne jeden Erreger.«

»Kann ich die Papiere sehen?«

»Selbstverständlich.«

Der Kaktus-Kaiser führte ihn in einen abgetrennten Büroraum, wo er einen Ordner aus dem Regal nahm. Er schlug den Ordner auf und fand direkt auf den ersten Griff mehrere gestempelte Papiere, die er Otto vorlegte. Der Kommissar überflog das Schriftstück, das auf Spanisch verfasst war. »Kann ich das mitnehmen?«, fragte er. Der Kaiser nickte.

Otto packte die Unterlagen ein und verabschiedete sich, ohne dem Besitzer allzu große Hoffnungen zu machen, dass man die Übeltäter erwischen würde. Als er zu seinem Wagen zurückkam, waren sämtliche Scheiben beschlagen, und er vernahm aus dem Inneren einen dumpfen Lärm, wenn auch nicht mehr so rabiat wie vorher. Er ging zum Kofferraum und holte eine alte Decke heraus, die er dort für Notfälle deponiert hatte. Mit dem Schlüsselgeräusch steigerte sich der Radau im Inneren des Wagens deutlich. Otto öffnete die Beifahrertür, warf die Decke dahin, wo er den Hund vermutete, und packte das Tier sofort. Als er ihn auf dem Arm hatte, befreite er den Kopf des Hundes von der Decke, der ihn nun verdutzt anschaute. »Alles klar?«, sagte Otto und platzierte sich im Wagen. Dann setzte er das Tier im Tuch auf den Beifahrersitz. In Windeseile fuhr er an, steuerte geradewegs Richtung Veste und hielt den Wagen erst wieder an, als sie sich auf dem Burghof befanden.

Bevor das Vieh auf dem Beifahrersitz reagieren konnte, warf er das Tragetuch über den gesamten Körper und packte es. Mit dem Tier auf dem Arm stieg er aus dem Auto und überquerte den Burghof.

Das Museum war verschlossen, doch Lores Haustür stand einen Spalt breit offen. Dies war beim letzten Treffen ein Anlass von Diskussionen gewesen. Otto erschien dieses Verhalten fahrlässig, da so jeder ins Haus hineinkam. Lore dagegen behauptete, auf dem Land oder zumindest hier oben gäbe es keine Gauner. Eine Annahme, die allerdings durch die Tatsache, dass hier bis vor einem Jahr ein diebischer Gärtner sein Unwesen getrieben hatte, widerlegt worden war.

In Lores Haus war er zwar nicht eingebrochen, jedoch ihr gefährlich nahe gekommen. Eine Tatsache, die Otto mit einer gewissen Unruhe erfüllte, wie er in stillen Momenten zugeben musste.

Gerade als Otto anklopfen wollte, erschien Lore in der Haustür. Sie musste ihn von drinnen gesehen haben. Jetzt stand sie vor ihm, und ihre plötzliche Gegenwart versetzte ihn in eine Art Panik. Positive Panik zwar, dennoch brauchte er einige Atemzüge, in denen er sein Herztrommeln soweit unter Kontrolle bekam, dass er in der Lage war zu sprechen.

Doch Lore bemerkte es gar nicht. »Wen haben wir denn da?«, wisperte sie und zog die Decke auf Ottos Arm ein Stück zur Seite, um das gefährlich knurrende und vibrierende Wesen in Augenschein zu nehmen.

»Vorsicht«, warnte der Kommissar und drehte sich zur Seite. In diesem Moment schnappte der Dackel nach Lores Hand, man hörte das Klacken der Zähne in der Luft, Lore entwischte ihm und schmunzelte, wenig überrascht.

»Ein Füchschen.«

Otto seufzte. »Ein schwerer Fall.«

»Und deshalb etwas für mich?« Lore musterte ihn mit diesem Blick, der ihn verrückt machte. Eine Mischung aus Misstrauen und Neugier, von der man nie wusste, welches Gefühl nun überwog.

Otto setzte einen Dackelblick auf. »Ich weiß mir nicht anders zu helfen.«

»Erst mal hereinspaziert«, sagte Lore und ging voraus in die Küche.

Otto folgte ihr und blieb unschlüssig stehen.

»Wenn ich ihn absetze, greift er uns sofort an«, warnte er.

»Das müssen wir riskieren«, lächelte Lore.

Otto setzte den Dackel mit der Decke vorsichtig auf den Boden und trat dann ein paar Schritte zurück, wobei er sich schützend vor Lore stellte. Der Dackel kreiste zunächst einige Runden um sich selbst, wobei er wieder sein Höllenknurren ausstieß.

»Wo kommt der denn her?« Lore öffnete den Kühlschrank und entnahm ihm ein Stück Wurst, mit dem sie sich dem Tier langsam näherte. Gut, dachte Otto. Sie hat ein natürliches Gespür für Ungeheuer.

»Beate, die Leiterin der Tierpension, hat ihn mir ans Herz gelegt. Sie konnten ihn dort nicht behalten, er war kurz davor, in der Tötungsstation zu landen, da habe ich ihn mitgenommen.« Otto wurde puterrot. Er stellte sich als Helden dar, dabei hatte er sich in der Sache mit Beate mehr als feige verhalten.

»Tötungsstation, das will doch keiner«, sagte Lore mit gurrender Stimme, die Otto an ihre gemeinsame Nacht erinnerte. Und plötzlich empfand er Eifersucht auf den Köter. Hätte er das Vieh doch nur zu Hause gelassen, dann könnten sie jetzt ein zweites Schäferstündchen einlegen. Doch davon konnte in diesem Moment keine Rede sein. Lore war vollauf mit dem Hund beschäftigt, der die Wurst gierig verschlungen hatte und sich jetzt sogar von ihr streicheln ließ.

»Das hat er bei mir noch nie gemacht.« Otto bemühte sich, nicht allzu entrüstet zu klingen.

»Bestechung ist eben alles.«

»Du hast gut reden!« Beim Aussprechen des Du durchzuckte Otto zunächst eine Art Panik, gefolgt von einer unbändigen Abenteuerlust. In jener Nacht hatten sie sich geduzt, aber danach war der Abstand wieder so groß geworden, dass ihm das Du unpassend, geradezu plump vorkam.

Seitdem vermied er die direkte Ansprache, wie sie es auch tat. Er beobachtete nun, welche Reaktion das Du bei ihr auslöste, doch sie hatte es allem Anschein nach gar nicht bemerkt, war damit beschäftigt, das Biest zu streicheln und es zärtlich Füchschen zu nennen. Am liebsten hätte der Kommissar den Köter gepackt und zum Fenster herausgeschleudert, um seinen Platz einzunehmen. Doch als er einen Schritt auf das traute Paar zuging, begann das Vieh sofort, hysterisch zu knurren.

»Ich denke, er hat schlechte Erfahrung mit Männern gemacht, ich werde ihn hierbehalten. Geben wir ihm ein paar Wochen, vermutlich muss er sich an andere Menschen erst gewöhnen.«

Da. Auch sie hatte die direkte Anrede vermieden. Otto hatte es deutlich gemerkt. Außerdem enttäuschte ihn das Gesagte zutiefst. Wochenlang sollte er warten, bis sie sich wiedersahen?

Sein Plan war der gewesen, mit Hilfe des Tiers wieder an Lore heranzukommen. Nicht uneigennützig, zugegeben. Aber dass es so nach hinten losging, damit hatte er keinesfalls gerechnet. Er räusperte sich. »Können wir kurz reden? Es ist wegen eines Falls«, sagte er und hatte sofort ein schlechtes Gewissen. Erneut benutzte er ein Thema, um an sie heranzukommen, dabei hatte er sich nach dem Tod des Gärtners vorgenommen, sie nie wieder in einen Fall zu involvieren.

»Auf der Terrasse«, sagte Lore leise, während sie weiter den Hund streichelte. »Ich komme nach.«

Unter dem wachsamen Blick des Hundes verließ Otto die Küche rückwärtsgehend und setzte sich draußen auf einen der Gartenstühle. Von den Beeten her strömte der köstlich-süße Duft der Blumen. Dann musste der Wind gedreht haben, denn ganz plötzlich wurde er von einem verstörend strengen Gestank nach Schweiß oder Zwiebeln umhüllt. Otto atmete durch den Mund.

Zwei Minuten später war Lore bei ihm, in der einen Hand hatte sie eine Karaffe mit seinem Lieblingsgetränk, Lavendelwein mit einem Schuss Holunder, in der anderen zwei Gläser.

»Tür zu, schnell«, rief sie ihm zu. Otto sprang auf und schloss die Terrassentür hinter Lore, bevor der Dackel ihr folgen konnte. Wütend kläffte der Köter die Scheibe an und benetzte sie dabei mit seinem Atem. Als Lore ihm den Rücken zukehrte, streckte Otto dem Hund die Zunge raus.

»Worum geht es?«, fragte Lore, nachdem sie sich gesetzt hatten und eingeschenkt worden war.

»Ich war gerade unten bei diesem Kaktus-Kaiser.«

Lore wurde blass.

»Sah nicht gut aus«, fuhr Otto fort.

»Ich weiß.«

Nanu, warum reagierte sie so einsilbig?

»Und weiß man auch, wer das gewesen sein könnte?«

Lore stieß ein unfrohes Lachen aus. »So einfach werden die Ermittlungen nicht werden.«

Dann sah sie zu Boden. »Die Leute sind besorgt, weil große Waldbestände in der Gegend mit einer Krankheit befallen sind. Vermutlich gibt man Kaktus-Kaiser die Schuld, dass er die Krankheit eingeschleppt hat.«

»Was für eine Krankheit?«

Lore machte eine unbestimmte Kopfbewegung. »Man weiß nichts Genaues. Tatsache ist, dass sie sich ziemlich schnell verbreitet. Krummsiegel erzählte mir, dass in der Gegend von Rohrbach Waldbestände befallen sind, hier in der Gegend offensichtlich auch, da Kaktus-Kaiser verdächtigt wird.«

Otto schnupperte. »Was stinkt denn hier so?«

Lore riss die Augen auf. »Ach das, ich habe die Beete behandelt.«

»Sind Ihre Sträucher auch befallen?«, fragte Otto und sprang auf. Von dem nahe gelegenen Rhododendron bog er die Zweige beiseite. Nun wurde er von dem Gestank voll erwischt. Dann sah er die braunen Flecken, die sich in die Blüten und Blätter gefressen hatten. Als er einen Teil des Strauches beiseite bog, sah er, dass auch die schmalen Stämme befallen waren. Ganz ähnlich wie bei seinem Holzscheit. Dann war also auch sein Brennholz befallen.

Lore hatte sich zögernd genähert.

»Ich habe versucht, die Pflanzen mit einem Sud aus Zwiebeln und Knoblauch zu kurieren, aber das hat nichts gebracht.«

Otto nickte.

»Darf ich?«

Als Lore zögernd einwilligte, brach er einen der befallenen Zweige ab. Er würde das im Labor untersuchen lassen.

Lore wirkte besorgt.

Otto schickte ihr einen zuversichtlichen Blick. »Das wird schon wieder. Ich kümmere mich darum.«

»Vielen Dank«, sagte Lore wenig erleichtert. »Ich kümmere mich inzwischen um diesen Fall da drinnen.« Mit dem Kinn wies sie auf den Dackel, der wütend hinter der Tür auf und nieder sprang.

SURVIVAL TRAINING

»Jonas, warte!« Bines Stimme kippte ins Weinerliche. Ihre neuen Gummistiefel rieben an den Fersen, ihr roter Anorak zog sie wie mit schweren Händen in die Tiefe, und ihr Bruder lief so schnell, dass seine blaue Jacke immer wieder von den dichten grünen Zweigen verschluckt wurde. Bine kniff die Augen zusammen, um ihr Gesicht vor den kleinen Ästen zu schützen, die ihr ins Gesicht peitschten. So war sie fast blind, während sie weiterlief. Plötzlich prallte sie gegen etwas Hartes und schrie auf.

»Ich bin's doch, Heulsuse.« Jonas stand vor ihr. Scheinbar hatte er doch Mitleid gehabt und auf sie gewartet.

»Du sollst doch nicht so schnell laufen«, wimmerte Bine. Das hatte er ihr versprechen müssen, als sie zugestimmt hatte, mit ihm sein Lieblingsspiel zu spielen. ›Sörveiver‹ hieß es, sein Computerspiel. Sörveiver bedeutete bedeutete, sich querfeldein durch den Wald zu schlagen, wilde Tiere, wie zum Beispiel Kühe und Hunde in die Flucht zu schlagen und sich von dem zu ernähren, was sie im Wald fanden. Bine hasste das Spiel. Die Sachen, die sie aßen, waren oft eklig, und sie hatte Angst allein mit ihrem Bruder im Wald. Aber Jonas hatte ihr versprochen, mit ihr auf den Rummel zu gehen, wenn sie mitmachte.

Bine bereute es, sich auf das Spiel eingelassen zu haben. Sie könnte jetzt mit Lisa und ihrem neuen Puppenwagen spazieren gehen. Lisa hatte Bine sogar angeboten, sie könne ihre Puppe Gabi mit in den Wagen legen. Bine sehnte sich nach dem glatten, weichen Stoff der Wagendecke und nach einer normalen Straße. Statt hier mit ihrem blöden großen Bruder durch den Wald zu rennen. Vorhin, als sie den Eilerhof überquert hatten, waren sie einem wütenden Kettenhund begegnet und hatten sich vor ihm in den Wald retten müssen. Jetzt kamen sie anscheinend wieder an einen Weg, dafür mussten sie jedoch eine Wand aus dicken, dornigen Büschen durchqueren. Die Dornen ritzten in Bines Gesicht und zerrissen ihre Jacke. Mama würde wütend werden, wenn sie nach Hause kam. Als sie endlich hindurch waren und auf dem Weg standen, war Bine heilfroh.

»Bist du müde?«, fragte Jonas und blickte auf die Kuhweide, die vor ihnen lag. Bine nickte.

»Lass uns was zu Essen suchen«, schlug Jonas vor. Bine hatte gehofft, dass sie endlich nach Hause gingen. Aber Jonas schlug sich schon wieder ins Gebüsch, grüne Sträucher, die am Wegrand wuchsen. Bine wurde unbehaglich. Sie hasste Waldnahrung. Was hatte sie nicht schon alles probiert. Graswurzeln gingen ja noch. Die waren frisch und schmeckten nach jungem Grün. Jedes Mal, wenn Bine im Malunterricht diese Farbe benutzte, hatte sie sofort den Geschmack auf der Zunge. Sie hatten auch schon Kartoffeln vom Acker gegessen. Roh. Die Erde, die daran hing, knirschte zwischen den Zähnen. Die Zuckerrüben dagegen gingen dann wieder, die waren wenigstens süß. Am schlimmsten waren die Pilze, die sie einmal probiert hatten. Mit grünem Rand. Die waren so schleimig, dass Bine fast gekotzt hätte.

Jetzt pflückte Jonas weiße Beeren von dem Strauch. »Hier, die knallen im Mund, musst du mal probieren.« Er streckte ihr seine Hand hin, die schmutzig war und voller weißer Erbsen. Bine nahm misstrauisch eine in die Hand und schob sie zwischen die Zähne. Und wirklich, beim Draufbeißen zersprang die Erbse mit einem Knall. Das war lustig. Aber dann schmeckte die Erbse bitter und Bine hatte einen komischen Schleim im Mund. »Nimm noch 'ne Knallerbse«, rief Jonas.

»Ich will 'ne Zuckerrübe«, jammerte Bine. Sie hoffte, dass Jonas es einsehen würde, dass sie hier keine Zuckerrüben fanden und nach Hause gehen würden.

Doch Jonas ließ seinen Blick über die Kuhweide und den angrenzenden Acker schweifen und suchte den Boden konzentriert ab. »Da!«, rief er und war schon durch den Stromzaun geschlüpft. Bine bekam Angst, denn die Kühe auf der Weide hoben die Köpfe. Jonas trabte über die Weide, genau auf die Herde zu. Dann bückte er sich und hob etwas vom Boden auf. Er war der Herde gefährlich nahe. Eines der Tiere kam langsam, mit gesenkten Hörnern auf ihn zu. Jonas packte seine Beute und rannte zurück zum Zaun.

Bines Herz klopfte wie wild. »Beeil dich«, rief sie ihrem Bruder zu und merkte, dass sie fast heulte. Sie war heilfroh, als er runter von der Weide war. Triumphierend hielt er ein Stück weiße Rübe in die Höhe.

»Du spinnst, das ist doch für die Tiere«, sagte Bine, aber Jonas holte sein Taschenmesser aus der Hosentasche und begann, das Stück in schmale Schnitze zu schneiden. Er reichte Bine ein Stück, und sie biss mechanisch drauf. Auch er schob sich ein großes Stück in den Mund und kaute. Die Rübe schmeckte nicht nach Zucker. Sie war überhaupt nicht süß. Sie schmeckte bitter, und Bine spürte auch Sand zwischen den Zähnen knirschen. Sie spuckte ihr Stück wieder aus. Ihre Zunge war betäubt wie beim Zahnarzt. Sie bekam einen Schrecken, und plötzlich wurde ihr von innen ganz kalt. »Jonas!«, rief sie und streckte ihre Hände aus.

DROHGEBÄRDEN

Es war ein Bilderbuchmorgen. Der Himmel bildete einen Baldachin aus samtigem Blau, und die Sonne brachte die noch nachtschwarzen Baumkronen des Wiebelsbacher Forsts zum Glühen. Die Luft war wie frisch gewaschen und umschmeichelte kühl Lores Haut. Sie war in aller Frühe aufgebrochen, um mit dem Füchschen spazieren zu gehen. Der Hund war die ganze Nacht ruhig gewesen und hatte brav geschlafen. Lore führte dies darauf zurück, dass sie das Körbchen des Kurzbeiners mit Lavendel aromatisiert hatte.

Lavendel klärt den Geist und belebt die Sinne.

Beim Füchschen zeigte der Lavendel hervorragende Wirkung, es verhielt sich ruhig und ausgeglichen.

Bei Lore versagte das Wundermittel jedoch. Obwohl sie mehrmals pro Tag einen Löffel Lavendelhonig einnahm, war sie ein seelisches Wrack. Sie schlief kaum und wälzte sich nachts in Schuldgefühlen.

Sie machte sich bittere Vorwürfe, dass sie Blumenzwiebeln und Gemüsepflanzen von der Ausstellung entwendet und in ihrem Garten eingepflanzt hatte. Womöglich waren diese die Verursacher der Waldkrankheit, die sich so rasant ausbreitete.

Durch ihre Unwissenheit und Gier hatte Lore möglicherweise eine Landplage ausgelöst, die sich nicht mehr eindämmen ließ.

Als der Kommissar die Krankheit bei ihr entdeckt hatte, wäre sie fast gestorben. Statt ihm zu gestehen, was sie getan hatte und dass sie die mögliche Urheberin der Epidemie war, hatte sich Lore selbst als Opfer dargestellt und fühlte sich entsprechend mies.

Auch Krummsiegel hatte sie noch nichts gebeichtet, sie war einfach zu feige.

Das Füchschen, das auf seinen Dackelbeinen den asphaltierten Weg der Außerhalb entlang trappelte, lenkte sie von ihren düsteren Gedanken ab. So ging sie eine Weile, bis sie zu den Gewächshäusern des Kaktus-Kaisers kam. Deren Anblick ließ ihr den Atem stocken. Die Randalierer hatten wieder zugeschlagen. Die Plastikplanen, mit denen die zerborstenen Glasscheiben provisorisch geflickt worden waren, hingen zerrissen und in Fetzen herab. Lore blieb einige Sekunden lang stehen, um das Ausmaß der Zerstörung zu betrachten.

Sie bestrafen den falschen. Zu mir müssen sie kommen, ich bin die Schuldige, dachte sie und tastete nach ihrem Rinderfußhandy. Sie würde Kommissar Otto anrufen und ihm gestehen, was sie getan hatte.

Doch sie hatte das klobige Handy nicht dabei. Also musste sie schnell umkehren, um ihn von zu Hause aus anzurufen. Ob darauf Strafe stand? Kriminalität gegen Pflanzen?

»Komm, Füchschen«, rief sie gehetzt und drehte sich um, um den Heimweg anzutreten. Der lange, steile Weg lag nun vor ihr, und ganz oben thronte die Burgveste, umgeben von der imposanten Mauer, die sich wie ein Wall um den Gipfel des Otzbergs zog. Doch es war nicht der steile Weg, der Lore in einen Schockzustand versetzte, sondern das, was sie dort erblickte. Ein roter Schriftzug leuchtete von der Burgmauer und schien ihr geradewegs ins Gesicht zu schreien.

WALDENSERFLUCH

Otto hatte geschlafen wie ein Baby. Die ersten Momente nach dem Aufwachen, im halbwachen Zustand, befand er sich in einer Blase traumverlorenen Glücks und fühlte sich zufrieden wie ein kleiner Junge. Doch sobald ihm die Realität bewusst wurde, bekam er ein schlechtes Gewissen. Wie hatte wohl Lore die Nacht verbracht? Hatte das Vieh sie genauso terrorisiert wie ihn die ganze Zeit? Und wie war es mit dem Gassi gehen? Eigentlich hatte Otto gestern Abend noch einmal anrufen wollen, um zu fragen, ob alles in Ordnung sei, doch zu groß war die Angst, dass Lore mit dem Vieh nicht klarkam und er den Hund umgehend abholen musste.

Und die Ruhe, die er seit Tagen zum ersten Mal wieder genießen konnte, war zu verführerisch. Gestern Abend hatte er seit Langem einen ausgedehnten Abendspaziergang mit Peppy unternehmen können, ohne dass sie einen großen Bogen um jeden anderen Spaziergänger oder anderen Hund machen mussten. Gefolgt war eine Nacht, in der er endlich durchschlafen konnte. So hatte Otto zwar ein schlechtes Gewissen, fühlte sich andererseits aber wie neugeboren. Außerdem war Lore wohl wehrhaft genug, sich zu melden, falls sich die Beziehung zum neuen Haustier als Vollkatastrophe erweisen sollte.

Jetzt erst, mit ein bisschen Abstand war Otto klar geworden, was Beate ihm mit dem Vieh wirklich angetan hatte. Beates Rache war nicht süß gewesen, sondern rot und besaß eine enorme Reichweite und Durchschlagskraft. So nannte Otto den Hund inzwischen: Beates Rache.

Otto überlegte kurz, Lore anzurufen, doch verschob den Gedanken auf nach dem Frühstück. Langsam schälte er sich aus dem Bett, sein Morgenmahl zögerte er genussvoll hinaus, gönnte sich anschließend eine Morgenrunde mit Peppy und stieg dann ins Auto. Er konnte genauso gut vom Wagen aus anrufen. An jeder roten Ampel nahm er sich vor, zum Hörer zu greifen, doch sofort wurde es wieder grün. Er näherte sich von Mühltal her dem Lohberg-Tunnel. Hier hatte er sowieso keinen Empfang, konnte also genauso gut warten, bis er im Präsidium ankam.

In diesem Moment klingelte sein Handy.

Otto fummelte das Gerät aus der Ritze des Beifahrersitzes. »Was gibt's, Brenneisen?«

»Guten Morgen, Chef. Frau Kukuk hat gerade angerufen. Scheinbar ist da draußen etwas passiert.«

In diesem Moment fuhr Otto in den Tunnel und verlor den Empfang. Verdammt. So schlimm stand es also um Lore und die Hundetöle. Warum hatte sie nicht ihn direkt angerufen? Otto setzte das Blaulicht auf sein Autodach und trat aufs Gas. Trotz verbrecherischer Geschwindigkeit kam ihm der Weg durch den Tunnel endlos vor. Als er schließlich durch war, bog er Richtung Ober-Ramstadt ab, um sich dort über die B 426 bis zum Otzberg durchzuschlängeln. Als Otto auf der Veste ankam, war er seekrank wegen der vielen Kurven.

Auf dem Burghof musste er erst ein paar tiefe Atemzüge nehmen. Bevor er an Lores Haustür klopfte, lauschte er, ob drinnen Geräusche des randalierenden Viehs zu hören waren. Doch alles schien ruhig, und er klopfte sanft an die inzwischen so vertraute Holztür. Nichts geschah, so legte Otto wieder sein Ohr an die Tür, um nachzuhören, ob jemand zu Hause war. Als Lore öffnete, fiel er ihr entgegen.

Lore fing ihn auf. Für einen verwirrenden Moment lagen sie sich in den Armen, und Otto war als höben 1000 Geigen über seinem Kopf zu fideln an.

Dann lösten sie sich verlegen voneinander und Otto räusperte sich. Er rechnete damit, jede Sekunde den randalierenden Dackel am Bein zu haben. Doch es blieb ruhig. Sie musste den Köter irgendwo weggesperrt haben.

»Wo steckt der Teufelsbraten?«, fragte Otto.

»Unten an der Mauer.« Lore deutete zögernd die Richtung mit dem Finger an. Otto begriff. Sie hatte das Tier noch nicht mal im Haus behalten, daher war es hier so ruhig.

»Ich muss ein Geständnis ablegen.«

»Später«, sagte Otto. »Lassen Sie uns erst runtergehen.« Besser den Hund schnell unter Kontrolle bekommen, bevor er noch mehr Unheil anrichtete.

»Ich hole nur meine Tasche.« Lore verschwand im Haus und erschien kurz darauf wieder.

»Ist er weggelaufen?«, fragte Otto, als sie den Burghof verließen.

»Na, das können Sie sich wohl denken.«

Otto fragte sich nun zwar, warum sie ihn dann zur Burgmauer führte. Aber vielleicht hatte sich der wilde Kerl in irgendein Loch verkrochen, und sie bekam ihn nicht mehr heraus. Nach dem Burgtor führte sie ihn links entlang der Mauer, blieb dann stehen und deutete auf den uralten behauenen Stein. »Hier ist es.«

Eine kleine Menge an Menschen hatte sich versammelt und debattierte aufgeregt. Otto hörte, wie sie nach der Polizei verlangten. Er versuchte, den Köter ausfindig zu machen. Was war nur passiert? Er trat zu der Menschengruppe hin und zog den Polizeiausweis aus seiner Jackentasche.

In diesem Moment wandte sich ein Gesicht aus der Menge Otto zu. Es war eine alte Frau, mit verwittertem, blassem Gesicht, deren weißes Haar ihren Schädel wirr umkränzte. »Die böse Saat ist aufgegangen.« Mit unheilvollem Ton las sie das vor, was in leuchtenden roten Lettern an die Mauer geschrieben stand. Otto verstand nicht, was das alles sollte.

»Was hat der Köter angestellt?«, fragte er Lore.

Lore blickte ihn fassungslos an. »Welcher Köter?«

»Ich denke, es geht um den Hund.«

Lore schien nachzudenken. Dann fiel der Groschen. »Sie meinen das Füchschen?« Ihre Augen bekamen nun einen fast fröhlichen Glanz, und sie deutete auf den roten Schriftzug.

»Es geht um diese Schmiererei! Deshalb habe ich den jungen Kommissar heute Morgen angerufen.«

»Es ist wieder so weit«, flüsterte die Alte mit unheilvoller Miene.

Otto kratzte sich am Hals. »Haben Sie das an die Wand geschrieben?«, fragte er die alte Frau.

Die riss die Augen so weit auf, dass ihr Gesicht für Sekunden so glatt wurde wie das eines jungen Mädchens. »Wo denken Sie hin? Das ist der Waldenserfluch.«

»Das ist Lene Henrich«, stellte Lore die Alte vor.

»Wie bitte?« Otto benötigte Zeit, das zu verstehen. Es ging hier offensichtlich um einen mehr oder weniger harmlosen Fall von Vandalismus, die Burgmauer war verschmiert. Das war nicht schön, aber abwaschbar.

Doch die Leute schienen in dem Satz »die böse Saat ist aufgegangen« etwas anderes zu lesen. Lene Henrich griff nach seinem Ärmel und sah ihn mit beschwörender Miene an. »Versteht ihr denn nicht? Der Waldenserfluch.«

Otto runzelte die Stirn und wandte sich an Lore. »Was meint sie?«

»Wovon redest du?«, fragte Lore die Alte, die mit unheilvollem Gesicht begann zu erzählen.

»Als die Waldenser hier einwanderten, war unser Land verwüstet und entvölkert vom 30-jährigen Krieg. 50 Familien aus dem Pragelatotal siedelten in Rohrbach-Wembach-Hahn und bestellten die Felder, pflanzten Kartoffeln auf den Feldern und Gemüse in ihren Gärten. Auch Blumen züchteten sie. Ihre Gärten waren bald sehr prächtig, auch fuhren sie reichlich Ernte ein. Da war viel Neid unter den Einheimischen. Bald sprach sich herum, dass es sich bei der Gartenkunst der Waldenser um Hexerei handeln musste. Eines Nachts versammelten sich ein paar Dorfbewohner und zündeten die Höfe der Waldenser in Wembach an. Die Scheunen und Häuser mit den Strohdächern brannten lichterloh. Ein Teil der Familien kam in den Flammen um. Ein paar jedoch konnten sich retten. Sie packten ihre Habe und machten sich auf nach Norden. Vorher haben sie aber noch einen Fluch ausgesprochen. ›Eure Wälder werden nimmergrün. Erst stirbt der Wald, dann das Vieh, dann der Mensch.‹«

Die Alte riss wieder die Augen bedeutungsvoll auf. »Jetzt ist der Fluch wahr geworden.«

Die Umstehenden schwiegen, alle hatten der Geschichte andächtig gelauscht. Otto wusste aber nicht recht, was er von der Sache halten sollte. Er fand es weit hergeholt, den Schriftzug mit dem wie auch immer gearteten Fluch in Verbindung zu bringen. Otto machte ein Foto von der leuchtend roten Schrift.

»Wir kümmern uns drum«, sagte er zu der Alten und trat mit Lore den Rückweg an.

»Was ist von der Sache zu halten?« Otto ärgerte sich, dass er unwillkürlich die direkte Anrede vermied.

Lore zuckte ratlos die Achseln. »Von der Legende habe ich noch nie gehört, obwohl ich mich seit einer Weile mit den Hugenotten und Waldensern beschäftige. Im Burgmuseum gibt es dazu bald eine Ausstellung.«

»Aha«, sagte Otto. Es ging also wieder um diesen Wanderpfad. »Andererseits …«, Lore blieb stehen, »stimmt es ja. Unsere Wälder verlieren ihre Blätter. Also scheint sich der erste Teil des Fluches zu erfüllen.«

»Und als Nächstes stirbt das Vieh und dann Menschen?«

Otto blickte in den blauen Himmel. Der Morgen wärmte sich gerade an für einen strahlenden Sonnentag, und alles Hässliche und Gemeine schien so unendlich weit entfernt.

Lore blickte ihn an. »Ich hoffe nicht.«

»Eines wissen wir seit heute mit Gewissheit.«

»Was?«

»Wir haben einen Täter. Jemand hat die Bäume absichtlich infiziert.«

Lore starrte ihn an, sie wirkte fast erleichtert über diese Nachricht. »Das ist richtig. Aber wer sollte so etwas tun?«

Otto blies einen Stoß Luft aus. Nun wurde ihm erst das volle Ausmaß des Verbrechens bewusst. »Sie sagten, es sei besonders stark entlang des Hugenottenpfades, oder?«

Lore nickte.

»Gibt es jemanden, der dem Projekt Hugenottenpfad schaden will?«

Lore biss sich auf die Lippen. »Bis heute hätte ich geschworen, niemand. Das Projekt ist gut für die ganze Region. Es wird mit Geldern von der EU gefördert, wir werden mehr Touristen haben und damit für die ganze Region einen Aufschwung erleben.«

»Gab es Gegner des Projektes? Umweltorganisationen oder Politiker?«

Sie näherten sich Lores Haus. Hinter der Klinke steckte die neueste Ausgabe des Darmstädter Echos. Lore zog die Zeitung heraus und gab sie Otto, dann schloss sie die Tür auf.

Bevor sie die Haustür öffnete, drehte sie sich um und legte ihren Finger auf die Lippen.

»Das Füchschen«, flüsterte sie. »Besser nicht mit hineinkommen. Es hat sich gerade eingelebt. Lassen wir ihm etwas Zeit, bevor wir ihn mit fremden Menschen konfrontieren.«

Otto überlegte, wie er Lore klarmachen konnte, dass er kein Fremder war, doch dann keimte eine wilde Hoffnung in ihm auf.

»Das Tier kann also bleiben? Ist das kein Problem?« Noch mehr ruhige Tage? Der Kommissar konnte sein Glück kaum fassen.

Lore nickte. »Ja, bei mir ist er sehr brav. Er braucht aber noch Zeit, bis ich ihn mit Männern konfrontieren kann.« Lore öffnete die Haustür und machte Anstalten, ins Haus zu gehen.

Otto nickte. »Natürlich.« Er wollte sich gerade zum Gehen abwenden, als ihm ein Gedanke kam.

»Wer ist denn verantwortlich für die Einweihung dieses Hugenottenpfades?«

»Hugenotten- und Waldenserpfad.«

»Ja?«

»Eine Kommission, bestehend aus Lokalpolitikern.«

»Kann ich deren Namen haben?«

Lore nickte. »Schicke ich per Internetz.« Mit diesen Worten schloss sie ihm die Tür vor der Nase.

Otto setzte sich in den Wagen und fuhr los. Ein bisschen enttäuscht war er schon, dass Lore ihn nicht ins Haus gelassen hatte, denn er hatte heimlich auf eine Tasse von Lores unnachahmlichen Bohnenkaffee spekuliert und hätte gern nach dem Rechten gesehen. Gleichzeitig musste er schmunzeln. Eigentlich gefiel ihm die Vorstellung, dass der Hund Lore die Männer vom Hals hielt. Aber wenn er genau nachdachte, war diese Vorstellung gar nicht so schön, weil dieser Bann ihn selbst einschloss. Bevor Lore den Hund nicht hingebogen hatte, würde auch er, Otto, Lore nicht treffen können. Verflucht, dachte er und wäre am liebsten ausgestiegen, um das Vieh rundheraus abzuknallen. Nun wurde ihm klar, wie weit Beates Rache tatsächlich reichte.

Als Otto den Wagen auf dem Parkplatz des Präsidiums abstellte, bemerkte er, dass er die Zeitung von Lore mitgenommen hatte. Er hatte sie zusammengefaltet auf den Beifahrersitz geworfen, während der Fahrt hatte sie sich aufgeklappt, so dass er die Titelschlagzeile lesen konnte: ›Baumsterben vernichtet Odenwald‹.

Verdammt, das Thema hatte es auf den Titel geschafft. Otto würgte vor Schreck den Motor ab und griff nach der Zeitung. Im Artikel stand, dass sich die Waldkrankheit nicht nur besorgniserregend schnell ausbreitete, sondern auch eine Herde Vieh auf einer Kuhweide bei Nieder-Modau verendet war.

Das dumpfe Herzpochen des Kommissars schien die gesamte Fahrgastzelle auszufüllen. Vor seinem inneren Auge sah er die Odenwälder Bilderbuchlandschaft vor sich. Würde all dies bald ganz zerstört werden? Und dann das Vieh? Und was war mit den Menschen? Sein Verstand weigerte sich, an den Fluch zu glauben. Andererseits, wenn es sich um einen irren Täter handelte, der diesen Fluch nachahmte?

Dann sind demnächst Menschen dran, flüsterte ihm eine Stimme ein. Otto wischte den Gedanken beiseite. Er weigerte sich, so zu denken. Er hätte diesem alten Weib erst gar nicht zuhören sollen. Andererseits: Sprach der Satz ›Die böse Saat ist aufgegangen‹ nicht eine deutliche Sprache?

Fakt war, die Bevölkerung war bereits außer Rand und Band. Sie fürchteten nicht nur um ihre Touristenattraktion, sondern die Bauern auch um ihre Ackerfrucht und ihr Vieh.

Während Otto den Hof überquerte, beruhigte er sich. Es konnte ja nicht so schwer sein, diese Erkrankung in den Griff zu bekommen und ein Gegenmittel zu entwickeln. Wäre ja gelacht. Herrgott, sie lebten im dritten Jahrtausend. So betrat er fast schon wieder gut gelaunt sein Büro.

Bereits auf dem Gang kam ihm Brenneisen entgegen, sein Gesichtsausdruck ließ auf eine mittlere Katastrophe schließen. »Verdammt, wo stecken Sie? Ich versuche seit einer Stunde, Sie zu erreichen.«

Otto schmunzelte. Der junge Kollege musste endlich lernen, auch mal ohne seinen Vorgesetzten auszukommen. Otto griff mit wichtiger Miene in seine Tasche und holte das Handy hervor. »Ich war bei Frau Kukuk und habe direkt ein Foto von der Burgmauernschmiererei gemacht. Eine Art Bekennerschreiben. Sieht so aus, als stecke hinter der Waldkrankheit ein Verursacher, jemand, der absichtlich dem Projekt Hugenottenpfad schaden will.«

Otto warf einen Blick auf das Telefon. »Der Akku ist leer.« Er reichte seinem Kollegen das Telefon. »Laden Sie das Handy auf, dann schauen wir uns das Foto gemeinsam an.« Otto untermalte das Gesagte mit einem süffisanten Alles-wird-gut-Lächeln, um den Kollegen zu beruhigen, der ihn anstarrte, als wäre ihm der Leibhaftige begegnet.

Alle Farbe schien von seinem Gesicht gewischt.

»Wir haben zwei tote Kinder.«

»Wie bitte?« Otto versuchte ruhig zu bleiben, doch seine Gedanken und Gefühle überschlugen sich. Erst stirbt der Wald, dann das Vieh und dann der Mensch. Der Widerhall des Satzes dröhnte in seinem Kopf.

»Was genau ist passiert?«, fragte Otto mit trockener Kehle.

»Die Kinder wurden seit gestern vermisst und heute Nacht im Modautal gefunden. Ein Bauer hat die leblosen Kinder ins Groß-Umstädter Krankenhaus gebracht, doch jede Hilfe kam zu spät. Man vermutet eine Vergiftung. Noch wissen wir aber nichts Genaues.«

Brenneisen musste eine kurze Pause einlegen, um wieder Atem schöpfen zu können.

»Auch wenn nichts bewiesen ist, müssen wir uns der Frage stellen, ob die Waldkrankheit auch für Menschen gefährlich ist. Wenn ja, dann …« Brenneisens Gesicht verriet, dass er sich mit dieser Vorstellung erst gar nicht auseinandersetzen wollte. »Auch Weidetiere sind bereits verendet.«

»Ich weiß«, sagte Otto, »ich habe gerade den Artikel im Darmstädter Echo gelesen.«

»Sie sagen, an der Burgmauer hätte sich eine Art Bekenner verewigt?«

Otto nickte. »Wir haben es mit einem Erpresser zu tun. Und mit einem Mörder.«

Den Waldenserfluch wollte er vorerst nicht erwähnen.

»Geben Sie mir das Handy«, sagte Brenneisen. »Ich kümmere mich um ein Ladegerät, damit wir das Foto schnellstmöglich auswerten können.«

Otto reichte ihm den Apparat. »Recherchieren Sie mal zu dem Thema Hugenotten- und Waldenserpfad und der Einwanderung der Waldenser, es gab möglicherweise Zwistigkeiten zwischen den alteingesessenen Dorfbewohnern und Einwanderern. Je mehr wir über dieses Projekt erfahren, desto eher können wir den Fall aufklären. Ich kümmere mich derweil um die Auswertung der Unterlagen von diesem Kaktus-Typen. Vielleicht führt uns das zum Täter.«

»Aber können wir zum jetzigen Zeitpunkt nicht ausschließen, dass es sich um einen Unfall oder ein Versehen handelt, jetzt wo es einen Bekenner gibt?«

»Wir müssen in alle Richtungen ermitteln«, entgegnete Otto. »Außerdem lasse ich veranlassen, dass Professor Helm die Kinder obduziert. Wir brauchen schnell ein eindeutiges Ergebnis.«

Otto ignorierte Brenneisens vorwurfsvollen Blick und verzog sich in sein Büro.

Nach diesem Morgen hatte er sich einen Kaffee verdient. Er setzte die Maschine in Gang und startete seinen Computer. Frau Kukuk schien die Dringlichkeit der Situation erfasst zu haben, denn sie hatte ihm die Namen der Kommissionsmitglieder bereits geschickt. Otto überflog die Liste. Rainer Kesselbeck, Forstamtsleiter des Landkreises Darmstadt-Dieburg,

Stefan Weißgerber, Pressereferent des Kreistags, der Ortsbeiratsvorsitzende von Ober-Ramstadt, Bodo Helmstedt, weitere Abgeordnete aus dem Kreistag und Landrat Harry Lichtenberg, außerdem die Landesministerin für Umwelt und Naturschutz, Schirmherrin war die Bundesministerin. Otto druckte die Liste aus.

Nachdem er seinen Kaffee ausgetrunken hatte, machte er sich auf den Weg in die Rechtsmedizin, die praktischerweise ebenfalls im Schloss untergebracht war. Im Labor traf er Professor Helm an, der mit einem seiner Laboranten auf dem Seziertisch Pingpong spielte.

»Guten Morgen!«, rief er.

»Kollege, was gibt es?«, fragte Helm, nachdem er einen gekonnten Schlag abgegeben hatte.

Otto holte die Asservatentüte mit dem Rhododendronzweig aus Lores Garten aus seiner Tasche. »Kann Ihr Labor das untersuchen?«

Helm fing den Pingpongball, der ihm gerade zugespielt wurde, auf und kam zu Otto herüber.

»Mein Labor kann alles«, sagte er, während er die Beweisstücke mit der für ihn typischen Unerschütterlichkeit betrachtete.

»Wir ermitteln in einer grassierenden Waldkrankheit, bitte stellen Sie fest, um welchen Erreger es sich handelt und ob der möglicherweise für Menschen gefährlich ist.«

»Das wäre der erste seiner Art«, sagte Helm.

»Davon, dass Pflanzenkrankheiten auf Menschen übergehen, ist mir nichts bekannt. Aber man kann natürlich einiges einschleppen. Die Spinne in der Yuccapalme ist nur ein Beispiel von vielen. 1994 wurde der indomalaiische Palmenrüssler, ein aus Südostasien stammender Käfer, nach Spanien eingeschleppt, über irgendeinen Bananendampfer. Inzwischen hat er Italien, Frankreich, Malta, Zypern, Portugal und Griechenland erobert und höhlt ganze Palmen aus.«

Otto verdrehte die Augen. Er hatte keine Zeit für Helms Horrorgeschichten und unterbrach den Redefluss.

»Wir haben zwei tote Kinder, die möglicherweise an der Waldkrankheit verstorben sind. Die werden heute hierher überführt. Bitte untersuchen Sie die Kinder gründlich. Wir müssen möglichst schnell herausfinden, ob es einen Zusammenhang gibt.«

Ohne sich lange aufzuhalten, verließ Otto das Labor. Auf dem Weg zurück zu seinem Büro kam ihm Brenneisen entgegen. Er hielt ein DIN-A4-großes Blatt in die Höhe. »Ist dies das Foto, was Sie meinten?«

Otto erkannte den knallroten Schriftzug, der durch die Rückseite hindurch leuchtete. Er riss Brenneisen das Papier aus der Hand. »Wo haben Sie das her?«

»Ich habe Ihr Handy aufgeladen und mir erlaubt, das Foto herunterzuladen und auszudrucken. Wir haben schließlich keine Zeit zu verlieren«, fügte er verlegen hinzu.

Otto betrachtete das Foto. »Die böse Saat ist aufgegangen«, knurrte er leise und meinte damit auch ein ganz kleines bisschen Brenneisens Indiskretion. Was fiel dem Kerl ein, in seinen privaten Fotos herumzuschnüffeln.

»Sie sollten einen Sperrcode einrichten«, sagte Brenneisen, der Ottos Miene richtig interpretiert hatte.

»Ich habe nichts zu verbergen«, entgegnete Otto, wobei ihm genau dies besonders unangenehm war. Er war ein verdammter Langweiler, der noch nicht mal versaute oder kompromittierende Fotos auf seinem Handy gespeichert hatte.

»Sie hatten recht, es handelt sich eindeutig um eine Erpressung«, sagte Brenneisen, als sie in Ottos Büro gekommen waren. »Nur, was möchte der Täter erreichen?«

Otto zuckte mit den Schultern. »Er will die Einweihung des Hugenotten- und Waldenserpfades stören, möglicherweise den Wohlstand der Region verhindern.« Otto meditierte kurz über dem Foto und blickte dann auf. »Haben Sie etwas herausgefunden über diesen Hugenottenpfad und lässt sich daraus ein Motiv ableiten?«

Brenneisen machte eine unbestimmte Kopfbewegung.

»Der Hugenotten- und Waldenserpfad ist circa 1.800 Kilometer lang und führt quer durch Europa. Er startet in Südfrankreich, führt durch die französischen Alpen, über Genf, durch die Schweiz bis

Schaffhausen und schließlich durch Deutschland bis Bad Karlshafen in Nordhessen. Die Strecke folgt dem realen historischen Fluchtweg der Hugenotten, so bezeichnete man die französischen Protestanten, das Wort wird von dem deutschen Wort Eidgenossen abgeleitet. Im 17. Jahrhundert erließ Ludwig der 14. ein Edikt, das ihnen die Ausübung ihrer Religion verbot. Ende des 17. Jahrhunderts verließen etwa 250.000 französische Hugenotten ihre Heimat und kamen nach Deutschland. Eine zweite Gruppe von protestantischen Flüchtlingen, die sogenannten Waldenser, die in Südfrankreich und im damals französischen Piemont ansässig waren, machten sich ebenfalls auf nach Deutschland. Einige davon ließen sich in Rohrbach und Wembach-Hahn nieder.«

»Das ist bei Ober-Ramstadt, oder?«, fragte Otto.

Brenneisen nickte. »Ja, die Orte gehören zur Gemeinde Ober-Ramstadt. Die toten Kinder und das verendete Weidevieh wurden bei Nieder-Modau gefunden, auch das gehört zum Landkreis. Die Region profitiert vom Hugenotten- und Waldenserpfad. Seit der Wanderpfad von der EU zum paneuropäischen Kulturfernwanderweg erklärt wurde, fließen Gelder in die Kassen der Kommunen. Vor Kurzem wurde eine Wegstrecke bei Rohrbach und Wembach ausgebaut, diese Teilstrecke soll nun in einer feierlichen Zeremonie eingeweiht werden. Gleichzeitig ist dies der Anlass, den Pfad in diesem Abschnitt stärker touristisch zu vermarkten.«

Otto nickte. »Ist ’ne große Sache. Schirmherren sind die EU und die Bundesministerin. Ich habe die Namen der Kommission, die dieses Projekt betreut.« Otto reichte Brenneisen die Liste, die Lore Kukuk ihm geschickt hatte.

Brenneisen überflog die Namen. »Schwer zu glauben, dass jemand dem Projekt schaden will. Ich frage mich, was dahintersteckt.«

Otto kratzte sich den Bart, der deutlich über der Dreitagegrenze war. Er kam nicht darum herum, von der Begegnung mit Lene Henrich zu berichten.

»Äh, es gibt einen blödsinnigen Fluch. Angeblich gab es Zwistigkeiten zwischen den Einheimischen und den Einwanderern, die aus der Ortschaft vertrieben wurden, indem man ihre Höfe anzündete. Einer der Flüchtenden hat wohl einen Fluch ausgesprochen.« Otto bemühte sich, den Wortlaut genau hinzubekommen. »Eure Felder werden nimmergrün. Erst stirbt der Wald, dann das Vieh, dann der Mensch.«

Über Brenneisens Gesicht huschte ein Anflug von Spott. »Hört sich an wie ein Ammenmärchen.«

»Ja«, entgegnete Otto ungeduldig. Aber was, wenn der Täter dieses Märchen zur Vorlage nimmt zu morden? Wäre ja nicht das erste Mal, dass ein Irrer irgendeinen Mythos als Vorlage für seine Verbrechen benutzt.«

Brenneisen zuckte mit den Schultern. »Auf einen Fluch bin ich bei meinen Recherchen nicht gestoßen.

Im Gegenteil. Die Waldenser, die sich in Rohrbach und Wembach-Hahn um 1700 niederließen, waren fleißige Bauern, die sich vorbildlich integriert haben. Sie brachten sogar neue Obst- und Gemüsesorten mit, unter anderem waren sie maßgeblich für die Verbreitung der Kartoffel in Südhessen verantwortlich.«

Vielleicht ist gerade das der Grund, dachte Otto. Fortschritt bringt auch viele Neider.

»Wir nehmen uns als Erstes die Mitglieder der Hugenotten-Kommission vor«, entschied er. »Bei Politikern ist doch immer etwas faul.«

CHEMIEUNFALL

Die Temperatur in den Laborräumen der Nova-Tech befand sich auf Kühlschrankniveau, als wolle man unerwünschte chemische Reaktionen, die durch Hitze in Gang gesetzt werden, gezielt unterbinden. Dabei war genau eine solche Reaktion gerade im Gange.

Weißgerber wurde klar, dass er einen gravierenden Fehler begangen hatte, als er Evelyn darum bat, ihn bei der Untersuchung der Waldkrankheit zu unterstützen. Evelyn hatte die Sache an ihren ehemaligen Studienkollegen weitergegeben, und der hatte die Sache an den Laborleiter der Nova-Tech weitergeleitet, Dr. Gernot Rütter, führender Spezialist auf dem Gebiet der Epidemieforschung und nicht nur der Beste auf seinem Gebiet, sondern auch der bestaussehende Laborleiter, den Weißgerber je zu Gesicht bekommen hatte.

Offensichtlich sah das Evelyn Jost ebenso, denn hier und in diesem Moment, als Weißgerber, Evelyn, ihr Studienkollege und Forstamtsleiter Kesselbeck dem Spezialisten in seinem Hochleistungslabor einen Besuch abstatteten, um sich über seine Forschungsergebnisse aufklären zu lassen, war eine chemische Reaktion im Gange, die intensiver war als jeder Vorgang, der da hinter Glaswänden und in Reagenzgläsern vor sich gehen mochte.

Weißgerber verfluchte sich, dass er den Vorgang nicht einfach an die Pappnasen vom Landeslabor weitergeleitet hatte. Die würden zwar das Rätsel um die Baumkrankheit nicht lösen, dafür aber die Finger von Evelyn lassen, im Gegensatz zu diesem Virendompteur, der dabei war, Evelyn mit den Augen zu verschlingen. Weißgerber überkam die blanke Wut, wenn er den Doktor nur ansah. Menschen, die in Labors arbeiteten, hatte er sich immer anders vorgestellt: blutleer, mit Mundschutz.

Dieser Dr. Rütter war alles andere als eine Laborratte. Er hatte rötlich-braunes, dichtes Haar, aber nicht die typischerweise damit einhergehende weiße, sommersprossige Haut, sondern besaß eine attraktive Bräune. Weißgerber fragte sich, wie er das anstellte bei seiner Labortätigkeit. Vielleicht Solarium. Aber der Typ sah gar nicht nach Solarium aus. Eher wie ein Naturbursche, der sein Leben an der frischen Luft verbrachte und eine Frau locker aus einer Bergspalte retten konnte. Gleichzeitig war der Typ ein Brain, hochintelligent und eine Koryphäe auf seinem Gebiet. Und er trug keinen Ring am Finger. Weißgerber musste sich zusammenreißen. Wenn schon in Sachen Evelyn die Felle am Horizont verschwanden, musste er zumindest dafür sorgen, dass es mit dem Projekt nicht ähnlich lief. Mit aller Macht konzentrierte er sich auf den Bericht, den der Experte nun ablegte.

»Bei der Waldkrankheit handelt es sich um eine Art von Phytophthora. Der Name kommt übrigens aus dem Griechischen und bedeutet so viel wie Pflanzenvernichter.«

»Wir kennen den Namen der Krankheit bereits«, unterbrach Weißberger schroff. »Worum handelt es sich genau bei der Erkrankung? Unser Forstamtsleiter vermutet Pilze.«

Die Lippen des Doktors verbreiterten sich zu einem Grinsen. »Nun, um Pilze im eigentlichen Sinne handelt es sich dabei nicht.« Evelyn und Dr. Rütter tauschten einen amüsierten Blick.

Weißgerber konnte sich nur mit Mühe beherrschen.

»Ich rede auch nicht von Champignons oder Pfifferlingen. Sondern Pilzsporen.«

Der Doktor griff einen der befallenen Zweige mit einer Pinzette und hielt ihn in die Höhe. »Das Erscheinungsbild unseres Schädlings ist einem Pilz durchaus ähnlich. Sehen Sie hier«, er drehte den Zweig hin und her. »An den Zweigen und Blättern zeichnen sich dunkle Flecken ab. Doch bei der Phytophthora handelt sich genau genommen um Oomyceten, sogenannte Eipilze oder Scheinpilze.«

»Also Pilze. Welche Form von Fungizid empfehlen Sie?« Weißgerber verschränkte die Arme. Sollte der Kerl doch mal zeigen, was er drauf hatte.

»Hören Sie doch erst einmal zu. Oomyceten sind näher mit Braunalgen, Goldalgen und Kieselalgen verwandt als mit Pilzen.« Rütter nahm nun zwei Petrischalen in die Hand, die auf dem Labortisch gestanden hatten und hielt beide in die Höhe. »Die Oberfläche von Pilzen ist in der Regel glatt.« Der Doktor hob die Schale, die entsprechend glatte Strukturen aufwies leicht an.

»Oomyceten hingegen«, er hob nun die Petrischale an, die eine zerfaserte Struktur aufwies, »bilden begeißelte Schwärmerzellen, sogenannte Zoosporen, das heißt, auf ihrer Oberfläche entspringen direkt nebeneinander eine in Schwimmrichtung gerichtete, mit feinen Härchen befiederte Zuggeißel und eine rückwärts gerichtete, unbefiederte Schleppgeißel. Sie sind somit keine echten Pilze.«

Weißgerber schnaubte. Echte Pilze, falsche Pilze, er verstand kein Wort, wollte er auch gar nicht. Er wollte eine Lösung.

»Doktor«, unterbrach er den Redefluss des Spezialisten.

»Ja, bitte?«

Erkannte Weißgerber in der Haltung des Chemikers eine Spur von Ironie? Egal. »Diese Oooo …«

»Oomyceten«, ergänzte Evelyn und erntete dafür einen anerkennenden Blick von Rütter. »Oder nennen Sie sie einfach parasitäre Eipilze.«

Garantiert nicht, dachte Weißgerber. »Wie kann man die bekämpfen?«

Der Doktor spitzte die Lippen. »Der Schädling, mit dem wir es zu tun haben, verbreitet sich rasant. Auf den infizierten Blättern entwickeln sich innerhalb weniger Minuten Sporangien, die sich bei feuchter Witterung leicht ablösen und mit Wind und Regentropfen verbreitet werden. Sie können jegliche Pflanzen befallen …«

»Mich interessiert weniger, wie die Art der Verbreitung ist, als wie wir diese … Infektion schnellstens bekämpfen können. Machen Sie doch bitte damit weiter.«

Die Runde gab Weißgerber mit strafenden Blicken zu erkennen, dass sein Verhalten unangebracht war. Aber das war ihm egal. In dieser Ansammlung von Romantikern und Forschern war er der Pragmatiker.

»Dazu wollte ich gerade kommen«, antwortete Rütter milde. »Wie gesagt, Nässe und feuchte Bedingungen begünstigen die Verbreitung der Sporen. Zur Bekämpfung …« Der Doktor schickte einen ernsten Blick in die Runde, bevor er fortfuhr.

»Es gibt eine Anzahl von Chemikalien, die die Sporangien hemmen und abtöten. In der Regel erzielt man mit schwefelhaltigem Staub oder Quecksilberverbindungen gute Ergebnisse, mit diesen Mitteln werden beispielsweise auch Getreidesorten gegen Mehltau behandelt.«

Weißgerber schluckte bei der Vorstellung von Quecksilber in Getreide. »Und haben Sie das getestet?«

Der Doktor fuhr fort: »Wir haben diesen Wirkstoff bereits getestet, allerdings nur mit Teilerfolgen. Die Oomyceten wurden zwar abgetötet, doch die Sporen blieben weiterhin aktiv und waren in der Lage, sich zu vermehren und zu verbreiten. Die neu angelagerten Sporen sind wiederum resistent gegen den alten Wirkstoff. Es handelt sich damit um eine besonders aggressive Gattung von Oomyceten.«

Er machte eine Pause und schaute in die Runde. Evelyn klebte an seinen Lippen.

»Ganz neu aus der Forschung gibt es ein Mittel, das aus einem heimischen Pilz gewonnen wird, dem Schneckling.«

Weißgerber musste ein Grinsen unterdrücken.

»In Laboruntersuchungen wurde nachgewiesen, dass diese Sorte Pilze eine Vielzahl von antibiotischen

Substanzen enthält, die gegen Bakterien und parasitische Pilze aktiv sind. Mit einem Wirkstoff, der aus diesem Pilz gewonnen wird, ist es bereits gelungen, die Knollenfäule Phytophthora infestans in den Griff zu bekommen. Diese gefährliche Erkrankung hat bislang große Bestände der Kartoffelernte vernichtet. Chemisch gesehen gehört die Substanz zur Gruppe der Oxocrotonatfettsäuren und wirkt vor allem gegen die sogenannten Oomyceten, zu denen Phytophthora infestans gehört. Allerdings nicht in unserem Fall.«

»Doktor, kommen Sie zum Punkt!« Weißgerber bekam allmählich das Gefühl, dass der Doktor ein geschicktes Verwirrspiel spielte, um die Kontrolle zu behalten.

Weißgerber hörte von Evelyn ein leichtes Räuspern, bevor sie das Wort ergriff. »Was ist mit Strobilurinen?«

Die Anwesenden drehten sich erstaunt zu Evelyn um. Die Augen des Doktors begannen zu leuchten. »Sie sind Kollegin?«

Evelyn wurde rot wie eine Konfirmandin. »Biochemie, ich habe bei Professor Anke in Kaiserslautern promoviert«, erklärte Evelyn.

Der Pakt zwischen Evelyn und dem Doktor schien in diesem Moment besiegelt. Weißgerber hätte kotzen können. Gaben die beiden jetzt Albano und Romina Power in Weiß?

»Dann sind Sie ja Spezialistin auf dem Gebiet der

Strobilurine.« Rütter wandte sich an die gesamte Runde: »Dabei handelt es sich um eine Fungizidklasse, die aus dem Kiefernzapfenrübling gewonnen wird. Ein Verfahren, das in den 70er Jahren von Professor Anke entdeckt wurde. Kompliment, Kollegin, Sie haben bei einem der besten gelernt.«

Evelyn lächelte geschmeichelt und blickte zu Boden. »Wir haben auch mit diesen Wirkstoff experimentiert«, fuhr der Doktor fort. »Um das Wirkspektrum zu erhöhen, haben wir die natürlichen Strobilurine weiter chemisch verändert, bisher ohne Erfolg. Wir arbeiten inzwischen mit Basidiomyceten, ein aus Hutpilzen gewonnenes Fungizid, und testen dessen Wirkweise.«

»Oh«, Evelyn jubelte vor Bewunderung. »Dann sind Sie ja in der Forschung ganz vorn.«

Neid kochte in Weißgerber auf wie eine toxische Flüssigkeit. Eine solche Reaktion hatte er bei Evelyn nie hervorgerufen.

Weißgerber erblickte sein Spiegelbild, das ihm von der gegenüberliegenden Glastür von einem der Laborschränke zurückgeworfen wurde, und sah einen Mann, an dem der Zahn der Zeit genagt hatte. Familie und eine gehörige Portion Ehrgeiz hatten ihm einiges abverlangt. Auch körperlich. Er konnte mit einem jungen Haudegen wie diesem Rütter nicht konkurrieren. Aber er war auch nicht bereit, kampflos aufzugeben. Irgendetwas missfiel ihm an dem Kerl. Er war zu selbstbewusst. Zu siegesgewiss, dabei hatte er allem Anschein nach nichts in der Hand, um diese Epidemie einzudämmen. Weißgerber fixierte das Gesicht des Doktors. Der Mund, der durch einen eng gewachsenen Kiefer spitz zulief, sah aus, als ob er laufend pfeifen würde. Wie ein Kind, das in den Keller geht und sich selbst Mut zupfeift. Auch diese zweifarbigen Augen, eines bräunlich und das andere grünlich. Frauen fanden so etwas faszinierend, so viel war klar. Bei Weißgerber weckte der Anblick unangenehme Assoziationen, die er zwar nicht zuordnen konnte, die sich jedoch mit jedem Wort manifestierten, das der Doktor sagte. Weißgerber verspürte den Drang, ihn bloßzustellen.

»Mit anderen Worten, wir haben nichts?« Er hob die Hände und wandte sich Beifall heischend an die restliche Gruppe. »Wir stehen seit einer Stunde herum, hören uns irgendein spezialisiertes Gequatsche an und erfahren jetzt, Sie haben kein Gegenmittel?«

Evelyn blickte Weißgerber an, als habe er gerade den letzten existierenden Pandabären eigenhändig geköpft. Die anderen in der Runde sahen ratlos aus, Rütter ließ sich nicht provozieren.

»Nein, und ich möchte vor allzu viel Optimismus warnen. Wir haben es mit einer äußerst aggressiven Spezies zu tun, die sich schnell ausbreitet und besonders rasch Resistenzen entwickelt. Ich kann eine schnelle Bekämpfung nicht versprechen.«

Evelyn strahlte, als habe der Doktor gerade die Lösung aller Weltprobleme verkündet. »Ich bin überzeugt, dass wir bei Ihnen in besten Händen sind. Wenn Sie das nicht hinbekommen, dann kein anderer.« Euphorisch wandte sie sich an ihren Studienkollegen. »Danke, Engelhardt, von uns allen, du hast uns wirklich den besten Spezialisten zukommen lassen, den wir bekommen konnten.«

Mit stolzer, beglückter Miene blickte sie durch den Raum. Rütter lächelte tapfer, aber wenig hoffnungsvoll. Weißgerber stopfte die Hände in die Hosentaschen seiner Jeans.

»Uns läuft die Zeit davon. Die Zeitungen laufen Amok. In zwei Wochen ist die Eröffnungsfeier …«

Evelyn unterbrach ihn. »Wir wissen, wie dringend es ist, Stefan. Und wir arbeiten mit *höchster* Dringlichkeit an einer Lösung.«

Weißgerber überhörte den anmaßenden Ton. Und rein fachlich traute er diesem Kerl auf jeden Fall mehr zu als den Schnarchnasen von den behördlichen Labors, bei denen man erst einmal seitenweise Formulare ausfüllen musste, bevor die nur ein Reagenzglas anfassten.

»Haben Sie irgendeine Idee, wie dieser Pilz eingeschleppt worden sein könnte?«

»Oomyceten«, korrigierte der Doktor lächelnd, »kein Pilz. Tja, die Infektion kann viele Ursachen haben. Jemand bringt eine infizierte Pflanze aus dem Ausland mit …«

Dieser Kakteen-Heini, schoss es Weißgerber durch den Kopf. »Ich veranlasse eine gründliche

Untersuchung von diesem Kaktushändler in Lengfeld«, sagte Weißgerber.

»Ich wäre vorsichtig mit solchen Verdächtigungen«, entgegnete der Doktor. »Es kann ebenso sein, dass jemand eine infizierte Pflanze im Wald entsorgt hat. Was allerdings beunruhigend ist …«

Der Doktor machte eine Kunstpause.

»Was?«, fragten Weißgerber und Evelyn wie aus einem Munde.

»Diese Form der Phytophthora ist besonders aggressiv und resistenzstark, sodass wir uns vorstellen können, dass der Erreger in einem Labor gezüchtet wurde.«

»Und wie kommt es dann in den Wald?«

Die Augen des Chemikers wurden schmal, als formuliere er gerade eine These, für die er sich viel zu weit aus dem Fenster lehnte. »Weil dieser Jemand das wollte?«

»Oder es war ein Unfall«, entgegnete Evelyn. »Jemand hat infiziertes Material nicht sachgemäß entsorgt, und dann ist es passiert.«

Der Doktor schien nicht überzeugt. »Dieser Jemand muss schon recht dumm gewesen sein. Wir wissen doch beide, Kollegin, dass Laborkräfte in der Regel mit dem Umgang von gefährlichen Substanzen hinreichend vertraut sind.«

»Wenn es Fachleute sind«, sagte Evelyn zweifelnd.

Weißgerber fuhr sich über die Stirn. Trotz der Kühlschranktemperaturen war ihm heiß geworden.

Und das nicht nur, weil die Blicke zwischen Evelyn und Rütter unverschämt mit Funken belastet waren.

»Bleiben wir mal bei Ihrer Theorie, Rütter«, rief er im Bestimmermodus. »Das hieße, jemand will dem Projekt Hugenotten- und Waldenserpfad schaden.«

Evelyn trommelte herausfordernd mit einem Kuli auf die Tischplatte.

»Ich kann nur sagen, dass vermutlich eine absichtliche Infektion vorliegt. Wie und warum, dazu fehlt mir der Hintergrund«, sagte der Doktor.

»Wir müssen die Polizei einschalten«, meldete sich der Forstamtsleiter mit brodelnder Stimme zu Wort. »Die Krankheit breitet sich rapide aus. Wir haben bereits jetzt sieben Hektar betroffene Fläche, und seitdem wir die ersten Schäden entdeckt haben, hat sich die Fläche verdreifacht. Unsere Revierleiter aus Groß Bieberau, Otzberg und Breuberg vermelden ebenfalls Schäden. Und Viehbestand ist verendet. Die Leute stellen bereits einen Zusammenhang her und bekommen Panik.«

Weißgerber hob den Finger an die Unterlippe. »Kann es denn sein, dass der Virus auch auf Tiere überspringt?«

Der Doktor nahm einen skeptischen Ausdruck an. »Das kann ich mir nicht vorstellen. Um Genaueres sagen zu können, müsste ich die verendeten Rinder untersuchen.«

»Wie auch immer«, sagte Weißgerber. »Wir kommen nicht darum herum, die Polizei und die Öffentlichkeit zu informieren. Ich werde für morgen eine Pressekonferenz einberufen. Ehrlich gesagt, hatte ich fest damit gerechnet, dass wir bis dahin positive Nachrichten haben.« Weißgerber ließ es klingen, als sei dies Rütters persönliches Versagen.

Evelyn wühlte in ihrer Handtasche und zog eine Visitenkarte heraus, die sie dem Doktor überreichte.

»Rufen Sie mich sofort an, wenn sich etwas tut. Tag und Nacht, ja?«

Hatte Weißgerber da eine besondere Betonung von ›Nacht‹ herausgehört oder war er bereits paranoid?

»Mich selbstverständlich auch.« Weißgerber kramte nun ebenfalls eine Visitenkarte aus seiner Sakkotasche und warf sie in die Kaffeetasse des Doktors.

»Oh, Verzeihung«, sagte er, als er feststellte, dass diese noch halbvoll war.

Draußen im Gang passte Weißgerber Evelyn ab. »War das wirklich nötig?«

Sie musterte ihn streng, nun hatte ihr Gesicht wieder diese harten Züge angenommen, die ihn so verrückt machten.

»Absolut.« Ihr Blick flammte.

»Ich traue dem Typen nicht, warum hat der nicht längst ein Gegenmittel gefunden?«

Evelyn schüttelte seine Hand ab. »Weil du ja so ein Experte bist«, zischte sie und stöckelte auf ihren hohen Absätzen davon.

Weißgerber hätte in ihrem Anblick ertrinken können. In diesem Moment klingelte sein Handy.

»Was ist?«, fragte er seine Sekretärin.

»Die Polizei will Sie sprechen. Sie sollen ins Präsidium kommen. Möglichst sofort.«

»Gut«, sagte Weißgerber. Damit hatte sich die Frage, wann und wie er die Polizei einschalten sollte, offensichtlich erledigt.

MASSEINHEITEN

Roland Otto stand vor dem Tassenregal der Kaufhof-Haushaltsabteilung und war auf der Suche nach einer geeigneten Waffe, die ihm dabei half, den bevorstehenden Ermittlungsmarathon zu überstehen.

»Wir schließen gleich«, sagte die Verkäuferin mit breiten Hüften, dünnen Haaren und dem Gesicht eines Türstehers. Ottos Blick schweifte konzentriert über die mit Glas und Keramik gefüllten Regale. Lieber die schlanke und sicherlich elegante weiße Tasse oder das orangefarbene Monster mit dem dicken Rand?

Die Verkäuferin schnaufte vernehmlich.

»Ich nehme die da«, sagte Otto und deutete auf das

orangefarbene Ungeheuer. Er brauchte eine Kaffeetasse, die nicht nach zwei Schlucken leer war.

»Das ist eine Müslitasse«, erklärte die Verkäuferin mit schmalen Augen.

»Prima. Wo kann ich bezahlen?«

»Hinten an der Rolltreppe«, fauchte die Verkäuferin und dampfte mit breitem Hintern ab.

Otto ging zur Kasse, reichte seine EC-Karte über den Tresen und ließ sich das orangefarbene Monster einpacken. Es würde ihn retten vor Müdigkeit, mangelnder Konzentration und Langeweile. Im Präsidium stand ihm ein Befragungsmarathon bevor, der nicht enden würde, bevor sie den Umweltsünder und Kindermörder gefasst hatten. Ein Wettlauf gegen die Zeit hatte begonnen, der keine Dienstzeiten kannte und keinen Schlaf.

Bereits jetzt überboten sich die Zeitungen mit sensationsgeilen Schlagzeilen: ›Napalm-Virus entlaubt Odenwald‹, ›Umweltsünder killt EU-Projekt‹ oder ›Waldkrankheit tötet Vieh‹.

Wenn erst bekannt wurde, dass zwei Kinder verstorben waren und dass das Virus möglicherweise für Menschen tödlich war, konnten sie die ganze Gegend evakuieren.

Sobald Otto in den Gang zu seinem Büro kam, wurde er von der Sekretärin abgefangen. »Ein Herr Weißgerber ist für Sie da.« Sie deutete auf die Sitze im Gang, wo ein athletischer Typ saß, der sich erhob, sobald er Otto als den ermittelnden Kommissar erkannte. Er begrüßte ihn mit festem Händedruck. Bei näherem Betrachten wirkte er etwas gesichtsmüde, aber vielleicht projizierte Otto nur seinen eigenen Zustand auf den Gast.

»Fünf Minuten«, sagte Otto, ging in sein Büro und schloss die Tür hinter sich. Es brannte ihn in den Fingern, die neue Tasse einzuweihen. Allein die Vorstellung einer Müslitasse voller Kaffee nach eigener Brauart erfüllte ihn mit Euphorie. Während der Kaffee gurgelnd durch die Maschine sickerte, rief er Brenneisen an. »Der erste Vertreter der Hugenotten-Kommission ist da.«

»Komme«, antwortete der Kollege und legte auf.

Wenige Sekunden später stand Brenneisen bei Otto im Büro. »Oh, Sie haben aber Kaffeedurst«, sagte er zur Begrüßung und deutete auf die orangefarbene Tasse voller dampfender Flüssigkeit.

»Wollen Sie auch?«

»Nein, danke.«

Otto war erleichtert, er hatte keinen weiteren Tropfen übrig. Die Tasse fasste tatsächlich den Inhalt der gesamten Kanne. Zufrieden nippte er an seinem Liter Glücklichmacher. »Holen Sie diesen Weißgerber rein.«

Auch der Vorgeladene schien erstaunt über Ottos Trinkgewohnheiten, verkniff sich aber eine Bemerkung. Er setzte sich auf den Besucherstuhl und fuhr sich mit allen zehn Fingern durch sein Haar, das für sein Alter, Otto schätzte ihn auf Mitte bis Ende 40, ungewöhnlich dicht war und das er in demonstrativer Länge bis über die Ohren trug.

»Sie sind Kommissionsmitglied des Euro-Projektes Hugenottenpfad«, eröffnete Otto das Gespräch.

Sein Gegenüber nickte. »Ja, ich bin Pressereferent des Kreistages und habe dieselbe Funktion bei diesem Projekt inne. Das heißt, ich informiere die Presse und bin Bindeglied zwischen Politik, Behörden, Anwohnern und Industriesponsoren.«

»Das Projekt wird von der EU unterstützt, auch mit Fördergeldern?«

»Entschuldigen Sie, könnten Sie mir erklären, worum es genau geht?«

»Wir ermitteln in dem Waldsterben rund um den Hugenottenpfad.«

Weißgerber verschränkte die Arme hinter dem Kopf und grinste. »Die Mordkommission ermittelt in einem Waldsterben?«

Ottos Mimik fror ein. »Wir haben es möglicherweise mit einem … Erpresser zu tun. Bitte beantworten Sie unsere Fragen.« Aus taktischen Gründen entschied er sich, noch nichts von den toten Kindern zu erzählen.

Weißgerber holte Luft. »Das Projekt Hugenotten- und Waldenserpfad wird gefördert im Rahmen vom LEADER, einem Förderprogramm, das sich für innovative Aktionen in ländlichen Regionen einsetzt.«

»Um welche Summe handelt es sich?«

»Eine Viertelmillion jährlich.«

Otto nickte langsam.

Sein Gegenüber taxierte ihn. »Ist ein europaweites Projekt.«

Otto lehnte sich zurück. »Die Summe ist für alle europäischen Partner?«

Weißgerber schüttelte den Kopf. »Nur für den Landkreis Darmstadt-Dieburg.«

»Erzählen Sie mir etwas davon. Die historischen Hintergründe kenne ich im Groben. Aber was hat es mit dem Hugenottenpfad auf sich?«

Weißgerber beugte sich nach vorn und legte die Unterarme auf den Tisch.

»Hugenotten- und Waldenserpfad, so heißt es offiziell.« Er lächelte. »Man muss sehr sensibel darauf achten, dass man empfindlichen Seelen nicht auf die Füße tritt. Die Realisierung des Projektes ist seit den 90er Jahren im Gange. Frankreich, Italien, die Schweiz und Deutschland haben sich an einen Tisch gesetzt …«

»Welche empfindlichen Seelen?«

Weißgerber schaute Otto erstaunt an.

»Sie sprachen gerade von Seelen, denen man nicht auf die Füße treten darf.« Otto schmunzelte über seine eigene Formulierung, er fand das Bild ›auf die Füße treten‹ im Zusammenhang mit einem Wanderpfad äußerst interessant.

»Ach ja«, sagte Weißgerber. »Der Streckenabschnitt, der neu ausgebaut und an den internationalen Pfad angeschlossen wurde, befindet sich zwischen Rohrbach und Wembach-Hahn, die hier siedelnden Kolonisten waren keine Hugenotten, sondern Waldenser, eine protestantische Gruppierung, die sich nach dem Laien- und Wanderprediger Petrus Valdes benannt hatte. Deshalb sagen wir hier immer ausdrücklich Hugenotten- und Waldenserpfad.« Das ›Und‹ betonte Weißgerber wie ein Lehrer an der Tafel. Otto nickte und Weißgerber fuhr fort.

»Die Waldenser stammten ursprünglich aus den Westalpen, an der Grenze zwischen den Savoyen und dem Piemont. Auch dort kam es Ende des 17. Jahrhunderts zu Vertreibungen durch die Katholiken, in deren Folge in Südwestdeutschland und in Hessen mehrere Tausend Waldenser, angesiedelt wurden. Unter anderem in Rohrbach und Wembach-Hahn, in der Gemeinde Ober-Ramstadt.«

Otto hörte interessiert zu. Ihm war gar nicht bewusst gewesen, dass so viel Geschichte vor seiner Haustür zu finden war.

»Also ist dieser Wanderweg von großer historischer Bedeutung?«, fragte er.

Weißgerber nickte. »Die Waldenser, genauso wie die Hugenotten wurden vom Regime Ludwig des 14. vertrieben und fanden in Deutschland eine neue Heimat. Der Hugenotten- und Waldenserpfad folgt dem realen historischen Fluchtweg der Hugenotten von Südfrankreich bis Bad Karlshafen in Nordhessen. Der Exilweg der Waldenser vereinigt sich kurz vor der schweizerischen Grenze mit dem Weg der Hugenotten. In Deutschland führt der Wanderpfad vom Ostrand des Schwarzwaldes durch den Kraichgau, über den Neckar in den Odenwald, durch das Rhein-Main-Gebiet bis zum Lahn-Dill-Kreis nach Nordhessen.«

»Wofür werden die Gelder der EU verwendet?«

»Für den Ausbau und die Pflege der Wege, Lehrtafeln, Marketing. Der Hugenottenpfad soll der neue Jakobsweg werden.«

»Der Hugenotten- und Waldenserpfad«, korrigierte Otto den Besserwisser.

Weißgerber nickte demonstrativ. »Gut aufgepasst. Der neue Streckenabschnitt soll Ende nächster Woche in einer feierlichen Eröffnung in Anwesenheit der Bundesministerin eröffnet werden. Zusammen mit der Eröffnung einer Ausstellung über die Hugenotten und Waldenser auf der Veste Otzberg. Ich muss Ihnen ja nicht sagen, was los ist, wenn dieser Skandal bis dahin nicht aufgeklärt ist oder wir zumindest ein Gegenmittel zu dieser Baumkrankheit finden.«

Otto nickte. Er war sich nicht sicher, ob es diesem Weißgerber ums Geld ging oder ums Prestige.

»Wie es aussieht, ist dieser Pfad eine Bereicherung für die Region. Wer könnte Grund haben, dieses Projekt zum Scheitern zu bringen?«

Weißgerber erhob seine beiden Hände zu einer ergebenen Geste. »Darüber zerbreche ich mir ebenfalls seit heute den Kopf.«

»Wieso seit heute?«

Weißgerber schien eine Sekunde zu zögern. »Ich habe auf informellem Wege einen erfahrenen Spezialisten hinzugezogen. Er hat das Virus untersucht, und sein Labor arbeitet mit Hochdruck an einem Gegenmittel. Bisher leider ohne Erfolg. Heute Mittag haben wir einen Zwischenbericht erhalten, und unser Spezialist äußerte den Verdacht, dass es sich um einen im Labor gezüchteten Erreger handelt, der sehr schwer zu bekämpfen sei.«

Otto tauschte mit Brenneisen einen Blick. »Ja, und wir haben einen Bekenner.« Otto legte Weißgerber das Foto der Burgmauerschmiererei vor. »Gibt es jemanden, den Sie verdächtigen würden, das getan zu haben?«

Weißgerber studierte das Foto interessiert, schüttelte dann aber den Kopf und fuhr sich zum wiederholten Mal durchs Haar. Otto hatte nicht mitgezählt, wie oft.

»Nein.« Weißgerber blickte Otto hilflos an.

Otto nahm Weißgerber die Rolle des loyalen Typen nicht ab.

»Strengen Sie sich an, Mann. Zwei Kinder sind bereits verstorben, ihr Tod steht möglicherweise mit dem Waldsterben im Zusammenhang. Wir brauchen jeden Hinweis.«

Nun war sein Gegenüber ernstlich sprachlos. »Was? Kinder? Wie sind sie gestorben? Warum denn?«

Otto lehnte sich zurück. »Das versuchen wir gerade herauszufinden. Bei dem Waldsterben handelt es sich längst nicht mehr um ein Umweltdelikt. Hier geht es um Mord.«

Weißgerber verstand, dass dies eine Retourkutsche für die unbedachte Bemerkung war, und wurde kleinlaut. Genau so, wie Otto ihn haben wollte.

»Das wusste ich nicht«, sagte Weißgerber kopfschüttelnd.

»Ich muss Sie auffordern, strengstes Stillschweigen über den Tod der Kinder zu bewahren. Aber sicherlich sind Sie sich nun der Ernsthaftigkeit der Angelegenheit bewusst.«

Weißgerber nickte beflissen.

»Also, wer könnte dem Hugenottenpfad schaden wollen? Vielleicht jemand, der zur Kommission gehören wollte, aber nicht aufgenommen wurde? Umweltschützer? Sie sagten, der Pfad wurde ausgebaut. Vielleicht waren Grundstücke oder Häuser betroffen, deren Eigentümer damit nicht einverstanden waren.«

Weißgerber wirkte, als müsse er sich sehr konzentrieren. »Ja, das gab es. Der Pfadabschnitt führte zum Teil durch Sumpfgebiet, und es gab Proteste von Umweltschützern. Aber ernsthaft«, er fuhr sich wieder durchs Haar und stieß prustend Luft aus, als suche der Druck, der ihn belaste, ein Ventil, »die Umweltschützer werden wohl kaum den Wald vergiften.«

»Nennen Sie uns bitte Namen.«

Weißgerber schloss die Augen. »Die Umweltaktivisten nennen sich Pro Modau, sie sitzen in Ober-Ramstadt in der Schäfergasse.« Brenneisen notierte die Adresse.

»Sonst noch Verdächtige?«

Weißgerber überlegte sichtlich angestrengt. »Außerdem kaufte die Gemeinde Ober-Ramstadt in den 90er Jahren ein paar Höfe auf, deren Grundstücke sich dort befanden, wo der Pfad verlaufen sollte.« Otto warf Brenneisen einen Blick zu. »Nennen Sie uns bitte die Namen der betroffenen Hofbesitzer.«

»Die Höfe, die verkauft wurden, befinden sich alle in Dinkelsweiler. Eine kleine Ansammlung von Höfen auf der Strecke zwischen Rohrbach und Wembach-Hahn. Die Namen der ehemaligen Besitzer müsste ich heraussuchen.«

»Das können wir auch.«

»Zum Thema Politiker …«

»Ja?«

Weißgerbers Gesicht drückte tiefes Schuldbewusstsein aus. »Der ehemalige Kreistagsabgeordnete Engel war als Geograf in die Kommission berufen worden, musste dann aber wegen eines Korruptionsskandals zurücktreten, verlor also die Position in der Kommission. Seitdem ist der dem Projekt gegenüber recht kritisch eingestellt. Ich will aber niemanden anschwärzen«, fügte er hinzu.

»Keine Sorge«, sagte Otto und notierte sich den Namen Engel.

Otto schloss die Akten und erhob sich. Weißgerber tat es ihm nach. In der Tür reichte er ihm die Hand zum Abschied. Kurz bevor er draußen war, zögerte er, drehte sich in der Tür noch einmal um.

»Und dann noch etwas.«

»Ja?« Brenneisen und Otto musterten ihn gespannt.

»Dieser Dr. Rütter, das ist der Laborleiter der Nova-Tech, der am Gegenmittel für die Waldkrankheit forscht. Er wirkt sehr kompetent, aber in drei Tagen intensiver Forschung hat er keine nennenswerten Ergebnisse vorzuweisen.«

»Was wollen Sie damit sagen?«

Weißgerber zögerte, bevor er die Antwort gab. »Er arbeitet im Labor, er besitzt die Fachkenntnisse, theoretisch könnte er derjenige sein, der das Virus entwickelt hat. Theoretisch.«

»Und was sollte das Motiv sein?«

Weißgerber stieß ein Lachen aus. »Das herauszufinden, ist Ihre Aufgabe, ich äußere nur einen hilfreichen Hinweis. Kann ich jetzt gehen?« Auf Ottos Nicken verließ er das Büro.

»Ich hätte ihn gern dabehalten, das Arschloch«, knurrte Otto. Einen Moment später stand Weißgerber wieder in der Tür. »Was ich Ihnen noch sagen wollte …«

»Tun Sie's«, sagte Otto mit versteinerter Miene.

»Morgen um zehn Uhr findet in der Otto-Berndt-Halle eine Pressekonferenz statt. Vielleicht wollen Sie dabei sein und über die Ermittlungsergebnisse berichten?«

Otto nickte. »Ja, das macht Sinn. Wir kommen.«

»Ob er gehört hat, wie ich ihn genannt habe?«, fragte Otto, als Weißgerber draußen war.

»Seit wann interessiert Sie so etwas?« Brenneisen durchforstete seine Notizen.

»Was halten Sie von ihm? Ich mag ihn nicht.«

»Das war nicht zu übersehen«, lachte Brenneisen.

»Ich bitte Sie. Beauftragt einen Spezialisten zur Bekämpfung des Waldsterbens und verdächtigt ihn dann, der Täter zu sein. Wie behämmert ist der Typ denn?«

Brenneisen machte eine unbestimmte Kopfbewegung. »Aber völlig unglaubwürdig wirkt er dennoch nicht. Seine Angaben über die Trockenlegung des Moores sind wahrheitsgemäß, das habe ich gerade überprüft. Auch die Angaben über die Grundstücke in Dinkelsweiler sind korrekt. Die Gemeinde hat dort Mitte der 90er Jahre einige Grundstücke erworben und die dazugehörigen Höfe abgerissen oder versetzt.«

Otto war erstaunt. Offenbar hatte Brenneisen mit der gesteigerten Kalorienaufnahme nicht nur körperlich zu menschlichen Formen gefunden, sondern auch seinen alten Scharfsinn zurückgewonnen. Bei Ermittlungen im letzten Jahr wegen einer Reihe von

Einbrüchen hatte der Kommissar begonnen, ernsthaft an den Fähigkeiten des Kollegen zu zweifeln.

Hier und heute musste Otto allmählich um seine Vormachtstellung fürchten. »Okay, wir sollten herausfinden, wer sich bei den Verkäufen der Häuser ein goldenes Näschen verdient hat. Wir müssen alle anderen Kommissionsmitglieder nicht nur befragen, sondern regelrecht durchleuchten. Finanzen, Lebensläufe, Wohnorte, das ganze Programm.«

Brenneisen wollte gerade das Büro verlassen, da rief Professor Helm an und teilte ihnen mit, dass er die Ergebnisse der obduzierten Kinderleichen hatte. Otto wurde nervös. Von den Ergebnissen hing einiges ab. »Okay, kommen Sie in mein Büro.«

TOXIKOLOGIE

Otto griff nach seiner Tasse, die immer noch gut gefüllt war, und trank einen Schluck. Sensationell. Der Kaffee war immer noch warm, ja fast heiß. Die Verkäuferin hatte gelogen. Es handelte sich bei dem orangen Geschoss nicht um eine Müslitasse, sondern einen Hochleistungs-Kaffeewärmer. Und das für ganze 2.99 Euro.

»Wie viele Tage am Stück wollen Sie denn wach bleiben?« Der Gerichtsmediziner Dr. Helm stand im Büro und beäugte belustigt das orange Monster in Ottos Händen. Seine Maße füllten den Türrahmen fast vollständig aus.

Otto verdrehte die Augen und warf dem Kollegen einen genervten Blick zu. Wegen der geräuschlosen Laborschlappen bemerkte man die Typen immer erst, wenn sie einem fast auf dem Schoß saßen.

»Mindestens, bis wir den Täter geschnappt haben.« Mit einem tiefen Schluck demonstrierte Otto, dass er den Kaffee keinesfalls nur aus Mittel zum Zweck trank, sondern aus purem Genuss. »Ich hoffe, Sie können mit Ihren Ergebnissen etwas zu einer schnellen Aufklärung beitragen«, knurrte er.

»Wir haben den Täter«, antwortete Helm.

Otto schoss das Blut in die Ohren, und sein Herz vollführte einen Trommelwirbel. So schnell sollten sie am Ende sein? Er konnte es nicht glauben. »Wir haben den Mörder?«

Helm machte eine abschwächende Handbewegung. »Wir haben den Wirkstoff, der die Kinder getötet hat.«

Ottos Euphorie sank in sich zusammen wie ein durchlöchertes Schlauchboot. Na warte, das würde er dem Kollegen heimzahlen.

»Fangen Sie an«, sagte er und stellte die Tasse so

heftig ab, dass er für einen Moment glaubte, sie bräche in der Mitte entzwei. Doch nichts geschah. Das Ding besaß die Stabilität eines Bierkrugs.

Helm blätterte aufreizend langsam in seinen Unterlagen. »Wir haben im Magen der Kinder verschiedene Pflanzenreste gefunden. Darunter Fruchtfasern der Schneebeere, der sogenannten Knallerbse, dann Reste von Rüben, die man gewöhnlich in ländlichen Gegenden als Viehfutter verwendet. Alles nicht gerade Grundnahrungsmittel für Kinder unter zehn Jahren, aber an sich nicht tödlich. Scheinbar haben sich die Kinder im Wald durchgefuttert, das ist ungewöhnlich, aber gesundheitlich unbedenklich.«

»Woran sind sie gestorben?« Ottos Ton war scharf. Am liebsten hätte er Helm eins mit dem Humpen übergezogen.

»Tödlich für die beiden Kinder war eine ungesunde Menge an Aconitin, die wir im Blut der beiden nachweisen konnten. Der Wirkstoff bewirkt eine erhöhte Permeabilität der Nervenmembranen, wodurch ein verstärkter Zustrom von Natrium in die Nerven- und Herzzellen ermöglicht wird. Diese werden überstimuliert, die Folge ist Atemlähmung und Herzstillstand.«

»Todesursache?« Otto schäumte.

»Habe ich soeben genannt. Atemlähmung und Herzstillstand. Bei dem Täter«, Helm machte eine Pause wie für einen Trommelwirbel, »handelt es sich um den *Aconitum napellus,* zu Deutsch Eisenhut.«

»Eine Giftpflanze?« Otto musste den Gedanken

an Lore Kukuk mit einem großen Schluck Kaffee hinunterspülen.

Helm nickte. »Die giftigste Pflanze Mitteleuropas, der Eisenhut wurde 2005 übrigens zur Giftpflanze des Jahres gewählt.«

»Giftpflanze des Jahres?«, schnappte Otto. »Was soll das denn für eine Trophäe sein?«

Helm stieß ein Lachen aus. »Ich dachte auch erst: Womöglich die Pflanze, mit der die meisten Menschen in diesem Jahr getötet wurden? Aber nein. Die Giftpflanze des Jahres wird seit 2004 vom Botanischen Sondergarten in Hamburg-Wandsbek präsentiert, mit dem Zweck der Aufklärung und Vorsichtsmaßnahmen. Menschen mit krimineller Energie mögen dennoch hierdurch inspiriert werden.«

»Und wie lautet die Giftpflanze des nächsten Jahres?«, fragte Otto spöttisch. »Professor Matthias Helm?«

Helm lachte. »Herr Kollege, so viel Witz hätte ich Ihnen gar nicht zugetraut. Und nein, für nächstes Jahr ist der Kalifornische Mohn avisiert. Ein besonders heimtückisches Alkaloid.«

»Zurück zum Eisenhut«, knurrte Otto, »was ist das für ein Zeug?«

Helm blätterte in seinem Bericht. »Vom Geschmack her wahrscheinlich ähnlich wie das, was Sie gerade zu sich nehmen«, sagte er ohne aufzublicken. Otto konnte erkennen, wie Helm sich ein Lachen verbiss.

»Wie gesagt, hochgiftig. Es wirkt sogar, wenn

man nur mit der Haut mit den Blüten oder Blättern in Kontakt kommt. Die Einnahme selbst kleinster Mengen ist absolut tödlich. Nach der griechischen Mythologie entstand der Blaue Eisenhut, als der Zeussohn Herakles den Wächter des Totenreiches, den dreiköpfigen Hund Zerberus, aus der Unterwelt auf die Erde hinaufbrachte. Vom Tageslicht geblendet, geiferte das Ungeheuer giftigen Speichel. Dieser fiel zur Erde, und aus ihm wuchs der Eisenhut, dessen Gift alles Lebende ins Reich der Toten befördern kann. Den Namen hat die Pflanze von den Blüten, deren oberstes Kelchblatt wie ein Ritterhelm ausgebildet ist. Daher auch der Name Eisen- oder Sturmhut. Der Eisenhut ist sehr verbreitet als Zierpflanze.«

Otto stieß ein vernehmliches Stöhnen aus. »Bitte, Helm, kommen Sie zum Punkt.« Sie hatten einen Fall zu lösen, und der Kerl hielt Vorträge über griechische Mythologie.

Helm grinste. »Herr Kollege, so ungeduldig kenne ich Sie gar nicht. Vielleicht sollten Sie doch mal über eine Drosselung Ihres Koffeinkonsums nachdenken«, er deutete mit dem Finger auf die orange Tasse.

Nun hatte Otto die Faxen dicke. »Helm, wir stehen unter großem Zeitdruck. Wenn irgendetwas zur Aufklärung des Falles von Bedeutung ist, dann sagen Sie es uns bitte. Bisher ist mir das nämlich nicht ganz klar.« Zur Bestätigung wechselte er einen Blick mit Brenneisen.

Helm machte eine beschwichtigende Geste.

»Alles ist hier wichtig. Glauben Sie mir. Als klassische Giftpflanze hat der Eisenhut in der Vergangenheit gute Dienste bei der diskreten Beseitigung von unerwünschten Personen geleistet. Durch die erhöhte Kontraktionskraft der Herzzellen stirbt der Betroffene nach der Einnahme von Eisenhut oft an Herzversagen. Dabei verhalten sich die Herzzellen wie bei einem Herzinfarkt. Somit …« Helm machte eine Kunstpause.

Brenneisen ergänzte den Gedanken. »Lässt sich eine natürliche Todesursache vortäuschen.«

Wieder drängte Otto sich der Gedanke an Lore auf. Immerhin stand die Klärung des rätselhaften Todes von Harald Gersprenz aus, der tot in Lores Beet gelegen hatte. An der Todesursache des Gärtners wollte er gar nicht weiter rühren.

»Nicht mit uns«, entgegnete Helm süffisant. »Nun, wir wussten ja, dass es sich möglicherweise um einen Unfall handelte, und bei Kindern kommt ein Herzinfarkt bekanntlich nicht allzu oft vor.«

»Denken Sie, es war ein Unfall?«

»Jede oberflächliche Art der Untersuchung hätte dies nahegelegt. Kinder spielen im Wald, naschen hier und da von den Früchten der Natur und erwischen die falsche Pflanze. Ich habe mir jedoch die Mühe einer genaueren Untersuchung gemacht. Bei dem Jungen steckte noch ein Stück unzerkaute Rübe tief im Schlund. Wir haben das Stück untersucht und Spuren von Eisenhut daran gefunden. Wir können also davon ausgehen, dass es sich um präparierte Köder handelt, die von den Kindern gegessen wurden.«

»Giftköder?« Otto war, als blicke er in einen Abgrund.

Helm nickte. »Ja, vermutlich, um Tiere zu töten. Rüben werden üblicherweise an das Vieh verfüttert.«

»Also, wir fassen zusammen«, schaltete sich Brenneisen ein. »Wir können ausschließen, dass die Kinder an dem Baumvirus gestorben sind. Sie verstarben an Eisenhut, wobei wir nicht wissen, ob es sich um einen Unfall oder Vorsatz handelt, korrekt?«

Helm nickte. »Absolut.«

»Apropos«, schaltete sich Otto ein. »Haben Sie das Baumvirus untersucht?«

»Selbstverständlich.« Helm griff nach dem zweiten Aktenbericht, den er mitgebracht hatte. »Unseren Erkenntnissen nach handelt es sich dabei um einen parasitären Eipilz, die sogenannte Oomycete, die verschiedene Pflanzenarten befällt und sich schnell ausbreitet.«

»Aber für Menschen und Tiere ist sie nicht gefährlich?«

Helm schüttelte den Kopf. »Nein, wie gesagt, die Kinder und wahrscheinlich auch das Vieh sind an den Eisenhutpräparaten gestorben.«

»Aber wie geht das zusammen?«, überlegte Otto.

Brenneisen schaltete sich ein. »Gibt es überhaupt einen Zusammenhang?«

Helm zuckte die Schultern. »Keinen wissenschaftlichen.«

»Der Waldenserfluch«, murmelte Otto.

»Wie bitte?«, fragten Brenneisen und Helm wie aus einem Mund.

Otto seufzte. »Es könnte sein, dass der Täter erst das Baumvirus verbreitet hat und jetzt eine Stufe weitergeht, indem er mit präparierten Giftködern Vieh und Menschen tötet. Es besteht die Möglichkeit, dass der Täter nach einem Fluch handelt, der einer Legende nach vor zwei Jahrhunderten ausgesprochen wurde.« Otto erzählte schamesrot von der Legende der brennenden Wembacher Häuser, doch statt Spott erntete er Interesse.

»Dann hat der Täter für uns eine Botschaft«, sagte Brenneisen.

»Nur welche?« Otto blickte in fragende Gesichter.

»Ich kann nur Folgendes sagen. Ich habe ja die Pflanzenkrankheit untersucht und bisher keinerlei Entsprechung einer anderen Art gefunden. Das heißt …«

»Das Virus wurde im Labor gezüchtet«, unterbrach Otto, »das hat schon ein anderer Spezialist festgestellt.«

Helm erhob sich. »Dann brauchen Sie ja meine Unterstützung nicht weiter.« Er drückte Otto den Bericht mit großer Geste in die Hand und verließ das Büro.

Otto griff unbeeindruckt nach seiner Tasse und nahm einen weiteren Schluck seines immer noch temperierten Kaffees. »Wir müssen damit rechnen, dass weitere Futter- und Nahrungsmittel mit Eisenhut präpariert wurden, und wir müssen mit noch mehr Toten rechnen«, sagte er zu Brenneisen, der ihn verblüfft anstarrte.

»Glauben Sie nicht, es wäre sinnvoll gewesen, Helm als Experten weiter einzubinden?«

Otto winkte ab. »Darum soll sich dieser Dr. Rütter kümmern. Der scheint doch führender Spezialist zu sein. Wir haben Wichtigeres zu tun, als das Ego eines beleidigten Wissenschaftlers zu pampern. Wir müssen schnellstmöglich die Bevölkerung warnen und die Gegend systematisch absuchen. Veranlassen Sie, dass gleich morgen früh eine Hundertschaft ausschwärmt und die Gegend sternförmig absucht.«

Brenneisen strich sich über den Stoppelkopf. »Aber ein Spezialist mehr …«

»Tun Sie, was ich sage, sonst haben wir bald noch mehr Tote«, brüllte Otto. »Danach fahren Sie fort mit der Überprüfung dieser Kommission. Und der Umweltschützer. Wer hat Zugang zu Giften, wer hat Zugang zu Labors, wer hat Grund, dem Pfad zu schaden, wo hat sich jemand auf Kosten anderer bereichert?«

Brenneisen wurde rot bis über beide Ohren und blickte Otto verständnislos an.

»Und was machen Sie?«

»Mein Hund muss raus«, erwiderte der Kommissar und verschwand in Richtung Ausgang.

CRÈME BRÛLÉE

Brenneisen war stinksauer. Okay, er hatte Roland Otto eine Menge zu verdanken. Als er letztes Jahr in einem Formtief steckte, weil seine sportverrückte Ex ihn auf körperliche Diät und sportliche Höchstleistung gesetzt hatte, sodass er keinen klaren Gedanken fassen konnte, hatte Otto ihn nach Kräften unterstützt. Aber das war kein Grund, den alten Kasernenton an den Tag zu legen.

Der Kommissar behandelte Brenneisen wie einen Kadetten. Was aber noch schlimmer war: Der Kommissar hatte ganz offensichtlich keinen Plan. Aber statt dass er sich gleichberechtigt mit Brenneisen austauschte, brütete er lieber allein vor sich hin und ermittelte in die Breite. Statt fokussiert vorzugehen und in die Tiefe zu gehen. Brenneisen war davon überzeugt, dass die Antwort auf der Hand lag. Dass der Täter ihnen direkt vor der Nase herumtanzte und darauf wartete, entdeckt zu werden. Nicht umsonst hatte er bereits ein Geständnis abgelegt. Mit roter Farbe an der Burgmauer, Herrgott, wie deutlich sollte er denn noch werden? Die Kinder lenkten nur vom ursprünglichen Fall ab. Sie, die Polizei, sollten an der bisherigen Spur dranbleiben. Die vorhandenen Fakten neu durchleuchten, statt allen Spuren sinnlos nachzulaufen. Eigentlich war Ottos guter Instinkt doch seine Stärke. Selbstverständlich kannte Brenneisen inzwischen Ottos geheime Ermittlungsmethode ›den Raum atmen‹ längst und wusste um dessen hohe Wirksamkeit.

Aber in diesem Fall gab es keinen Raum, den der Kommissar atmen konnte. Er konnte ja nicht die gesamte Odenwälder Waldluft inhalieren. Und der Tatort mit den Kindern war eine Kuhweide. Wenn man bei einer Vergiftung von so etwas wie einem Tatort reden konnte. Ja, Otto kam an seine Grenzen. Und schickte ihn, seinen Kollegen, auf einen Irrpfad sinnloser Ermittlungen, wodurch sie wertvolle Zeit verloren.

Nun ja, vielleicht konnte er, Brenneisen, in dieser Nacht alle Fakten auf den Tisch bringen, sodass Otto die Fakten atmen konnte und sie bald den Täter hatten.

Vorerst hieß es jedoch für Brenneisen, einen unangenehmen Anruf hinter sich zu bringen. Er wählte geradezu beschwörend langsam die Telefonnummer. Am anderen Ende wurde umso zügiger abgenommen. »Hi Schatz, wann bist du da?«

Brenneisen schluckte. Barbaras Stimme brachte ihn immer noch um den Verstand.

»Essen ist fertig. Ich mache gerade die Crème brûlée.«

»Essen fällt aus«, krächzte Brenneisen. »Ich komme spät bis gar nicht nach Hause. Wir haben einen ganz heiklen Fall.«

»Aber du musst doch etwas essen!«

Brenneisen hatte einen Wutausbruch erwartet. Oder misstrauische Unterstellungen, gegen die er sich rechtfertigen musste. Wie bei Verena, seiner Ex. Aber nein, Babs dachte in erster Linie an seinen Magen.

»Dann bringe ich dir dein Essen vorbei. Nur die Crème brûlée ist dann halt nicht mehr so cremig.«

Brenneisen wusste nicht, was er an seiner neuen Freundin mehr liebte. Die Tatsache, dass sie so verständnisvoll war oder dass für sie eine Mahlzeit ohne Dessert keine vollständige Mahlzeit war. Auch hierin unterschied sie sich wohltuend von Verena, für die bereits ein Salatblatt eine vollständige Mahlzeit dargestellt hatte.

Das einzige Problem war, dass er mit Barbaras Anti-Diät gnadenlos auseinanderging. So sehr, dass es bereits Otto aufgefallen war, Brenneisen hatte dessen Blicke wohl bemerkt. Aber nun war Brenneisen in so brûléeweicher Stimmung, dass er Barbaras Angebot nicht ablehnen konnte. »Die Tür ist offen«, murmelte er in den Hörer.

NACHTWANDERUNG

Der Mond stand am Himmel wie ein Scheinwerfer, dessen kaltes Licht ein Loch ins Dunkel der Nacht stanzte. Otto stand vor der Kuhweide, auf der die Kinder gestorben waren. Hinter seinem Rücken befand sich der Wald, zwischen den hohen kahlen Baumstämmen klebte die Finsternis wie Pech. Vor ihm, eingezäunt von einem Elektrozaun, lag die Kuhweide, deren Gras vom Mondlicht mit einem frostigen Licht überzogen wurde. Kühe befanden sich nicht mehr auf dem Terrain. Ein Teil der Herde war verstorben, den anderen Teil hatte der Bauer vor diesem verfluchten Ort in Sicherheit gebracht.

Ungefähr drei Meter hinter dem Zaun befand sich das eingezäunte Teilstück, auf dem die Kinder gefunden worden waren. Otto rief Peppy zu sich und leinte ihn an. Mit klopfendem Herzen betrat er die Weide und näherte sich dem Tatort. Das Gras knirschte unter seinen Schritten, nichts an diesem Ort wirkte friedlich. Otto befahl Peppy, sich außerhalb des circa drei Quadratmeter großen abgezäunten Grundstückes hinzusetzen, und kroch unter der Absperrung durch. Er ging in die Hocke und suchte mit den Augen das Gras ab, das knöcheltief war und keinen Blick bis auf den Boden zuließ. Otto streifte einen alten Lederhandschuh über und durchkämmte mit der Hand das Gras Zentimeter für Zentimeter. Ungefähr eine Stunde brauchte er für das kleine Teilstück. Er förderte eine tote Maus zutage, Äste und ein Stück uralten, vertrockneten Kuhdung. Sonst nichts. Er erhob sich unter Peppys gespanntem Blick und rieb sich den von der gebeugten Haltung schmerzenden Rücken. Seine Kniescheiben fühlten sich an, als würden sie von Stacheldraht zusammengehalten.

Er drehte sich im Kreis und fragte sich, wo er weitermachen sollte. Sekundenlang blieb er stehen, um herauszufinden, ob ihn seine Intuition in irgendeine Richtung zöge. Aber nichts geschah. So ging er wieder in die schmerzende Hocke und begann einen Streifen links außerhalb der Abzäunung abzusuchen. Als er etwas Hartes ertastete, erhöhte sich sein Pulsschlag. Vorsichtig nahm er den Gegenstand in die Hand und hob ihn gegen das schwache Licht. Sah aus wie ein Stück weißer Rübe. Otto suchte weiter und förderte weitere Stücke der Rübe zutage. Das mussten die Stücke sein, von denen die Kinder gegessen hatten. Die Spurensicherung hatte an der falschen Stelle gesucht und deshalb nichts gefunden. Otto rief Peppy zu sich. Jetzt kam der heikle Teil. Wenn er den Hund an den Rübenstücken schnuppern ließ, setzte er ihn echter Gefahr aus. Helm hatte ihn schließlich gewarnt, dass das Gift sogar über die Haut wirke. Otto wollte den Hund nicht gefährden, musste also einen Weg finden, den Hund an dem Rübenstück schnuppern zu lassen, möglichst ohne dass das Tier mit dem Gift in Berührung kam. Es blieb ein Risiko, aber es musste sein. Das Leben von Menschen und Tieren stand auf dem Spiel.

Otto hielt den Hund mit der einen Hand fest, in der anderen hielt er ein Rübenstück. »Such«, flüsterte er dem Hund zu. »Such«, wobei er darauf achtete, dass der Hund das Teil nicht berührte. Der Hund nahm aus gebührendem Abstand die Witterung auf. Nach einer weiteren Probe mit anderen Rübenteilen schickte Otto den Hund auf die Suche. Der begann sofort, mit gespannten Sinnen durchs dichte Gras zu streifen. Otto war hoch konzentriert. Wenn der Hund weitere präparierte Rübenköder fand, musste Otto ihn rechtzeitig zurückhalten, bevor der Hund in Kontakt mit dem Gift kam. Was Otto half, war die Tatsache, dass Peppy immer, wenn er die Beute fand, kurze, schrille Jagdlaute ausstieß, und ihn somit vorwarnte.

Der Hund wurde schnell fündig. Die Suche brachte weitere Rüben zutage, die zu kleinen Haufen auf der Weide ausgelegt waren. Das war die Bestätigung. Otto befürchtete nun, dass der gesamte Landkreis mit Rüben verseucht war. Morgen würden die Kollegen ausschwärmen und möglichst viele davon aus dem Verkehr ziehen. Aber es würde ihnen niemals gelingen, alle aus der Welt zu schaffen. Das war eine verdammt perfide Strategie.

Otto sammelte die Rübenstücke, die er gerade gefunden hatte, ein, um sie ins Labor bringen, auch wenn die Hoffnung, verwertbare DNA Spuren zu finden, sehr klein war. Wer so ein perfides Spiel spielte, zudem noch Laborexpertise aufweisen konnte, war zu geschickt, um Spuren zu hinterlassen. Es sei denn, der Täter wollte es so.

Zurück am Auto belohnte Otto Peppy mit einem Stück Leberwurst und legte die Tüten mit dem giftigen Inhalt in den Kofferraum. Er war sich sicher, dass er eine Botschaft von dem Täter enthielt. Otto wusste nur noch nicht, welche.

PRESSEBOMBE

Der nächste Tag besaß die Energie einer Atombombe. Otto konnte die Explosion irgendwo am Horizont erahnen, aber die volle Wucht war noch nicht bis zu ihm durchgedrungen. Er hatte heute Morgen in aller Frühe die Rübenproben ins Labor gebracht, um sie untersuchen zu lassen. Einer der Laboranten hatte einen Schnelltest durchgeführt. Wie zu erwarten, wiesen sie eine hohe Konzentration an Eisenhut auf.

Seit heute früh gingen auf allen Radio- und regionalen Fernsehsendern Warnungen von dem Verzehr oder der Verfütterung von Rüben aus. Eine zentrale Annahmestelle für Rübenproben wurde ausgelobt. Seit Tagesanbruch schwirrten Polizeikohorten aus, um weitere Boden- und Pflanzenproben in der Region zu entnehmen.

Was sich allerdings nicht an den Rüben befunden hatte, waren Fasern oder Spuren, die auf den Täter hinwiesen. Otto hatte nichts anderes erwartet, aber er glaubte inzwischen verstanden zu haben, was die Botschaft des Täters war.

Es war kurz vor zehn, als Otto mit seinen Aktivitäten zu Ende war. Er verließ sein Büro, um zur Pressekonferenz zu gehen. Auf dem Gang kam ihm Brenneisen entgegen, anhand seines übernächtigten Gesichts konnte Otto schließen, wie schlecht er selbst aussehen musste.

»Hier sind die Ergebnisse meiner Recherchen zu der Kommission.« Brenneisen reichte Otto einen Bericht. Otto hob abwehrend seine Hände. »Nicht jetzt, Kollege. Ich muss zur Pressekonferenz.« Er wollte schon weitergehen, da kam ihm ein Gedanke. »Hören Sie, Brenneisen.«

»Ja?«, sagte der Kollege.

»Versuchen Sie doch bitte herauszufinden, ob es in der Gegend weitere Vorfälle mit Eisenhut gegeben hat. Heute oder in vergangenen Jahren, ja? Sammeln Sie alle Vorfälle und übermitteln Sie sie mir, wenn Sie etwas gefunden haben.«

Brenneisen nickte und drückte Otto den Bericht in die Hand. »Und Sie lesen das, ja? Ist wichtig.« Otto rollte den Hefter zusammen und steckte ihn in die Seitentasche seines Sakkos. Das konnte warten. Eisenhut war die Botschaft des Täters, davon war Otto überzeugt. Die Spur des Eisenhuts würde sie zum Täter führen.

Drei Minuten später betrat der Kommissar die Otto-Berndt-Halle, wo die Pressekonferenz stattfinden sollte. Otto begab sich zunächst zu dem kleinen Seitenzimmer, wo sich die Veranstalter der Konferenz versammelt hatten und bereits auf ihn warteten. Weißgerber, der in einem Anzug steckte, der ihn wie das Abziehbild eines Erfolgsmanagers aussehen ließ, begrüßte ihn und stellte ihm die Anwesenden der Reihe nach vor. Zuerst eine attraktive Brünette.

»Das ist Evelyn Jost vom Regierungspräsidium, sie ist unsere Schnittstelle zum Ministerium und wird alle Fragen zu den Behörden und zur Verwaltung beantworten.« Otto drückte der Frau die Hand, deren fast männliche Gesichtszüge ihm erst auf den zweiten Blick ins Auge sprangen. Sie war wie eine Schönheit, nur knapp daneben. Otto fragte sich, wie es sich wohl anfühlte, so ein Leben als Trostpreis.

»Das ist Forstamtsleiter Kesselbeck.« Weißgerber wies auf einen Mann mit dem Gesicht eines traurigen Boxers. »Er wird alle Fragen zur Waldwirtschaft beantworten.«

»Das hier«, Weißgerber zeigte auf einen rothaarigen, etwas gehetzt wirkenden Mann, »ist Dr. Rütter, der Laborleiter der Nova-Tech, er hat die Waldkrankheit analysiert und arbeitet mit seinem Team unter Hochdruck an einem Gegenmittel.«

»Schon Ergebnisse?«, fragte Otto, während er Dr. Rütter die Hand schüttelte. Der Mann war ihm schon deshalb sympathisch, weil dieser Weißgerber ihm Misstrauen entgegenbrachte.

»Leider nein«, antwortete Rütter bedauernd. Er wirkte bleich und angegriffen. Wenig verwunderlich, der Mann hatte in den letzten Tagen bestimmt ähnlich wenig Schlaf abbekommen wie die Kommissare.

Dann nahm Weißgerber Otto beiseite. »Haben Sie Neuigkeiten wegen der Kinder?«

Otto nickte. »Der Zusammenhang mit dem Waldsterben ist noch nicht ganz geklärt, insofern warten wir mal ab, wie viel die Journalisten wissen, dann gebe ich das an Infos heraus, was ich für wichtig halte.«

Weißgerber nickte und sah auf die Uhr. »Es wird Zeit, gehen wir hinüber.«

Der Raum war besetzt bis auf den letzten Platz, an der Wand reihte sich Körper an Körper, und die Luft war erfüllt mit einer angespannten Hitze. Otto hatte den Eindruck, dass alle Journalisten der Republik zusammengekommen waren. Weißgerber eröffnete die Konferenz, indem er die Teilnehmer vorstellte, dann fasste er die wesentlichen Fakten über die Waldkrankheit zusammen. »Die Lage ist ernst, aber nicht außer Kontrolle«, erläuterte er mit auf Vertrauen geschulter Stimme.

»Wir haben es mit einer aggressiven Pilzerkrankung zu tun, die sich extrem schnell verbreitet, aber unser Wissenschaftsteam ist zuversichtlich, dass wir bald ein Gegenmittel haben.« Damit warf er Rütter einen auffordernden Blick zu, der darauf Details zur Krankheit erläuterte. Auf Otto machte er einen verunsicherten, unkonzentrierten Eindruck, er geriet immer wieder ins Stottern. Otto konnte sich vorstellen, dass Rütter auf die Journalisten nicht allzu vertrauenswürdig wirkte.

»Wie ist die Krankheit denn entstanden?«, fragte einer der Journalisten aus der ersten Reihe. »Halten Sie Kaktus-Kaiser für den Verursacher?«

Nun ergriff Otto das Wort. »Wir haben keine Hinweise darauf, dass das Virus von dieser Seite eingeschleppt wurde.«

»Was ist mit dem Burgmauerschmierer? Ist das nicht ein Hinweis auf den möglichen Verursacher?«

»Wir untersuchen das, es ist allerdings möglich, dass es sich dabei um einen Scherz oder einen Trittbrettfahrer handelt.«

»Wer könnte dem Hugenotten- und Waldenserprojekt schaden wollen?«

»Wir ermitteln diesbezüglich in alle Richtungen. Da können Sie sicher sein.« Otto begann allmählich zu schwitzen. Es war verdammt schwer, etwas zu sagen ohne den geringsten Inhalt. Allmählich begann er, Politiker zu bewundern.

»Gesetzt den Fall, der Streckenabschnitt kann nicht eröffnet werden«, fragte ein Journalist mit provokantem Unterton, »wie viel Geld geht dann der Gemeinde verloren?«

Weißgerber reagierte auf diese Frage mit sichtlicher Verbissenheit. »Wir gehen davon aus, dass wir das Problem schnell lösen werden.«

Höhnisches Lachen im Raum.

»In der Nähe von Rohrbach sind zwei Kinder umgekommen«, meldete sich ein Journalist zu Wort. »Gibt es einen Zusammenhang, und ist die Waldepidemie auch für Menschen gefährlich?«

Otto räusperte sich. »Die Kinder sind einem tragischen Unfall zum Opfer gefallen. Es handelt sich um eine Vergiftung mit Eisenhut, mit der Waldepidemie hat dieser Vorfall nichts zu tun.«

Ein Raunen lief durch den Saal, und die Fragen, die daraufhin unkoordiniert auf sie einprasselten, zeigten, dass man sich schwertat, dies zu glauben.

»Warum dann der Rückruf der Rüben?«, war eine Frage, die Otto sich herauspickte. Er griff sich das Mikrofon. »Wir haben berechtigte Annahmen, dass Rüben mit Eisenhut in Berührung gekommen sind und vorerst nicht verfüttert werden sollten.«

»Und womit sollen die Bauern dann ihr Vieh füttern?«

»Wir raten zur Verwendung von Kraftfutter«,

schaltete sich der Forstamtsleiter ein. »Auch Heu von der letzten Saison ist unbedenklich.« Otto war froh, als Weißgerber nach 45 Minuten die Veranstaltung beendete. Die Gruppe versammelte sich in dem kleinen Raum, zunächst äußerte jeder seine Betroffenheit über den Tod der Kinder. Weißgerber hatte tatsächlich nichts durchsickern lassen.

Der Forscher stand etwas abseits mit Evelyn Jost. Sobald der Pressesprecher dies bemerkte, stürzte er sich regelrecht auf ihn. »Verdammt, Rütter, was war denn das für ein Auftritt?«

Rütter schien zu perplex, um zu antworten, Evelyn Jost übernahm die Verteidigung. »Wieso? Er hat doch alles beantwortet?«

»Auf die Leute wirkt er eher wie ein Anfänger als wie ein Spezialist. Wie sollen die Journalisten uns denn abkaufen, dass wir die Lage im Griff haben?«

»Er ist eben kein Medienprofi, sondern Forscher«, schnaubte die Jost. »Er hätte gar nicht vor die Presse gehen sollen.«

»Stimmt«, knurrte Weißgerber. »Sein Platz ist im Labor.« Und an Rütter direkt gewandt: »Und von Ihrer Theorie haben Sie auch nichts erwähnt.«

»Welche Theorie?«, fragte Otto.

»Erzählen Sie, Doktor«, wurde der Spezialist von Weißgerber aufgefordert.

»Bei dem Virus handelt es sich um einen aggressiven Erreger, der möglicherweise genmanipuliert wurde, um ihn besonders resistent zu machen. Ich hatte Ihnen bereits davon erzählt.« Weißgerber warf Otto einen bedeutungsvollen Blick zu.

»Ja, das hat unser Gerichtsmediziner bestätigt.«

»Tut mir leid«, Rütter zögerte, »ich war nicht sicher, inwiefern das an die Öffentlichkeit kommen sollte.«

Weißgerber schnaubte.

»Je weniger die Presse erfährt, desto besser«, stärkte Otto dem Forscher den Rücken.

»Wir vermuten dennoch, der Verursacher des Baumvirus und der Eisenhutvergiftung ist derselbe. Was meinen Sie?«, fragte Otto Rütter. Der zuckte die Schultern. »Schwer zu sagen. Die Oomyceten stammen aus einem Labor, aber das mit dem Eisenhut kann jeder gewesen sein.«

»Jeder, der die Wirkung kennt.«

»Ja, aber die ist weitgehend bekannt, und man kann über Eisenhut im Internet alles erfahren.«

»Kann ich Ihre Untersuchungsergebnisse über diese Ooo…«

»Oomyceten.« Der Forscher lächelte.

»Ja, schriftlich haben?«

Weißgerber reichte ihm einen gebundenen Hefter. »Das ist der vorläufige Bericht.«

Otto blätterte durch Seiten von Formeln, am Ende stand eine Zusammenfassung des Berichtes, mit Datum und Unterschrift beglaubigt. Otto steckte den Bericht zu Brenneisens Hefter in seine Jackentasche und verabschiedete sich.

Als er den Marktplatz überquerte, stand die Sonne hoch am Himmel, die Bäume im Schlossgraben, die wenig Sonne abbekamen, reckten ihre Äste in die Höhe wie um Licht bittende Hände. Hier hatte sich früher der Wassergraben befunden. Jetzt fanden da unten Partys statt wie das berühmt-berüchtigte Schlossgrabenfest, das in wenigen Tagen Hunderttausende Schaulustige anziehen würde.

Otto machte einen Abstecher zum Eis-Venezia und bestellte sich ein Minz-Eis Stracciatella auf die Hand. Das schmeckte immer so schön nach After Eight. Er blieb eine Weile auf der Schuchardt-Passage stehen und beobachtete das Treiben der Menschen. Noch war die Panik nicht bis in die Stadt vorgedrungen. Aber wenn es zu weiteren Toten kam, sah Otto es nicht ausgeschlossen, dass alles bald ausgestorben war, weil die Menschen sich in ihren Häusern verschanzten. Otto hoffte, dass es nicht so weit kommen würde, leckte sein Eis und ging weiter Richtung Präsidium.

»Gibt es irgendetwas Neues?«, fragte er Brenneisen, als er an dessen Büro vorbeikam.

»Haben Sie Weißgerber befragt?«, stellte Brenneisen die Gegenfrage.

»Wie meinen?« Otto war verwirrt. Brenneisens Stimme wurde eng, wie immer wenn er sich über Otto ärgerte.

»Haben Sie den Bericht etwa nicht gelesen?«

Otto tastete nach seiner Sakkotasche. Dort steckte die Rolle, die er ganz vergessen hatte. Er drehte sich zur Seite und ließ sie unauffällig in den Papierkorb gleiten. Dann klopfte er demonstrativ auf seine Sakkotasche und setzte ein erstauntes Gesicht auf. »Muss ich verloren haben. War ein Riesentrubel in der Otto-Berndt-Halle.«

Brenneisen war entgeistert. »Das waren vertrauliche Informationen über Weißgerber und andere Delegierte der Hugenotten-Kommission. Das darf nicht in falsche Hände geraten.«

Otto setzte ein winziges Lächeln auf. »Wer weiß, vielleicht hilft uns ja ein kleiner Skandal.«

»Ich gehe die Papiere suchen«, sagte Brenneisen und war mit zwei Sätzen auf dem Gang. Otto packte ihn am Ärmel. »Lassen Sie es gut sein. Erzählen Sie mir, was drin stand.« Brenneisen sah aus, als würde er Otto gern eigenhändig jedes Haar einzeln ausreißen, wenn der Kommissar noch welche hätte.

»Ich drucke die Unterlagen neu aus«, sagte er und setzte sich an seinen Computer.

»In fünf Minuten in meinem Büro«, sagte Otto und ging sanft in die Knie, bevor er sich umdrehte und das Büro verließ. Er hatte unauffällig die Mappe von Brenneisen mitgehen lassen. In seinem Büro steckte er den Bericht in den Schredder.

Dann machte er sich an sein Kaffee-Ritual. Gerade als Brenneisen zurück war, war die orangefarbige Tasse bis oben hin gefüllt. »Schießen Sie los«, sagte er zu dem Kollegen, der sich in seiner von Otto gehassten Manier auf die Schreibtischecke setzte.

»Ich habe jeden Einzelnen der Kommission Hugenottenpfad durchleuchtet. Ausbildung, politische Karriere, finanzielle Transaktionen.«

Otto rollte die Augen. Warum musste Brenneisen immer bei Adam und Eva beginnen? »Sie hatten doch gesagt, Sie hätten bezüglich dieses Weißgerbers etwas herausgefunden?«, fuhr er dazwischen.

»Ja, lassen Sie mich doch ausreden.«

Otto grinste und biss sich auf die Lippen. Der Kollege war wirklich auf Krawall gebürstet. »Anfang der 90er Jahre wurden die Delegierten ausgewählt, und die Zusammensetzung der Hugenotten-Kommission hat sich bis heute nicht geändert. Mit einer Ausnahme.«

»Und die wäre?« Otto verschränkte die Arme.

»Als Mitglied mit Kontakt zur Presse war zunächst der damalige Ortsbeiratsvorsitzende Hubertus Engel vorgesehen. Dann wurde er jedoch in einen Bauskandal verwickelt. Beim Neubau des Schwimmbades. Bereits bei der Abnahme zeigte sich, dass viele Teile verrostet und in der Lüftung Keime waren. Aber ich habe die Papiere durchgesehen. Ihn trifft keine Schuld. Sehen Sie? Er hat alle Sicherheitsmaßnahmen berücksichtigt. Aber sobald das Thema in der Presse war, musste er zurücktreten. Und jetzt raten Sie mal, wer der damals berichtende Journalist war?«

Otto hatte keine Freude an Ratespielen, auch wenn er es sich tatsächlich denken konnte.

»Weißgerber«, sagte Brenneisen. »Er war junger, aufstrebender Redakteur beim Modau-Boten und hat gegen den Abgeordneten eine regelrechte Hetzjagd veranstaltet. Nachfolger von Engel wurde Krassenberger, und der setzte Weißgerber als Sprecher für den Kreistag ein. Danach hat die Kommission veranlasst, die Höfe zu kaufen und zu versetzen. Und dabei sind immer wieder Beträge auf die Konten der beiden geflossen.«

»Sie meinen, die haben sich daran bereichert?«

»Die Geschäfte wurden über eine Treuhandgesellschaft abgewickelt. Und raten Sie mal, wer da der Vorsitzende war.«

»Rütter?«

»Wie bitte?«

Otto grinste, um deutlich zu machen, dass er sich einen Scherz erlaubt hatte. »Nein, wer?«

»Weißgerber. Er ist eigentlich von Hause aus gelernter Immobilienwirt und verhandelte die Preise. Er hat damit durchaus Gewinne erzielt. Denn für die Höfe wurden zwar faire Summen gezahlt, und die Übernahme geschah immer einvernehmlich. Aber er hat sie für mehr Geld an die Kommune weiterverkauft.«

»Das ist legitim«, gab Otto zu bedenken.

Brenneisen blätterte in seinen Unterlagen. »Bei einem Hof war die Gewinnspanne besonders hoch. Der Besitzer war verstorben, Hof und Grundstück fielen an die Bank, da alles hochverschuldet war. Die

Gesellschaft löste den Besitz ab zum Minipreis und verkaufte an die Gemeinde zum Dreifachen.«

»Das ist mal ein Deal«, grunzte Otto.

Brenneisen nickte. »Allerdings hat Weißgerber nichts von dem Geld eingesackt. Er hat sich und den anderen nur über Jahre ein obszön hohes Gehalt ausgezahlt.«

Otto machte ein betretenes Gesicht. Ein Verhör wäre dringend angeraten gewesen. Otto musste sich beherrschen, nicht in Wut über sein eigenes Fehlverhalten zu verfallen. Herrgott, bei dem letzten Fall musste er Brenneisen den Arsch retten, jetzt musste er aufpassen, dass ihm der junge Kerl nicht die Butter vom Brot nahm.

»Dann hat er also von dem Skandal und dem Verkauf profitiert?«

»Ja.«

»Aber er profitiert von dem Hugenottenprojekt. Hat also kein Motiv, Schaden anzurichten. Für uns kommt er also als Verdächtiger nicht in Frage. Mit einem Labor hat er auch nichts zu tun. Aber er hat wirklich diesen Rütter auf dem Kieker. Haben Sie den mal durchleuchtet?«

Brenneisen nickte. »Bisher nur oberflächlich. Aber es gibt nichts Auffallendes. Aufgewachsen in Hamburg. Studiert in Marburg. Seit vier Jahren bei der Nova-Tech in Darmstadt beschäftigt, davor war er Laborleiter in Paderborn. Gutes Einkommen, nicht verheiratet.«

»Na, das wird sich bald ändern.« Otto hatte durchaus beobachtet, wie Evelyn Jost, die ansonsten so eiserne Lady, bei den Blicken des Doktors geradezu dahingeschmolzen war.

Vielleicht war dies der Grund, warum Weißgerber so schlecht auf den Doktor zu sprechen war, weil er selbst scharf war auf die Brünette.

»Woran verstarb denn der Eigentümer dieses herrenlosen Hofes?«

Brenneisen blätterte in seinen Unterlagen einige Seiten zurück.

»Es handelte sich offenbar um eine WG, insgesamt gab es fünf Tote.«

»Die starben alle auf einmal?«

»Ja, es war wohl eine Art Drogenunfall.«

»Sind Sie in der Sache mit dem Eisenhut weitergekommen?« Brenneisen schüttelte den Kopf. »Bisher gab es keine weiteren Vorkommnisse mit Eisenhut in der Gegend.«

Otto seufzte. Er musste wohl auch in dieser Angelegenheit auf seine Geheimwaffe Kukuk zurückgreifen. »Haben wir denn konkrete Verdächtige, die sich gegen den Wanderpfad engagieren?«

»Ja, es gibt eine Gruppe von katholischen Sektierern.« Mit einem Grinsen drückte Brenneisen aus, dass er nicht sicher war, ob man die ernst zu nehmen hatte. »Sie engagieren sich gegen eine übermäßige Evangelisierung des vorderen Odenwaldes, der ihrer Meinung nach traditionell katholisch geprägt ist. Den Hugenottenpfad verstehen sie als Angriff auf den bereits weltweit etablierten Jakobsweg, ein katholischer Pilgerpfad. Sie haben schon verschiedenfach Lehrtafeln beschädigt und Wanderer auf dem Hugenottenpfad angegriffen und belästigt.«

»Belästigt?«, fragte Otto mit einem Grinsen.

»Beworfen mit faulen Eiern, Schmährufe und so weiter. Deren Sitz ist in Neckarsteinach. Vielleicht sollten wir uns die mal anschauen.«

Otto seufzte erneut. »Okay, wir haben also die Umweltschützer, die katholischen Sektierer. Kaktus-Kaiser würde ich als Verdächtigen vernachlässigen. Wir wissen ja inzwischen, dass es sich bei dem Täter um einen Spezialisten handelt.«

Brenneisen nahm es stirnrunzelnd zur Kenntnis. »Wie gesagt, ich hätte mir gewünscht, dass Sie gleich Weißgerber zu seiner Funktion innerhalb der Kommission befragt hätten. Da dies ja im Moment nicht möglich ist, schlage ich vor, nehmen wir uns als Nächstes die Umweltschützer vor. Fahren wir gemeinsam nach Ober-Modau?«

Otto nickte.

RÜBE AB

»Frau Kukuk, wir müssen uns beeilen, wir kommen zu spät.«

Krummsiegel wartete bereits an der Museumstür. Lore, die gerade im oberen Museumsraum abgestaubt hatte, ging zur Treppe.

»Komm, Füchschen«, rief sie und stieg die Treppe hinab. Der Dackel folgte ihr mit schnellen, wieselartigen Bewegungen. Krummsiegel trug ein schwarzes Sakko, das vermutlich elegant wirken sollte, ihn mit seinen weißen, schwebenden Haaren aber eher aussehen ließ wie Graf Draculas Trauzeuge.

»Aber den Hund lassen Sie daheim«, rief er, als er den Dackel erblickte.

»Der kommt auf meinen Schoß.« Lore nahm den Hund auf den Arm und folgte Krummsiegel zu seinem Wagen, seit Urzeiten ein knallrotes, italienisches Fabrikat von der Größe einer Pizzaschachtel.

Als Lore sich hineinzwängte, merkte sie, dass sie den Mund ein wenig voll genommen hatte. Nicht nur verhinderte ihr gutes Kostüm die zusammengefaltete Haltung, die ihr die Pizzaschachtel aufzwang. Durch die gebeugte Haltung war es kaum möglich, den Hund auf den Schoß zu nehmen. »Ich habe doch gesagt, das funktioniert nicht.«

»Funktioniert doch«, zischte Lore und platzierte

den Hund in den Fußraum. Der blitzte sie zwar wütend an, weil er sich seines Vergnügens, herauszuschauen, beraubt sah, aber mit einer strengen Anweisung brachte Lore ihn zur Ruhe.

Als Krummsiegel den Gang einlegte, ging ein Rucken durch die Pizzaschachtel, und Lore betete, dass sie wohlbehalten in Rohrbach ankommen würden.

Eigentlich hatte sie gar nicht zu der Versammlung gehen wollen. Zusammenkünfte dieser Art waren ihr zutiefst verhasst, immerhin hatten die Dorfbewohner damals, nachdem ihr Stiefbruder tot im Himbeerbeet gelegen hatte und die Gemeinde sie für eine gewiefte Giftmörderin hielt, eine ebensolche Versammlung einberufen, um sich gegen sie zu verschwören.

Doch das hier war etwas anderes. Eine Waldepidemie bedrohte nicht nur das Prestigeprojekt der Region, sondern auch die Lebensqualität ihrer Bewohner. Nur gut, dass sich herausgestellt hatte, dass nicht Lore mit ihrem kriminellen Samenraub die Ursache war, sondern ein unbekannter Täter, der allem Anschein dem Hugenotten- und Waldenserpfad schaden wollte.

Von dem Moment an, als das Bekenntnis des Burgmauerschmierers an der Veste geschrieben stand, war Lore von ihren Schuldgefühlen befreit. Zugegeben, als sie an jenem Morgen den Schriftzug entdeckt hatte, hatte sie für einen kurzen Moment angenommen, die Botschaft an der Mauer gälte ihr, der Pflanzendiebin, die mit den gestohlenen Setzlingen die Umwelt verseucht hatte. Und eigentlich hatte sie dem Kommissar direkt ihre Tat gestehen wollen. Doch der hatte mit seinem messerscharfen Verstand gleich vermutet, dass es sich um einen anderen Täter handelte, und dies hatte sich nun bestätigt. Seitdem schwebte Lores Gewissen auf Wolke sieben.

Als Krummsiegel die Pizzaschachtel vor der Waldenserhalle in Rohrbach zum Stehen brachte, spürte Lore leichte Verdauungsbeschwerden, die dem eingeklemmten Darm zuzuschreiben waren. Sie wickelte sich mühsam aus dem Auto und nahm das Füchschen an die Leine. Im Saal waren gut 200 Leute versammelt, die Veranstaltung war bereits in vollem Gange, Krummsiegel und Lore suchten sich einen Platz hinten am Rand, Lore nahm das Füchschen auf den Schoß.

»Wer spricht da?«, fragte sie Krummsiegel.

»Das ist Krassenberger, der Ortsbeiratsvorsitzende von Ober-Ramstadt.«

Lore beobachtete den korpulenten Redner, der eine betont entspannte Miene zur Schau trug, bestimmt hatte er einen Kurs in Stressbewältigung von Menschenmengen absolviert.

Er gab einen kurzen Überblick über das Geschehene. Wo wie viel Wald betroffen war, dass die Behörden mit Hochdruck an einem Gegenmittel arbeiteten, welche Vorsichtsmaßnahmen zu ergreifen seien und wo die Sammelstellen für die Abgabe der Futterrüben wären. Lore bekam von der schlechten Luft und der Hitze im Saal Kopfschmerzen.

»Essen Sie nichts, was im Wald oder auf den Feldern wächst«, ermahnte der Redner nun die Leute.

»Wie soll das denn gehen?«, rief ein vierschrötiger Bauer mit roter Nase.

Ein anderer Bauer sprang auf. »Ja, unsere ganze Ernte ist hin. Wer zahlt uns das?«

Andere Leute sprangen auf und benahmen sich, als würden sie sich jeden Moment in einen Mistgabelmob verwandeln.

Lore seufzte. Die toten Kinder, die vor zwei Tagen bei Rohrbach gefunden worden waren, hatten die Gemeinde natürlich aufgerüttelt. Die Leute ließen ihre Kinder nicht mehr in den Wald und sperrten auch ihre Haustiere ein. Jeder beobachtete den anderen misstrauisch.

»Leute, beruhigt euch.« Der Mann am Rednerpult versuchte die Menge im Zaum zu halten, wurde aber sofort unterbrochen.

»Mehr als 17 Kühe im Landkreis sind schon verendet, drei Pferde und Teile einer Ziegenherde. Von den Kindern ganz zu schweigen«, rief ein Mann, der eher feinsinnig wirkte, nicht wie ein Bauer. Die Zuhörer klatschten ihm wütenden Beifall.

Lore knuffte Krummsiegel an. »Und wer ist das?«

»Das ist der ehemalige Kreispolitiker Engel. Der, den sie damals geschasst haben.«

»Füttert eurem Vieh Kraftfutter oder von der Heuernte von letztem Jahr«, meldete sich wieder der Dicke am Rednerpult zu Wort.

»Und was ist mit der Ernte von diesem Jahr?«, brüllte eine Stimme aus der Menge.

»Das kommt von den Touristen und Ausländern, die hier durchstampfen. Die haben das eingeschleppt!«, rief jemand aus dem Publikum.

»Moment«, rief der Pultredner mit einer abwehrenden Geste. »Der Ausbau des Hugenotten- und Waldenserpfades wurde in einem Bürgerbeschluss abgesegnet. Ihr wurdet alle gefragt, und fast alle haben zugestimmt.«

»Wir haben immer gewarnt«, rief nun wieder der Feinsinnige, »von Anfang an wurde der Wanderpfad brutal durchgeknüppelt. Landschaftliche Gegebenheiten wurden nicht berücksichtigt, Höfe der Menschen enteignet, und jetzt haben uns die Touristen eine Baumkrankheit eingeschleppt.«

Der grobschlächtige Bauer, der sich als Erster gemeldet hatte, unterbrach ihn. »Jetzt riegeln sie auch noch unsere Äcker ab, wir können die Felder nicht bestellen! Und die Polizisten trampeln durch unsere Wiesen und Felder. Unsere Frucht und unser Vieh sind in Gefahr.«

»Die Polizei sucht mit Hochdruck nach möglichen Tätern, und im Landeslabor forscht man nach Gegenmitteln des Pilzes.« Der Pultredner schien pure Angst zu schwitzen.

»Und bitte, Kaktus-Kaiser in Lengfeld hat uns wieder gebeten: Wer die Möglichkeit hat, Kakteen bei sich unterzubringen: Bitte unbedingt bei Kaktus-Kaiser melden. In den kaputten Gewächshäusern gehen die temperaturempfindlichen Pflanzen zugrunde. Ruft ihn an oder fahrt gleich vorbei und nehmt die Pflanzen bei euch auf.«

»Damit wir uns die Krankheit ins Haus schleppen?«, rief eine alte Frau von schräg hinten. Lore drehte sich um. Die Frau hatte sich von ihrem Stuhl erhoben, um besser gesehen zu werden. Auf den ersten Blick dachte Lore, es handele sich um Lene Henrich, die die Gruppe mit ihrem abergläubischen Altweibergewäsch und dem Gerede von dem Fluch aufwiegeln wollte.

Doch es war jemand anderes. Eine hochgewachsene Alte mit schlohweißem Haar und tiefen Falten. Ihr Gesicht wirkte etwas verzogen, die Oberlippe war leicht nach innen gewölbt, als sei die Frau mit einem Wolfsrachen auf die Welt gekommen. Auch schien sie ein wenig zu lispeln, typisch für Menschen mit Hasenscharte. Lore rammte Krummsiegel den Ellenbogen in die Seite. »Wer ist das?«

»Else Burg«, flüsterte er. »Aus Rohrbach.«

Den Namen hatte Lore noch nie gehört, aber die Frau kam ihr bekannt vor. Vielleicht lag es an ihrer Kleidung. In der Witwenkluft, einem schwarzen, schürzenähnlichen Kleid, das hierzulande noch viele Frauen ab 60 Jahren trugen und das jede Frau aussehen ließ wie eine 100-Jährige, konnte sie sie auch mit jemand anderem verwechseln.

»Die Papiere belegen, dass Kaktus-Kaiser keinerlei unerlaubte Pflanzen eingeführt hat«, rief der Redner in die aufgebrachte Menge.

»Niemand kennt diese Krankheit, niemand wird sie stoppen«, entgegnete die Alte mit unheilvollem Ton. Lore tauschte mit Krummsiegel einen betroffenen Blick.

»Ich kann euch nur dazu aufrufen, mit der Polizei zu kooperieren, die Augen offen zu halten und alles zu melden, was geht«, schloss der Redner die Versammlung ab. »Wenn alles so weiter geht, tritt ein Notfallplan in Kraft, an den ihr euch bitte alle haltet.« Die Antwort war ein Johlen und Pfeifen der Menge. Lore tat der Redner leid. Wie Zuversicht verbreiten, wenn man keine Ahnung hatte, mit was für einer Gefahr man es zu tun hatte.

Sie war froh, als die Versammlung beendet war. Sie packte das Füchschen, erhob sich und schob sich hinter Krummsiegel nach draußen. Der schüttelte Hinz und Kunz die Hand und redete wichtigtuerisch mit jedem, der sich anbot.

Lore verdrehte die Augen. Jetzt näherte sich der Feinsinnige, dieser Engel. »Was macht die Ausstellung?«, fragte er Krummsiegel.

»Alles fertig. Wenn die mal ihr Ding in den Griff bekommen.«

Engel machte eine betroffene Miene. »Ich will

nicht sagen, ich habe es von Anfang an gewusst, aber ich bin nicht überrascht, dass so etwas passiert. Wo viele Menschen aufeinandertreffen und viele Interessen, da ist das Unheil nicht weit.«

Lore beobachtete den Mann mit den weichen Gesichtszügen, sein Gesicht drückte etwas Kummervolles aus, der Feingeist, der von der Härte der Welt enttäuscht ist. Alle Bitterkeit schien sich in seinen Mundwinkeln zu sammeln, die schlaff nach unten hingen.

Lore erinnerte sich dunkel an den Skandal, in den er verwickelt war, konnte sich aber an Details nicht erinnern.

Plötzlich war Lore abgelenkt, denn Else Burg ging so dicht an ihr vorbei, dass Lore ihren Duft wahrnehmen konnte. Eine diffuse Mischung aus Kernseife und Kleiderstärke. Verwittertes Gesicht und überraschend lebendig, stechende Augen, die kurz in Lores Richtung huschten und sich dann abwendeten. Lore lächelte ihr freundlich zu, in der Hoffnung, die Frau gäbe sich zu erkennen, doch der Blick der Alten schweifte ab, bevor Lore ihn auffangen konnte.

Gerade jetzt hatte Lore das starke Gefühl, dass sie sich schon einmal begegnet waren. Nur wo? Lore wollte der alten Dame nachlaufen und sie ansprechen, aber ausgerechnet jetzt hatte Krummsiegel es eilig zu gehen und Lore musste sich wieder in die Pizzaschachtel falten.

»Der Engel kann einem leidtun«, erklärte er sein längeres Gespräch mit dem Expolitiker. »Der hat die Region super in Schuss gebracht. Und als es dann richtig aufwärts ging, haben sie ihn geschasst.«

»Die Legende vom unschuldig verurteilten Politiker«, schmunzelte Lore.

»Das ist ein feiner Kerl, auf den lass ich nichts kommen.«

Lore dachte, dass sie mal Otto auf diesen Engel ansetzen sollte.

PATCHWORK

Kurze Zeit später saß Lore zu Hause an ihrer Nähmaschine und beobachtete das muntere Auf und Ab der Nadel, die in unerschütterlichem Rhythmus den Stoff durchbohrte. Die Gedanken an die gemeinsame Nacht mit Otto kehrten zurück und damit auch die Gedanken an das Unvergessliche, was in dieser Nacht geschehen war. Es war ganz anders gewesen, als sie sich das vorgestellt hatte. Ihr Wissen darüber, was sich unter Bettdecken üblicherweise abspielte, bezog sie aus Sendungen des öffentlich-rechtlichen Fernsehens. Im Vergleich dazu war die Nacht mit Otto ruhig gewesen und gleichzeitig feurig.

Danach hatten sie tagelang Gewissensbisse geplagt. Nicht nur wegen ihres Körpers. Erotik in ihrem Alter war einfach nicht fair. Krakelee auf dem Dekolleté, tiefe Adern auf dem Handrücken und steifes Haar.

Alt zu werden war im Prinzip eine Beleidigung des Ichs. Die mit der Jugend einhergehende, selbstverständliche Schönheit erreichte irgendwann ihren Höhepunkt und wurde einem dann Stück für Stück genommen. Das galt nicht nur für sie, sondern auch Otto. Und sie hatte sich gefragt, darf man enttäuscht sein, wenn man doch auch nicht mehr die Prinzessin ist?

Dabei waren es gar nicht Lores Körpermängel, die sie davor abhielten, sich weiter mit ihm zu treffen. Es war die Angelegenheit mit dem Gärtner. Zwar war Lore nach wie vor überzeugt, in dieser Hinsicht für Gerechtigkeit gesorgt zu haben. Aber ihr war auch klar, dass Otto dies ganz und gar anders sehen würde. Mit Lore zusammen sein, bedeutete im Grunde, sich mit einer Mörderin zu verbinden, und das konnte sie einem Mann des Gesetzes wohl kaum zumuten.

Lore beendete die letzte Naht, zog den Stoff ein paar Mal hin und her, um den Faden zu vernähen, und schnitt ihn ab. Die Patchworkdecke war wirklich schön geworden, wenn man davon absah, dass die eine Seite kürzer ausgefallen war als die andere. Und der mollige Füllstoff knüllte sich an manchen Stellen.

Lore brachte einfach nicht die Geduld auf, die für gute Handarbeit notwendig war. Da rächte es sich, wenn man an einer Seite etwas huschte und an der anderen nicht immer wieder das Zentimetermaß anlegte. Aber was soll's, dachte Lore. Die kleinen Unregelmäßigkeiten wurden durch das Bunt der Farben aufs Vollste ausgeglichen.

Lore legte die Decke sorgfältig zusammen und steckte sie in einen Leinenbeutel.

»Die bringen wir jetzt Opa Weller«, sagte sie zu dem Füchschen, das sich freudig wedelnd erhob und gähnend seine Reißzähne zeigte. Der alte Apotheker hatte sich von seinem letzten Schlaganfall nicht wirklich erholt, und Lore hatte es sich zur Gewohnheit gemacht, ihn regelmäßig zu besuchen.

In diesem Moment klingelte es an der Tür. Lore war überrascht. Sie erwartete keinen Besuch. Sie hoffte, es war nicht Krummsiegel, der über die Veranstaltung ratschen wollte. Lore erhob sich und spähte durch die Flurgardine. Ihr Puls hob sich schlagartig, als sie den Kommissar erblickte.

»Füchschen, fass«, zischte sie mit vor Aufregung wackeliger Stimme. Freundlich wedelnd kam der kleine Hund um die Ecke. »Fass!«, zischte sie ihm immer wieder zu, bis dieser in sein altes Verhaltensmuster zurückfiel und sich kläffend gegen die Haustür warf. Lore öffnete die Tür einen Spaltbreit, wobei sie einen Fuß zwischen den Hund und die Tür schob.

»Ich hatte doch gesagt, keinen Besuch.« Lore bemühte sich um ein böses Gesicht.

»Es ist ein Notfall.«

Lore hob die Augenbrauen. »Ich komme nach draußen«, sagte sie und schloss die Tür. Dann befahl sie dem Füchschen mit einer Geste zu schweigen. Tierpädagogisch war das nicht wirklich vorbildlich. Aber besondere Situationen erforderten eben besondere Maßnahmen. Lore ging in die Küche, schnappte ihre Handtasche, warf dem Füchschen ein Stück Wurst zu und ging nach draußen. Im Hof stand Otto mit hochgezogenen Schultern. Dabei war es gar nicht kalt.

»Wo können wir in Ruhe reden?«, fragte er.

Lore trat von einem Fuß auf den anderen. »Ich habe nicht viel Zeit. Ich muss zu Opa Weller.«

»Der Dorfapotheker?«

Lore nickte.

»Ich fahre Sie hin, dann können wir reden.«

Lore schüttelte den Kopf. »Nein, ich fahre selbst«, sie deutete auf den kaffeebraunen Smart, der im Hof stand. »Gehen wir ins Museum«, sagte sie und holte den Schlüssel aus ihrer Handtasche. Sie betraten den düsteren Museumsraum, in dem sich schattenhaft die Exponate der Ausstellung abzeichneten.

Lore dirigierte Otto an einen der Bauerntische im Café.

»Wie geht's mit dem Hund?«, erkundigte sich Otto, als sie sich beide gesetzt hatten. In dem funzeligen Licht sah der Kommissar aus wie ein lebender Leichnam. Seine Gesichtsfarbe stach ins Gelbliche, der sonst schwarze Bartschatten changierte ins Graue. Sicherlich hatte der Mann seit Tagen keinen Schlaf mehr gefunden und ernährte sich von Kaffee.

»Ganz gut, langsam, sehr langsam gewöhnt er sich an Menschen.« Lore bemühte sich um eine neutrale Ausdrucksweise, die nicht verriet, wie sehr sie an dem Tier hing.

»Soll ich ihn wieder mitnehmen?«

»Nein, das wäre verfrüht«, antwortete Lore hastig.

»Und er macht Ihnen keine Probleme?«

»Nein, ich komme klar. Also, worum geht es?« Lore biss sich auf die Lippen. Verdammt, wieder fühlte sich Lore in der Du-Sie-Falle gefangen.

Der Kommissar beugte sich vor. »Eisenhut.«

Lore wurde von leichtem Schwindel gepackt. Für ihn werde ich immer die Giftmischerin bleiben, dachte sie. »Was ist damit?«, fragte sie vorsichtig.

»Ich muss alles über Eisenhut wissen.«

»Da weiß Dr. Helm doch bestimmt besser Bescheid ...«

Lore ärgerte sich. Wieder vermied sie die gottverdammte Anrede.

»Ich möchte es aber von dir wissen. Und bei der Gelegenheit, waren wir nicht längst beim Du?«

»Ja«, sagte Lore und fühlte, wie sie puterrot wurde. »Warum Eisenhut?«, fragte sie schnell und zur Ablenkung.

»Die beiden toten Kinder sind daran gestorben. Der Täter hat Futterrüben damit präpariert, und die Kinder haben sie gegessen.«

Lore schlug die Hände vor den Mund. »Das ist ja furchtbar. Deswegen also der Rückruf von Rüben.«

Otto nickte. »Erstens, ich glaube, der Täter geht tatsächlich nach dem Fluch vor. Der Eisenhut ist der zweite Schritt. Er wollte Vieh töten. Du erinnerst dich?«

Lore nickte. »Erst stirbt der Wald, dann das Vieh, dann der Mensch.«

»Ja, aber warum verwendet der Täter Eisenhut? Es gibt so viele Gifte. Ich vermute, er will uns mit der Verwendung dieses Giftes etwas sagen. Deshalb die Frage an dich. Gab es in der Gegend irgendeinen Vorfall, bei dem jemand an Eisenhut starb?«

Lore dachte nach. »Nicht, dass ich wüsste.«

»Hat deine Großmutter Eisenhut verwendet? Jemanden damit behandelt? Oder du?«

Lore fasste sich überrascht an den Hals. »Du glaubst doch nicht, dass ich …?«

Der Kommissar konnte ja nicht ahnen, wie nah diese Aussage an der Wahrheit war. Nur dass sie nicht mit Eisenhut getötet hatte. Die Gedanken rumorten in ihrem Kopf. Nachdem sie sich etwas beruhigt hatte, fiel ihr etwas ein. »›Eisenhut tut nimmer gut‹, das war ein Merkspruch von Oma Kukuk. Ich glaube aber, sie hat die Pflanze nie verwendet. Sie ist sehr giftig.«

»Ja, ich weiß. Denk bitte noch einmal gründlich nach. Jeder Hinweis hilft uns weiter.« Otto legte seine Hand auf ihre. Lore zog sie weg und erhob sich. »Ich muss los.«

Sie gingen nach draußen, und nach einer ungelenken Verabschiedung stieg Otto in sein Auto und fuhr davon. Lore sah ihm nach, bis die Lichter hinter dem Burgtor abgebogen waren. Nein, sie würde ihm nicht helfen können. Diesmal nicht, dachte sie und ging zurück ins Haus. Dort griff sie nach der Tasche mit der Patchworkdecke, nahm das Füchschen an die Leine, steckte eine Hand voll Leberwurstplätzchen in ihre Tasche und spazierte in der milden Sommerabendluft nach Hering.

TODESMUT

Als Lore durch das Hinterhaus der Apotheke die Stufen emporstieg, war ihr beklommen zumute. Sie wusste nie, was sie erwartete, wenn sie den alten

Mann besuchte. Sein Zustand verschlechterte sich konstant. In den letzten Wochen hatte sie ihn regelmäßig besucht, und es war steil mit ihm bergab gegangen. Als sie nun sein Zimmer betrat, erkannte sie, dass diese Tendenz sich nicht geändert hatte. Seine Gesichtshaut war fahl und gelblich, von Falten durchzogen, der Mund zu einem Strich eingesunken, nur ein dünnes Zucken signalisierte ihr, dass er noch am Leben war und sie erkannte.

Das Füchschen trippelte vorsichtig ins Krankenzimmer. Als Weller den Hund erblickte, blitzten seine Augen. »Wen haben wir denn da?«, krächzte er, wobei seine Hand an der Decke entlang hinunterglitt. Das Füchschen näherte sich vorsichtig und leckte seine Hand. Als Opa Weller sie zurückzog, richtete sich der Hund auf den Hinterbeinen auf und stützte die Vorderpfoten an die Bettkante.

Opa Weller bleckte den zahnlosen Gaumen zu einem Lächeln. Lore trat an das Bett und nahm Wellers Hand in ihre, sie fühlte sich kühl und leblos an. Dann nahm sie eines der Leckerlies aus der Tasche und steckte es ihm zwischen die schlaffen Finger.

»Gib ihm das«, flüsterte sie dem Kranken zu. Weller hob die Hand so gut es ging. Der Hund reckte sich, nahm den Leckerbissen vorsichtig schnuppernd entgegen und zerkrachte ihn, sobald er ihn im Maul hatte.

Lore zog die Patchworkdecke aus der Tasche und faltete sie auf. Sie hielt sie vor Weller wie ein Gemälde.

Der alte Mann murmelte zwei Silben, die vermutlich »Danke« bedeuteten und schenkte ihr einen so strahlenden Blick, dass es Lore die Tränen in die Augen trieb. Sie breitete die bunte Decke über seiner vorhandenen Bettdecke aus. Die Farben wirkten in dem Zimmer voller dunkler Töne geradezu schrill. Vielleicht hatte sie etwas zu sehr übertrieben. Doch Weller strich mit dem Arm, der vom Schlaganfall nicht gelähmt war, über die Oberfläche und murmelte etwas wie »schön bunt«.

»Ich habe dir die Farben des Sommers eingefangen«, lächelte sie, nahm sich einen Stuhl und setzte sich neben das Bett. »Wie geht es dir?«, fragte sie vorsichtig. Hier ging es längst nicht mehr um das Alter als Schwächung der Eitelkeit, sondern ein Alter, in dem der Körper dem Leben deutliche Grenzen aufzeigte. Und mit dem Tode drohte.

Weller verzog schmerzhaft seinen Mund. »Ich soll ins Krankenhaus. Mein Sohn.«

Lore benötigte immer eine kurze Zeit, bis sie sich an Wellers verwaschene Sprechweise gewöhnt hatte, dann klappte es einigermaßen mit dem Verständnis.

Beruhigend klopfte sie dem alten Mann die Hand. »Aber das darf der nicht. Das hier ist dein Haus, wenn du nicht willst, brauchst du hier nicht rauszugehen.«

»Du musst das verhindern.« Die Stimme des Alten wandelte sich zu einem Röcheln.

Lore war zunächst nicht sicher, ob sie richtig verstanden hatte. Doch dann nickte sie beruhigend. »Ich rede mit ihm.« Wenn sie auch nicht wirklich überzeugt war, ob der Sohn von Weller, der sie auf den Tod nicht ausstehen konnte, sie auch nur im Geringsten anhören würde.

Der alte Mann musterte sie mit schwimmenden Augen. »Nein, nicht reden.«

Lore musterte ihn mit Erstaunen. »Sondern?«

Er warf ihr einen Blick zu, den sie nicht deuten konnte. Sie konzentrierte sich auf sein Gesicht, als könne sie sein Anliegen aus seinen Gesichtsfalten herauslesen.

»Was soll ich tun?«, flüsterte sie und beugte sich über den Kranken.

Nun wurde sein Blick starr und eindringlich. »Du weißt schon.«

Lore begriff sofort, und das Begreifen jagte ihr eine Badewanne voll Adrenalin durch die Adern. Wen es nach tödlichen Pflanzen verlangte, der wandte sich vertrauensvoll an Lore, so viel war sicher. Erst der Kommissar, dann der alte Apotheker: Lore wusste eben Bescheid, wo der Ausgang vom Leben war. Und kannte die biologischen Hilfsmittel.

Doch während der Kommissar nicht mehr als eine Auskunft erwartete, so verlangte Opa Weller mit Sicherheit Taten. Wie sollte sie das nennen? Sterbehilfe? Gnadenmord? Die Worte schossen durch Lores Kopf wie Pfeile durch einen leeren, hallenden Raum. Und wenn sie Weller so betrachtete, konnte sie ihn durchaus verstehen.

Trotzdem hielt sie es für ratsam, sich erst einmal bedeckt zu halten. »Ich weiß nicht, was du meinst«, sagte sie und versuchte alle Unschuld in ihre Augen zu legen. Vielleicht hatte Weller bis morgen alles vergessen. Er holte tief Atem. »Erlöse mich.« Sein flehender Blick stach ihr geradewegs ins Herz.

Lores Gedanken rumorten. Sie fasste nach seiner Hand. »Das kann ich nicht.«

Sein Gesicht spiegelte nun eine Mischung aus verzweifelter Hoffnung und nackter Angst.

»Das Lavendelöl …«

Weller spielte auf Edels tödliche Waffe an.

»… hat die Polizei beschlagnahmt«, erklärte sie bedauernd.

Sie streichelte seine Hand. »Ich muss nachdenken«, flüsterte sie.

Er nickte flehentlich. Da Weller in diesem Moment einigermaßen frisch wirkte, wagte Lore einen Vorstoß. »Opa Weller, was weißt du über Eisenhut?«

Seine Augen dehnten sich in einem angstvollen Impuls. »Nein, nicht Eisenhut«, wisperte er, »das ist ein schlimmer Tod. Voller Schmerzen. Und langsam.«

Lore streichelte behutsam seine Hand und musste fast lächeln. »Nein, so meinte ich es nicht. Gibt es eine Arznei, die aus Eisenhut gemacht wird? Hast du so etwas schon einmal verwendet? Oder Oma Kukuk?«

Seine Augen drifteten ins Leere. Lore konnte nicht sagen, ob er sie überhaupt verstanden hatte. Dann aber hauchte er etwas. Lore hielt ihr Ohr nah an seinen Mund. »Weiß nicht«, wiederholte er.

Lore drückte seine Hand. »Denk mal drüber nach, vielleicht fällt es dir noch ein. Und ich denke über deinen … Wunsch nach.« Sie erhob sich. Die Atmosphäre in dem kleinen, dunklen überhitzten Raum überwältigte sie schier. Sie hatte das Gefühl, dass ihre Atemzüge kaum Sauerstoff aufnahmen.

»Soll ich ein Fenster öffnen?«, schlug Lore vor. Opa Weller nickte. Lore ließ die frische, abendliche Sommerluft herein, die den Raum bald mit ihrem Aroma nach Blüten und Gräsern und mit dem Zwitschern der Vögel erfüllte. Der Kopf von Opa Weller ruhte auf dem Kissen, und er schien entrückt dieser Symphonie zu lauschen.

»Schöne Sommerluft«, hauchte er, und so saßen sie eine Weile schweigend beisammen. Schließlich erhob sie sich, schloss das Fenster und beugte sich über den Kranken, um sich zu verabschieden.

»Auf Wiedersehen«, flüsterte sie. Opa Weller murmelte etwas Unverständliches. »Wie bitte?«, fragte Lore und versuchte, ihm so nah wie möglich zu kommen. Wieder krächzte er kaum verständliche Silben, die Lore schließlich als ›Auf Wiedersehen‹ interpretierte. Sie schenkte ihm ein warmes Lächeln und drückte seine Hand. »Bis bald«, verabschiedete sie sich.

Sie nahm das Füchschen an die Leine, stieg die schmale Treppe hinab und trat dann auf die Straße, wo die Luft, angewärmt vom Asphalt der Straße und den Hausmauern, deutlich heißer war als die Gartenluft, die in Opa Wellers Zimmer eingedrungen war.

Lore atmete tief durch und trat den Heimweg an, während ihr Verstand unentwegt an den Silben bastelte, die Weller ihr zugekrächzt hatte. Und als sie das Burgtor mit lautem Quietschen öffnete, wurde ihr klar, was er gewispert hatte. Seine Worte hatten nicht ›Auf Wiedersehen‹ gelautet, sondern ›Silberregen‹.

Die Erkenntnis jagte ihr einen Strom Lava durch die Adern. Lore war fassungslos.

Natürlich war er ihr in den Sinn gekommen. Der Staub der Robinie, absolut tödlich schon beim Einatmen. Lore hatte einen Rest davon aufbewahrt. Das Tütchen lag in Omas Arzneikasten und wartete auf seine Bestimmung. War die jetzt gekommen?

Was Lore aber viel mehr beschäftigte: Woher wusste Opa Weller die Wahrheit über den Silberregen? Lore war bisher davon überzeugt, dass es sich hierbei um ihr Geheimnis gehandelt hatte. Das war wohl ein Irrtum.

UMWELTSCHUTZ

Otto war unterwegs auf der Landstraße nach Ober-Ramstadt, um gemeinsam mit Brenneisen den Geschäftsführer von Pro-Modau zu vernehmen. Die Fahrt durch die lieblich grüne Landschaft, der aus jeder Zelle die Erwartung eines wunderbaren Sommers strahlte, war herrlich. Doch das lebendige Grün und der makellos blaue Himmel frustrierten Otto nur noch mehr. Als wolle die Welt ihm zeigen, wie schön das Leben war, von dem er, Otto, ausgeschlossen blieb.

Das Gespräch mit Lore hatte ihn zutiefst frustriert. Nicht, weil sie ihm in der Eisenhut-Sache nicht weiterhelfen konnte, sondern weil sie sich weiterhin so distanziert verhielt. Ihre Augen strahlten, aber aus ihrem Mund kamen Eiswürfel, wenn sie mit ihm sprach. Noch nicht einmal an das Du hatte sie sich erinnert.

Hinzu kam die Sache mit dem Köter. Statt eine Verbindung zu schaffen, hatte das Vieh einen Keil zwischen sie getrieben. Jetzt durfte er Lore nicht mehr besuchen, damit sich der Hund nicht aufregte. Hatte man so etwas Blödsinniges schon gehört? Otto gab Beate die Schuld. Verdammter Köter, verdammte Beate. Otto hatte gute Lust, das Hundevieh zu entführen und ihn zurück in die Tierherberge zu bringen.

Das Bürgerbüro Pro-Modau befand sich mitten im Zentrum des alten Ober-Ramstadt. Als Otto in den Fußgängerweg einbog, sah er Brenneisen dort warten.

»Sie können um die Ecke parken«, rief der Kollege und wies mit dem Arm auf das Ende der Straße zu.

»Ich parke hier«, entgegnete Otto und ließ den Wagen mitten in der Fußgängerzone stehen ohne abzuschließen.

»Ich habe eine Neuigkeit für Sie«, sagte Brenneisen mit merkwürdig leuchtendem Gesicht.

»Gehen wir erst mal rein«, sagte Otto und deutete auf das Ladengeschäft, dessen Schaufenster mit großen Lettern ›Pro-Modau‹ beschriftet war.

Als sie die Tür zu dem Büro öffneten, fuhr ihm der Geruch ungewaschener Körper in die Nase. Otto hätte erwartet, dass bei einer Bürgerinitiative für die Umwelt der Duft frischer Natur vorherrschte, aber hier roch es eher wie in einem Männerwohnheim. Der winzige Raum sah aus wie ein Bürowarenlager. Vollgepfropft mit Schreibtischen, diese wiederum waren bestückt mit Computern und anderen undefinierbaren Bürogeräten, die noch aus dem vorigen Jahrhundert stammen mussten und seither auch nicht gesäubert worden waren. Sicherlich Spenden von engagierten Bürgern, ein wildes Sammelsurium, nichts passte zusammen. Bürostühle an beiden Seiten der Tische sollten dem winzigen Raum so viele Arbeitsplätze wie möglich abtrotzen.

An einem der mittleren Schreibtische saß eine Frau, mit zur Hälfte grauen, zur Hälfte roten Haaren. Offenbar ließ sie ihre Naturfarbe herauswachsen. An einem anderen Schreibtisch saß eine jüngere Frau, die statt Haaren einen Turban trug.

»Wir möchten Herrn Bonnhöfer sprechen«, sagte Otto.

»Der kocht gerade Kaffee«, sagte die Halbgraue und deutete auf einen verschmutzten Vorhang, der wenige Sekunden später beiseitegeschoben wurde. Zum Vorschein kam ein Mann mit üppigem Bartwuchs und Haaren, die an wogende Wasserpflanzen erinnerten. In seinen Händen trug er drei angeschlagene Tassen, aus denen eine braune Brühe über seine Finger schwappte. Brenneisen und Otto begrüßten ihn und zeigten ihre Marke.

»Setzen Sie sich«, forderte Bonnhöfer sie auf. »Möchten Sie etwas trinken?«

Otto und Brenneisen lehnten ab und setzten sich.

»Pro-Modau, was hat man sich darunter vorzustellen?«, fragte Otto, nachdem der Rauschebart sich zu ihnen an den Tisch gesetzt hatte. Das Gegenüber kraulte sich den Bart, während er antwortete.

»Wir engagieren uns für Waldschutz und gegen die Ausbeutung der Naturräume. Was alles passieren kann, wenn man übermäßig Tourismus betreibt, sieht man ja jetzt.«

»Sie meinen die Waldkrankheit?«

Der Rauschebart nickte.

»Sie haben sich bereits vor Jahren gegen den Ausbau des Pfades engagiert. Warum?«

»Der Pfad ist ein Prestigeprojekt der Politiker, um kommerzielle Interessen und den Tourismus zu fördern. Die Belange der Natur werden dabei total missachtet. So sollten die Wälder ums Modautal verwildern, das heißt, durch keinerlei Forstmaßnahmen gepflegt werden. Wegen des Hugenotten- und Waldenserpfades wurden die Wälder nun doch ausgeforstet. Übrigens ein Grund, warum die Anfälligkeit der Bäume höher ist und sie so massenhaft von dieser Krankheit überrannt werden. Hier wird unter dem Deckmantel, die Natur zu genießen, die Natur zerstört.«

»Aber der Wanderweg führt doch entlang von ausgebauten Wegen, nicht quer durch den Wald.«

Der Waldschrat lachte auf. »Die Wege gerade in dieser Gegend wurden verbreitert, was auf Kosten zahlreicher Brutplätze von Vögeln ging. Außerdem wurden Höfe versetzt, Ackerflächen können nicht mehr bewirtschaftet werden, und ein Moor wurde trockengelegt, damit die sauberen Touristen sich nicht die Füße nass machen.«

»Die Höfe wurden aber auf freiwilliger Basis verkauft. Wir haben das überprüft. Die Bauern bekamen einen fairen Preis.«

Wieder schnaubte der Waldschrat. »Ja, aber die Treuhandfirma, die die Höfe an die Gemeinden weiterverkauft hat, bekam einen noch faireren Preis. Da waren hübsche Gewinnspannen drin. Es wurde Profit gemacht, wo es nur geht. Dann die Vermüllung. Busseweise werden die Touristen angekarrt, lassen ihren Müll da und kacken in unsere Wälder.«

Die Augen des Rauschebarts sprühten Funken. In seinen Mundwinkeln bildete sich Speichel. Otto und Brenneisen tauschten einen Blick.

»In welcher Form hat denn der Widerstand damals stattgefunden?«

»Wir haben einige Höfe besetzt und uns angekettet. Dann wurden wir weggetragen. Der Widerstand war gewaltfrei.«

»Es gab einen Hof in Dinkelsweiler, dessen Bewohner verstarben«, mischte sich Brenneisen ein. »Kannten Sie die Leute?«

Der Schrat schien überlegen zu müssen. Dann hellte sich seine Miene auf, nur um sich kurz darauf vollends zu verfinstern. »Die Drogen-WG. Die Behörden haben uns immer mit denen in einen Topf geworfen. Aber unser Widerstand war ernst. War politisch. Die von der Dinkelsmühle waren Freaks.«

Die Halbgraue vom Nachbartisch hatte sich erhoben und näherte sich den beiden Polizisten.

»Die haben nur unkontrolliert Drogen konsumiert, sonst nichts«, sagte sie mit einer Stimme, die von tausenden selbstgedrehten Zigaretten zeugte.

»Sie kannten die Bewohner?«, fragte Otto.

»Ich habe da mal gewohnt«, mischte sich nun der Rauschebart ein.

Der Blick der Halbgrauen verriet, dass sie diese

Phase im Leben ihres Abschnittspartners nicht gerade billigte.

»Damals war der Hof allerdings nur von dem Hauptmieter, Reinhardt Bertold, und seiner Frau bewohnt. Später kamen die anderen Hippies, die kamen und gingen. Mit ihnen auch ein Sammelsurium von Drogen. Ich habe dann meine Frau kennengelernt und bin da ausgezogen.«

Die Halbgraue lächelte bittersüß.

»Nachdem Walter ausgezogen ist«, sagte die Zweihaarige, »ist das in der WG völlig eskaliert. Drogen, freie Liebe. So hat uns das auch nicht überrascht, was für ein Ende das genommen hat.«

»Was für ein Ende meinen Sie?«, schaltete sich Brenneisen ein.

»Naja, die Vergiftung durch Drogen.«

»Aus den Polizeiunterlagen ging hervor, dass es sich dabei um einen Unfall handelte«, sagte Otto. »Können Sie dem zustimmen?«

Die Zweihaarige schnaubte. »Die haben sich zu Tode geraucht oder gespritzt, wer weiß das schon.«

Der Rauschebart starrte gedankenverloren auf die Tischplatte. Wenn er etwas zu sagen hatte, dann würde er es in Gegenwart der Zweihaarigen bestimmt nicht tun.

»Und sind Sie weiter im Widerstand aktiv?«

Der Mann schüttelte den Kopf. Dann sah er auf, und sein leuchtender Blick traf Otto. »Jetzt rennen uns die Leute die Tür ein und sagen, dass wir recht hatten. Jetzt wollen sie, dass wir den Widerstand organisieren. Aber wir halten uns da raus. Die Leute haben damals alle zugestimmt. Jetzt sollen sie die Suppe auslöffeln. Wir haben andere Projekte.«

»Welche Projekte?«, hakte Brenneisen nach.

Bonnhöfer murmelte etwas von einem Steinbruch, in dem die wertvolle ökologische Balance durcheinandergebracht wurde.

»Sie haben also nicht mit Vorsatz die Wälder infiziert, um der Gegend zu schaden?« Für seine Frage erntete Otto einen verständnislosen, wütenden Blick aller Anwesenden im Büro.

Der Bärtige erhob sich. »Sind Sie wahnsinnig? Wir sind Naturschützer, keine Umweltsünder.«

»Gibt es jemanden aus der Widerstandsgruppe, dem Sie diese Tat zutrauen würden? Jemand, der besonders radikal war und der Hugenotten-Kommission einen Denkzettel verabreichen möchte?« Otto musterte unauffällig die Frau, die hinter ihrem Computer zu verschwinden schien.

Der Rauschebart schüttelte den Kopf. »Niemand, den wir kennen, würde so etwas tun.«

»Können Sie uns eine Liste von allen Mitstreitern geben, die sich gegen den Hugenotten- und Waldenserpfad engagiert haben?« Der Rauschebart erhob sich und ging zu dem jungen Mädchen. Die hieb daraufhin vernehmlich in die Tasten ihrer schmutzigen Tastatur, und kurz darauf spuckte ein krächzender Drucker einige DIN-A4-Seiten aus.

Der Rauschebart nahm die Blätter aus dem Drucker und reichte sie Otto. »Das sind alle, die damals eine Unterschrift gegen den Anschluss an den Wanderpfad geleistet haben.«

Otto überflog die Liste, die Hunderte Adressen umfasste. Diese alle zu überprüfen war eine Sisyphosarbeit, die sie niemals würden bewältigen können.

Otto und Brenneisen verabschiedeten sich. Noch in der Tür drehte sich Otto um. »Wie finanzieren Sie sich eigentlich? Arbeiten Sie nebenher?« Er stellte die Frage offensichtlich an den Rauschebart und seine Frau.

»Unsere Organisation finanziert sich durch Stiftungsgelder«, sagte Bonnhöfer. »Ich selbst bin Landschaftsgärtner, meine Frau ist bei der Capotec beschäftigt.«

»In welchem Bereich?«, fragte Otto.

»Labor«, sagte die Frau mit herausforderndem Blick.

Otto setzte eine interessierte Miene auf. »Die Capotec stellt doch Farben und Lacke her.«

»Eben. Ich bin Ökologie-Beauftragte und forsche nach neuen Materialien.«

»Was hat man da für eine Ausbildung?«, fragte Otto.

»Ingenieurin«, antwortete die Zweifarbige. Otto bedankte sich für die Auskunft und trat ins Freie. Die frische Luft ließ ihn erst recht spüren, wie stickig es in dem Raum gewesen war.

»Haben wir die Frau durchleuchtet?«

»Nein«, sagte Brenneisen. »Werde ich noch machen. Aber ich glaube kaum, dass ein Umweltaktivist absichtlich Bäume infiziert. Und bis wir die Liste abgearbeitet haben, sind die Wälder komplett entlaubt.«

»Überprüfen Sie zumindest diejenigen auf der Liste, die in einem Labor tätig sind. Wir wissen ja, dass nicht jeder in Frage kommt für diese Tat.«

Brenneisen nahm die Unterlagen mit zusammengepresstem Mund entgegen. »Was ich Ihnen vorhin sagen wollte …«

»Ja?«, sagte Otto in bewusst gelangweiltem Ton.

»Diese Drogen-WG ist an einer Vergiftung mit Eisenhut gestorben.«

Otto schluckte. Plötzlich schien die Welt um ihn zu verstummen, und jeder seiner Sinne war fokussiert.

»Eisenhut?«, keuchte er. »Warum haben Sie das nicht gleich gesagt?«

»Wollte ich doch!«

»Was ist genau passiert?«

»Trotz seiner Gefährlichkeit konsumiert man den Stoff wohl auch zu Rauschzwecken. Im Polizeibericht steht, dass die Polizei Tod durch das Rauchen von Eisenhut festgestellt hat.«

»Wo ist der Bericht?«

Brenneisen schloss sein Auto auf und holte den Bericht von der Rückbank. Otto blätterte durch die Seiten. Der Fall war von Hartmut Eberle, seinem

Vorgänger, bearbeitet worden. Seine Telefonnummer hatte Roland Otto in seinem Handy eingespeichert. Er wählte die Nummer und kündigte ihm an, dass er ihn sofort sehen musste.

»Ich fahre jetzt direkt zu dem Kollegen«, sagte er zu Brenneisen. »Nehmen Sie sich die zweihaarige Ingenieurin vor und die Liste der Umweltschützer.«

TOTGEKIFFT

Otto nahm die Landgraf-Georg-Straße und bog über die Teichhausstraße auf die Dieburger ein. Die Platanen, die die Dieburger Straße säumten, versprühten trotz ihres Alters eine Frische und Jugendlichkeit, die Otto in eine Hochstimmung versetzte. Endlich hatten sie eine Spur. Als Otto in die Flotow-Straße und damit das Darmstädter Komponistenviertel einbog, wurde er von einer starken Sehnsucht ergriffen. Das hier war sein Traumviertel. Die Villen aus der Vor- und Nachkriegszeit ruhten wie Weihnachtskerzen auf gleichmäßig gepflegten Grasteppichen, die wiederum von gepflegten Hecken und lackierten

Holzzäunen umgeben waren. Das Viertel strahlte die Geborgenheit einer Modelleisenbahnlandschaft aus. Es grenzte direkt an die Jagdgebiete des einstigen Landgrafen, die Fasanerie und das Oberfeld, sodass das idyllische Viertel von herrlichstem Waldgebiet eingefasst war. Hier hatte er wohnen wollen, als er damals nach Darmstadt versetzt worden war, doch die Unterhaltszahlungen an seine Exfrau erlaubten nur eine kleine Gartenwohnung in Messel.

Sein Vorgänger, der ehemalige Hauptkommissar Hartmut Eberle hingegen wohnte in einer beachtlichen Villa im noblen Richard-Wagner-Weg. Was allerdings seiner Frau zu verdanken war, die aus reichen Darmstädter Verhältnissen kam. Otto fuhr an dem Betonklotz vorbei, in dem sich früher eine Apotheke befunden hatte und jetzt ein Ökoladen befand, und bog in den Richard-Wagner-Weg ein, eine der prunkvollsten Straßen im Komponistenviertel, zu beiden Seiten versteckten sich imposante Villen hinter Holzzäunen und hohen Hecken. Um diese Jahreszeit schien die Vegetation das Viertel komplett im Griff zu haben, sodass man Mühe hatte, überhaupt einen Blick auf die herrschaftlichen Häuser zu werfen.

Otto fuhr langsam, um die Hausnummer nicht zu verpassen. 32. Direkt vor dem Haus konnte Otto parken. Neid durchfuhr Otto, als er aus dem Wagen stieg. Die Gegend strahlte ein sattes Privileg aus. Selbst die sommerliche Luft schien hier besonders würzig zu sein, das Singen der Amseln satter als anderswo. Doch dann stellte der Kommissar mit Genugtuung fest, dass sich nur zwei Häuser weiter das ehemalige Rattenhaus befand. Hier hatte die Polizei vor Jahren gegen eine alte Dame ermittelt, die Ratten mit Haferflocken gefüttert und damit der gesamten Nachbarschaft eine regelrechte Rattenplage eingebrockt hatte. Die Dame war dement und schließlich in ein Heim eingeliefert worden. Aber die Ratten waren der Gegend lange erhalten geblieben. Einmal hatte eine Frau im Präsidium angerufen und um Hilfe gebeten, weil ihr bei der Gartenarbeit ein 50 Zentimeter großes Mistvieh über die Schulter gesprungen war.

Schaudernd begab sich Otto an das hölzerne Tor, das mit einem getöpferten Klingelschild gekennzeichnet war. Bevor er klingelte, inhalierte er ein paar Atemzüge der aromatischen Luft, eine Mischung aus Flieder, Magnolien und Sommer. In der Luft hingen das Zwitschern der Amseln und vereinzeltes Kinderlachen. Er hatte kaum geklingelt, da öffnete sich das Tor mit einem Surren. Otto ging den geplättelten Weg zum Haus, der Blick wurde erst nach einer Kurve freigegeben. Eberle saß auf der Terrasse vor dem Haus an einem Holztisch mit Gartenstühlen, vor sich eine Karaffe mit Limonade, als hätte er sich für einen Film ausstaffiert.

Wer zum Haus wollte, musste zwölf Stufen erklimmen, als wolle man den Gegner ermüden, bis er oben ankam. Als Otto oben war, brauchte er ein paar

Atemzüge, bevor er sprechen konnte. Er spürte jede Sekunde der zurückliegenden durchwachten Nächte. Er begrüßte Eberle mit einem Kopfnicken. Der ehemalige Kommissar wirkte auch heute, als Pensionär, wie ein ewiger Musterschüler. Die Zeit schien fast spurlos an ihm vorübergegangen zu sein. Trotz seines Alters besaß er dichtes, wenn auch graues Haar. Dazu einen fahlen Teint, der durch einen braunkarierten Pullunder unterstrichen wurde. Keuchend sah Otto sich um. Aus allen Ecken und Enden des Gartens und des Hauses spross Zufriedenheit bis hin zur Selbstgefälligkeit.

»Setzen Sie sich«, lud Eberle ihn ein und schenkte Otto ein Glas Limonade ein. Otto hatte Eberle bereits angekündigt, zu welchem Fall er ihn befragen wollte. Und scheinbar hatte Eberle sich vorbereitet, denn neben ihm auf dem Tisch erblickte Otto das ledergebundene Notizbuch, für das Eberle bei allen Kollegen berühmt und berüchtigt gewesen war. Darin stand alles vermerkt, das in Eberles Leben von Bedeutung war. Wann er in den Urlaub fuhr, wie oft er Walken ging, die Ferientermine von ihm und seiner Frau, seinen Kindern und seinen Enkeln, er hatte sein Leben akribisch archiviert. Und natürlich alle seine Fälle – alles stand in Eberles Notizbuch und konnte so im Nachhinein nicht widerlegt werden. Die Oberfläche war abgegriffen von den vielen Malen, die es in die Hand genommen worden war.

»Wie läuft's bei Ihnen?«, fragte Eberle.

Otto gab Eberle einen kurzen Überblick über die aktuellen Ermittlungen.

»Stimmt«, nickte Eberle grinsend. »Sie ermitteln im Waldsterben.«

»Und zwei toten Kindern«, ergänzte Otto trocken. Was hatte nur jeder mit dem verdammten Wortspiel.

Eberle musterte ihn mit schmalen Augen. »Ja, entschuldigen Sie. Gibt es erste Spuren?«

Otto machte eine unbestimmte Kopfbewegung. »Dies und das. Wir überprüfen verschiedene Ansätze, gehen in die Vergangenheit zurück.«

»Ah, deshalb interessieren Sie sich also für den Vorfall in Dinkelsweiler.«

Otto nickte und nippte an der Limonade. Natürlich hausgemacht.

»Ja, genau genommen interessiert mich der Fall der WG aus der Dinkelsmühle.« Bildete sich Otto das ein oder wurde die Miene des Kollegen ad hoc umschattet?

Wie um das Gegenteil zu demonstrieren, stieß Eberle ein Lachen aus. »Ja, die Hasch-WG. Die haben uns gehörigen Ärger bereitet.«

»Inwiefern?«

»Die wollten nicht ausziehen.«

»Hat man ihnen kein Geld angeboten?«

Ein hämisches Lächeln überflog Eberles Gesicht. »Die haben das Geld genommen und sind trotzdem nicht ausgezogen.«

»Und dann?«

Wieder das hämische Grinsen. »Irgendwann hat sich das Problem von selbst erledigt.«

»In welcher Form?«

»Die haben sich totgekifft.«

Otto wartete ab, ob Eberle gedachte, den Tatbestand weiter zu erläutern.

»Im Polizeibericht steht, Vergiftung durch Eisenhut«, sagte Otto schließlich, als nichts dergleichen kam.

Der Exkommissar kniff die Lippen zusammen und schien auf etwas herumzukauen. »Ja, jedenfalls irgend so ein Drogenzeugs, das die bei sich im Garten angepflanzt hatten.« Eberles Gesicht drückte alle Abscheu aus, die er für die Hasch-WG empfand.

»Bei denen ist es sowieso mehr als schlimm zugegangen. Ein Pärchen, zwei Frauen, ein Mann. Da ging es quer durch alle Betten. Und Hauptsache zugedröhnt.«

»Eisenhut ist keine Bagatelle, sondern ein schweres Gift. Zwei Kinder sind bereits an einer geringen Menge gestorben. Sind Sie sicher, dass die jungen Leute das Zeug freiwillig zu sich genommen haben?«

Eberle schaute ihn spöttisch an. »Aus Jux und Dollerei. Die haben das Zeug in ihre Zigaretten gewickelt und geraucht. Steht doch alles im Bericht.«

»Aber wenn sie dem Hugenottenprojekt im Weg standen, gab es doch ein Motiv, die WG zu beseitigen. Wurde die Treuhandgesellschaft befragt, die die Grundstücke verwaltet hat?«

Wieder der spöttische Blick von Eberle. »Herr Otto, wir sind doch nicht im Wilden Westen. Hier bringt man jemanden nicht um, nur weil er ein Grundstück besetzt. Früher oder später wäre der Laden geräumt worden, dann hätten wir den schon bekommen.«

CHEMIEBOMBE

Evelyn saß in ihrem Büro, die Sonne strahlte zum Fenster hinein und ließ das Rot der Schlagzeile noch giftiger erscheinen. ›Napalmvirus tötet Kinder.‹ Es war wirklich eine Katastrophe, was in den letzten Tagen geschehen war. Dennoch war Evelyn geradezu beschwipst vor Euphorie. Diese Katastrophe hatte etwas Wundervolles bewirkt. Sie hatte sie mit Gernot Rütter zusammengebracht.

Rütter, ihr Ritter. Nicht nur gutaussehend, smart und ein bisschen schüchtern oder sollte sie eher sagen bescheiden? Dazu ein genialer Kopf, ein Kollege und am wichtigsten: ein absolut ebenbürtiger Partner.

Evelyn schwebte auf Wolken. Und ein klein wenig

Schadenfreude beflügelte sie ebenso. Hätte Weißgerber seine Hausfrau verlassen, wäre es dazu erst gar nicht gekommen. Jetzt schaute er in die Röhre. Aber eigentlich war sie viel zu glücklich, um anderen nicht ihr Glück zu gönnen. Ihr Leben lag wie eine wunderschöne Landschaft vor ihr ausgebreitet, und sie brauchte die Blumen, die sich ihr darboten, nur zu pflücken. Auch wenn der Vergleich mit der Natur ihr im Moment nicht so ganz passend vorkam. Doch Evelyn war überzeugt: Ihr Ritter würde bald das Problem lösen. Die Natur retten, die Menschen und damit das Projekt. Dabei arbeitete die Zeit für Evelyn. Je länger die Epidemie dauerte, je mehr Vieh starb, desto schlechter für die Ministerin und besser für Evelyn, wenn sie deren Nachfolge antreten wollte.

Dabei war Evelyn – Ironie des Schicksals – plötzlich gar nicht mehr so versessen auf den Ministerposten. Ihr Leben hatte plötzlich andere Prioritäten, verursacht durch den Tanz der Hormone, den Rütter bei ihr auslöste.

Plötzlich stand Weißgerber in der Tür, den Arm mit dem hochgekrempelten Hemdsärmel an den Türrahmen gelehnt. Früher wäre Evelyn angesichts dieser Pose nur so dahingeschmolzen. Doch jetzt bereitete seine Anwesenheit bei ihr einen leisen Widerwillen. Evelyn tat so, als habe sie Unterlagen auf ihrem Schreibtisch zu sortieren.

»Wann redest du mit der Ministerin?«, fragte Weißgerber.

»Nachher, um fünf.«

»Was wirst du ihr sagen?«

Sie blickte ihn fest an. »Ich werde den Wortlaut der Pressekonferenz genau wiedergeben. Nicht mehr und nicht weniger.«

Weißgerber kam nun näher, so nah, dass sie seinen Fishermen's Atem riechen konnte. Herrjeh, hatte er sich extra ein Bonbon in den Mund gesteckt, bevor er sie besuchte? Evelyn fand das fast rührend. Sie wandte sich bewusst etwas von ihm ab, um weitere Papiere zu nehmen und zu stapeln.

»Weißt du, dass er der Erpresser sein könnte?«

Sie erstarrte mitten in der Bewegung. »Wer?«

»Das weißt du genau. Rütter.«

Evelyn blitzte Weißgerber wütend an. »Du bist einfach nur ein verdammt schlechter Verlierer.«

»Darum geht es nicht.« Er versuchte nach ihrem Arm zu greifen, doch sie wich ihm aus. Sie nahm das feine Vibrieren seiner Gesichtszüge wahr.

»Sei vorsichtig«, sagte er warnend.

Sie musterte ihn höhnisch, um ihm zu demonstrieren, wie absurd diese Theorie war.

»Und warum sollte Rütter so etwas tun?«, fragte sie, indem sie ihre Augen schmälerte.

Weißgerber hob die Schultern. »Wer soll das wissen? Wir kennen ihn nicht.«

»Du irrst dich. Mein Studienkollege kennt ihn sehr gut und das schon seit vielen Jahren. Er hätte ihn nicht empfohlen, wenn er nicht in Ordnung wäre.«

Evelyn räusperte sich, nachdem sie bemerkt hatte, dass sie ungebührlich laut geworden war.

Nun kam Weißgerber ihr ganz nah und packte sie bei den Handgelenken. »Verknall dich nicht, der Typ ist gefährlich.«

Sie sah ihn herausfordernd an. »Warum verdächtigst du nicht gleich mich mit dazu? Vielleicht stecke ich zusammen mit ihm unter einer Decke?« Sie musste schmunzeln über das Wortspiel.

Weißgerber verhärtete seinen Griff. »Sei nicht albern. Ich weiß zwar, dass du scharf auf den Posten der Ministerin bist, aber das traue ich dir nicht zu.«

Evelyn stemmte sich gegen seinen Griff, der ihre Handgelenke quetschte. »Wage es ja nicht, Rütter irgendwo anzuschwärzen, sonst mache ich dich fertig. Du weißt, nur ein paar Worte zum Landrat, und du bist weg vom Fenster.« Evelyn war überrascht über die Wirkung ihrer Worte. Weißgerber ließ sofort von ihr ab und verzog sich aus ihrem Büro. Und während Evelyn sich für das Gespräch mit der Ministerin vorbereitete, kam ihre gute Laune wieder.

NIMMERGUT

Lore saß auf ihrer Terrasse und beobachtete ihre Pflanzen beim Sterben. Es war wirklich beängstigend, in welchem Tempo sich die Krankheit ausbreitete. Der Rhododendron, der Oleander, die Apfelbäumchen und die anderen Pflanzen waren zu 80 Prozent zerstört und boten einen traurigen Anblick. Um die befallenen Büsche, die ihre braunfleckigen Zweige hilfesuchend gen Himmel streckten, lagen die abgefallenen Blätter, Lore hatte es aufgegeben, sie aufzusammeln.

Der Anblick wühlte Lore auf. All das Schöne, alles Vertraute schien aus ihrem Leben zu weichen. Lore musste an Opa Weller und ihren letzten Besuch bei ihm denken und an seine Nennung des unheilvollen Wortes: Silberregen. Selbst jetzt, nach Monaten entfachte das Wort seine bösartige Energie. Lore war fest davon ausgegangen, dass sie die Einzige war, die um seine giftige Wirkung wusste. Jahrelang war der Baum, der auf dem Nachbargrundstück wuchs und die Bienen der ganzen Gegend anlockte, ihr unbestrittener Feind gewesen. Erst als sie von der hochgiftigen Rinde erfuhr, die ihre Wirkung sogar beim Sägen entfaltet, war er zum Freund geworden. Lore hatte damit ein Problem aus der Welt geschafft, von dem sie glaubte, dass niemand etwas ahnte, doch nun musste sie einräumen, dass es möglicherweise Mitwisser gab.

Plante Opa Weller, sie mit dem Wissen um den Silberregen unter Druck zu setzen? Nach dem Motto: Wenn du mich nicht erledigst, dann singe ich? Nein, das konnte sie sich nicht vorstellen. Dennoch quälte sie der Gedanke, woher er das Silberregen-Geheimnis wohl kennen mochte. Lore hatte das Gefühl, ihr Brustkorb sei in einem Stahlnetz eingezwängt, das sich immer mehr zusammenzog. Sie erhob sich und streckte die Arme nach hinten, um tief Luft zu holen. Wenn Weller etwas ahnte, ahnten dann andere auch etwas?

Wie dem auch sei, sie musste den Gedanken beiseiteschieben und sich wichtigeren Dingen widmen. Sie musste der Sache mit dem Eisenhut auf den Grund gehen. Die Frage hatte sie nicht mehr losgelassen, seit Otto sie darauf angesprochen hatte. Doch außer Oma Kukuks Merkspruch *Eisenhut tut nimmer gut,* war sie noch nicht weit gediehen. Auch in Oma Kukuks Rezeptbuch hatte sie keine Eisenhut-Rezepte gefunden. Lore holte ihren Tischcomputer aus der Küchenschublade. Den hatte sie schon lange nicht mehr benutzt. Sie startete das Programm und gab den Suchbegriff ein.

Während sie auf die Ergebnisse wartete, erinnerte sie sich, wie sie mit dem Gerät selbst nach gemeinen Pflanzen recherchiert hatte und wie Erich die Nachbarn per Gugel Erde ausspioniert hatte. Erich. Ein

Lächeln huschte über Lores Gesicht. Leider war der Kontakt zwischen ihr und ihm abgekühlt, nachdem sie ihm irrtümlich eine Dosis Amphetamine namens Christal Mett verabreicht hatte. Lore erinnerte sich noch gut an den 70-jährigen Freund, der im Drogenrausch einen Walzer im Stettbacher Tal getanzt hatte, nur wenige Millimeter entfernt von einem Elektrozaun, der den sicheren Herzinfarkt bedeutet hätte.

Obwohl Erich nichts Schlimmeres erlebt hatte als einen guten Trip, nahm er ihr das Missgeschick persönlich übel und hatte sich seitdem von ihr zurückgezogen. Lore, die es von früher gewohnt war, wegen ihres Andersseins abgelehnt zu werden, nahm es hin, auch wenn ihr der einstmals gute Freund fehlte.

Was er wohl gerade trieb? Ob er tatsächlich mit Elvira zusammengekommen war, der Hippiebraut, die er auf jener unheilvollen Kaffeefahrt kennengelernt hatte? Merkwürdig, was das Alter manchmal an Paaren zusammenwürfelte. Die Hippiebraut und der alternde Dandy. Oder sie, Lore. Die Doppelmörderin und der Kommissar.

Lore seufzte. Es war schon vertrackt, welche Überraschungen das Schicksal bereithielt.

Jahrzehntelang hatte man Lore Kukuk für eine Serienmörderin gehalten und im Dorf gemieden. Dann war sie rehabilitiert worden, nur um kurze Zeit darauf zur Doppelmörderin zu werden. Oder vielleicht zur eineinhalbfachen Mörderin. Edel hatte sie dazu angestachelt. Und plötzlich wurde Lore klar, wer derjenige sein konnte, der Opa Weller und vielleicht weitere Menschen in Kenntnis des Silberregens gesetzt haben konnte. Lore zitterte anhand der mörderischen Erkenntnis. Edel. Seit der Sache mit dem Gärtner hatte sie die Halbschwester, die im Gefängnis saß, nicht mehr besucht.

Doch Edel ließ sich nicht so leicht schassen. Ihr Verstand und ihr Arm reichten weiter, und sie verfügte über Mittel und Wege, Lore auch aus dem Gefängnis heraus das Leben zur Hölle zu machen. Der Klappcomputer hatte die Informationen mit dem Eisenhut aufgerufen, und Lore beschloss, die hässlichen Gedanken an die Halbschwester vorerst beiseitezuschieben, um sich wichtigeren Themen zu widmen. Neugierig las sie die Informationen über die Giftpflanze.

Sie erfuhr, dass der Eisenhut als giftigste Pflanze in Europa galt, von der man am besten die Finger ließ, zumal bereits bei der bloßen Berührung der Blüten oder Blätter eine Vergiftung drohte. Die Todesform war subtil, so las sie, denn in der Regel wurde Herzversagen attestiert. Lore hatte das Gefühl, ein Finger kitzelte am Ende ihrer Speiseröhre. Hatte sie etwa einen neuen Verbündeten ausfindig gemacht?

Gleichzeitig war es fast zum Totlachen. Da hatte Edel sich jahrelang bemüht, Menschen mit einem unauffälligen Mittel zu töten, dabei war die wirkliche perfide Mordwaffe direkt vor ihrer Nase, in Omas Garten gewachsen. Lore erinnerte sich noch gut an die dunkelblauen Blüten, die die Form eines Soldatenhutes hatten. Daher stammte vermutlich auch der Name. Lore forschte weiter, ob das Gift auch als Therapeutikum genutzt wurde und wenn ja, gegen welche Beschwerden. Nach langem Suchen wurde sie fündig.

Mit dem Blauen Eisenhut behandelt die Naturmedizin Nervenschmerzen, rheumatische Erkrankungen, Entzündungen des Herzbeutels und Rippenfellerkrankungen. Manche Heiler setzten die Giftpflanze gegen Lepra ein, Paracelsus benutzte sie als Abführmittel. Die Erfahrung hat gezeigt, dass erwünschte Wirkung und toxische Nebenwirkung eng beieinander liegen und der schwankende Wirkstoffgehalt der Pflanzen oft über Leben und Tod des Patienten entscheidet. Aus diesem Grunde raten Experten selbst erfahrenen Heilern von einer Behandlung mit dem Eisenhut ab.

Lore überlegte: Nervenschmerzen, Herzbeutelentzündung. Gab es jemanden, den Oma Kukuk wegen dieser Beschwerden behandelt hatte? Lore hätte die Wände hochgehen können. Es war, als stünde die Antwort in großen Lettern direkt vor ihr. Sie stand nur zu dicht an der Mauer, um sie lesen zu können.

Lore sah ein, dass es keinen Sinn hatte, weiter nachzugrübeln. Sie beschloss, ihren Kopf auszulüften und das Füchschen mit auf einen Spaziergang zu nehmen.

Die abendliche Sommerluft versprühte einen verführerischen Duft, Lore nahm den Rundweg durch Hering, bis sie an die Wiesenlichtung kam. Dort setzte sie sich auf die Bank und genoss den Anblick Habitzheims, dem Dorf, das sich nur wenige Kilometer unterhalb von ihr in die Senke kuschelte. In Gedanken war Lore weiterhin mit dem Eisenhut beschäftigt. Nachträglich war sie Oma Kukuk sogar dankbar, dass sie keine Rezepte mit Eisenhut in ihrem Heft niedergeschrieben hatte, selbst wenn sie je welche angewendet hatte. Denn ansonsten wäre das Rezept zweifelsohne in Edels Hände gefallen und damit ihrem experimentierfreudigen Freund Freddy. Garantiert hätte Freddy sie genötigt, einen entsprechenden Rauschcocktail zuzubereiten mit Folgen, die Lore sich nicht einmal ansatzweise ausmalen mochte.

Schlimm genug war die Sache mit dem Tollkirschenschnaps. Lore knabberte noch heute an der Schuld, die sie sich damals aufgeladen hatte. Freddy hatte Lores selbstgebrannten Schnaps, in dem sie eine Tollkirsche einzulegen pflegte, zu seiner Lieblingsdroge erkoren und im Überfluss genossen. Lore hatte ihn mehrmals eindringlich gewarnt, doch er hatte alle Warnungen in den Wind geschlagen und damit geprahlt, bereits ganz andere wilde Pflanzen konsumiert zu haben.

Um ihn schließlich loszuwerden, hatte Lore ihm eine Flasche dieses Gebräus ausgehändigt. Nur um kurze Zeit später davon zu erfahren, dass der einstmalige Freund auf der Straße aufgegriffen worden war, wildes Zeug stammelnd von Jungfrauen mit Krinoline und Spitzenhöschen. Es stand zu vermuten, dass der alkaloidhaltige Schnaps bei ihm eine Art Psychose ausgelöst hatte, worauf er in die Geschlossene Abteilung in Goddelau eingeliefert worden war.

Da kam Lore ein Gedanke. Möglicherweise war Freddy der Schlüssel zur Lösung. Wenn der alles geraucht hatte, was Mutter Natur wachsen ließ, besaß er vielleicht auch Erfahrungen mit Eisenhut und konnte ihr etwas über dieses Kraut erzählen, was Lore wieder eine Verbindung herstellen ließ zu Oma Kukuk. Lore streichelte das eichhornfarbene Fell des Füchschens, das sich zu ihren Füßen niedergelassen hatte. Dann stand sie auf und trat den Heimweg an. Sie musste zusehen, dass sie Freddys Adresse herausfand. Alles Weitere würde sich finden.

NACHTMAHR

Otto wälzte sich zum 43. Mal auf die andere Seite. Seit zwei Stunden lag er auf seiner Bürocouch, ohne dass ihn auch nur ein Hauch von Schlaf gestreift hätte. Sobald sein Kopf das Kissen berührte, begannen seine Gedanken zu kreisen, wie wilde Tiere in einer Zirkusarena, eventuell trug auch die Tatsache, dass er mindestens fünf Promille Koffein in seinem Blut hatte, dazu bei, dass er sich seit Stunden schlaflos auf dem Sofa wälzte. Schuld hatte allein die orangefarbene Monstertasse.

Zum 44. Mal schaute Otto auf die Uhr. Wofür lag er hier eigentlich sinnlos herum? Genauso gut konnte er sich an seinen Schreibtisch setzen. Aber die Fakten über den aktuellen Stand der Ermittlungen waren bereits mehr als gründlich analysiert worden, sodass sich Otto hiervon keinen weiteren Fortschritt versprach. Eine Reihe von mühsamen Vernehmungen hatte keine Verdachtsmomente gegen andere Mitglieder der Hugenotten-Kommission ergeben. Mit Ausnahme dieses Weißgerbers und Hubertus Engel, dem ehemaligen Ortsbeirat, der nach einem Skandal geschasst worden war und den sie heute vernehmen würden.

Die Liste der Verdächtigen war mehr als dürftig. Die Namen der Verdächtigen und derer, die sie vernommen hatten, schwirrten durch Ottos Kopf in der Hoffnung, auf irgendeinen Hinweis zu stoßen. Das Problem an der Sache war: Der Vorwurf, dass jemand den Wald vergiftete, war so absurd, dass sie immer wieder belächelt wurden.

Das Klingeln des Telefons fuhr dem Kommissar in den Kopf wie ein Messerstich. Er schreckte hoch und musste sich gleich darauf eingestehen, dass er offensichtlich doch eingeschlafen war, denn eine träge Müdigkeit umgab ihn wie die Nachwirkungen einer Droge.

Das Büro lag in tiefem, stillen Dämmer. Hatte er das Klingeln nur geträumt? Otto schloss die Augen und versuchte, sich dem Dämmerzustand hinzugeben, um vielleicht doch noch etwas Schlaf zu ergattern. Doch dann wurden seine Lider wieder leicht und begannen, sich flatternd zu öffnen. Was er zwischen dem Vorhang seiner halb geschlossenen Wimpern sah, ließ ihn einen lauten Schrei ausstoßen und senkrecht auf der Couch hochfahren. Eine gigantische Silhouette stand im Türrahmen, umgeben von einer giftig-neongrünen Aura. Die Gestalt wirkte zutiefst bedrohlich. Im nächsten Moment brannte gleißendes Feuer in Ottos Augen.

»Kollege, alles in Ordnung?« Es war die Stimme von Brenneisen. Sein Kollege war ins Zimmer getreten und hatte das Licht angeschaltet, um das Neonlicht auf dem Flur zu neutralisieren.

Er schaute diskret zur Seite, während Otto von

der Couchlehne herunterstieg, auf die er vor Schreck gesprungen war. Otto hätte in den Boden versinken können vor Scham.

»Wir hatten gerade einen Anruf von der Polizeidienststelle Dieburg.« Brenneisen reichte Otto sein Smartphone. Otto, dessen Augen unter der unerwarteten Helligkeit flimmerten, erkannte nicht mehr als ein Wirrwarr aus roten Flecken.

»Was ist das?«, fragte er unwirsch.

»Am besten, wir schauen es uns am Computerbildschirm an«, schlug Brenneisen vor und machte sich an Ottos Rechner zu schaffen.

»Der Burgmauerschmierer hat wieder zugeschlagen«, erklärte er, während Ottos Computer rasselnd startete. Mit zwei Griffen hatte der Kollege das Bild aufgerufen, Otto erkannte den roten Schriftzug. ›Werdet endlich wach.‹

Otto stieß einen langen Atemzug aus. Der Täter hatte nicht nur wieder eine Botschaft von der Burgmauer für sie, er verabreichte der Polizei gleichzeitig einen Tritt in den Arsch, weil sie zu langsam waren. Otto studierte das Bild genauer.

»Wo ist das?«, fragte er, denn er konnte die Veste Otzberg auf dem Foto gar nicht erkennen.

»In Wembach. Der Schriftzug steht auf einem der denkmalgeschützten Waldenserhöfe.«

»Aha.« Dann hatte sich also der Begriff Burgmauerschmierer erledigt. Der Täter war näher an den Ort des Geschehens gerückt.

Ansonsten war alles ähnlich wie beim letzten Mal. Dieselbe verwaschene Handschrift, das durchdringende Rot. Der Täter musste sich verdammt sicher fühlen. Oder er wollte dringend entdeckt werden.

Otto fuhr sich mit beiden Händen durch das Gesicht. »Und was sagt uns das?«

Brenneisen schüttelte entmutigt den Kopf. »Wir müssen weitermachen«, sagte er.

»Ich bin gleich bei Ihnen, drüben im Büro«, sagte Otto. Er wusch sich am Waschbecken das Gesicht, ein Blick in den Spiegel ließ ihn grausen. Er warf einen Seitenblick auf die Kaffeemaschine, unterließ es aber, sich einen Kaffee zu brauen. Sein hoher Koffeinpegel würde nicht vor morgen Mittag abgebaut sein.

Als er hinüber zu Brenneisen kam und diesen an seinem Kräutertee nippen sah, bereute er seine Entscheidung.

Der Kollege benutzte seine Lieblingstechnik, die Namen aller Verdächtigen an eine große Wandtafel zu schreiben und Motive und Alibis systematisch abzuarbeiten. Otto setzte sich und überflog das Sammelsurium an Namen. Ganz oben stand der Name ›Dr. Rütter‹.

»Was führt Sie dazu, den Mann zu verdächtigen?«, fragte Otto schnaufend.

»Kein konkreter Verdacht«, erwiderte der Kollege. »Ich habe alle aufgenommen, die in Frage kommen.«

»Okay, wer von den Verdächtigen hat ein Motiv?«

Brenneisen tippte auf die Namen darunter. »Bonnhöfer, der Umweltschützer, und seine Frau Doreen, die übrigens«, Brenneisen machte eine stolze Pause, »bevor sie in Ober-Ramstadt bei dem Farben- und Lackhersteller angefangen hat, in Bad Schwalbach bei einem internationalen Konzern tätig war.«

»Und?«

»Abteilung Pflanzenschutz.«

»Und das heißt?«

»Sie kennt sich aus mit Pflanzenkrankheiten. Ich werde heute hinfahren, um sie zu vernehmen.«

Otto nickte. »Wen haben wir noch?«

Brenneisen deutete auf den Namen ›Evelyn Jost‹.

»Sie ist die Abteilungsleiterin Arbeitsschutz und Umwelt im Regierungspräsidium Darmstadt. Ausgebildete Biochemikerin. 1999 Promotion in Kaiserslautern, danach beim Hessischen Landeslabor beschäftigt, jetzt im RP.«

»Das glauben Sie doch selbst nicht«, schoss Otto heraus. Dann begann er zu überlegen. »Andererseits, sie wirkte sehr vertraut mit diesem Rütter.«

Brenneisen warf einen Blick auf seine Armbanduhr. »Sie könnten unter einer Decke stecken.«

»So vertraut nun auch wieder nicht. Wir sollten sie aber dennoch befragen.« Otto schaute ebenfalls auf seine Uhr. Halb sieben. Viel zu früh für gute Ideen.

Brenneisen überflog seine Unterlagen. »Ich habe um elf Uhr einen Termin mit ihr.«

»Gut, ich komme mit.«

»Nein, Sie müssen hierbleiben, um Hubertus Engel zu vernehmen, das geschasste Mitglied der Hugenotten-Kommission, ich dachte, wir führen die Befragungen parallel durch, um nicht zu viel Zeit zu verlieren.«

Otto nickte. »Gut. Dann schlage ich vor, dass wir im Anschluss an diese Vernehmungen gemeinsam nach Dinkelsweiler fahren, um uns die Häuser und deren Bewohner anzusehen.«

Brenneisen nickte. »Und dann sollten wir uns noch einmal Stefan Weißgerber vornehmen, der immerhin vom Hugenottenprojekt nicht unwesentlich profitiert hat.«

Brenneisen warf wieder einen nervösen Blick auf seine Uhr. Otto fragte sich, ob er jemanden erwartete. Aber um zwanzig vor sieben? Schwer vorstellbar. Otto kratzte sich die Glatze.

Die Sekretärin brachte die Zeitungen von draußen mit hinein. Otto und Brenneisen blätterten hektisch auf der Suche nach Neuheiten. Die Blätter übertrafen sich mit sensationslüsternen Schlagzeilen. Die Presse hatte inzwischen eins und eins zusammengezählt, der Täter war inzwischen zum ›Giftkünstler‹ avanciert, der die Wälder entlaubte und Frucht und Vieh bedrohte. Eine Herde wertvoller Pferde bei Ober-Ramstadt war verendet, scheinbar waren nun auch sicher geglaubte Heubestände verseucht. Otto war froh, dass es bisher keine weiteren Menschen erwischt hatte, doch die Journaille machte in ihrer

Berichterstattung mehr als deutlich, was sie von der schleppenden Polizeiarbeit hielt.

Dann ermittelt doch selber, dachte Otto und blätterte weiter zum Teil Landkreis Darmstadt-Dieburg. Hier war ganz vorn ein großes Foto abgebildet. Ottos Herz begann ruckartig zu pulsieren. Was er da sah, überbot alles Schreckliche, das er in der letzten Zeit erlebt hatte.

In diesem Moment öffnete sich die Bürotür und eine jüngere, etwas pummelige Frau trat ein. Otto wollte sie barsch nach draußen verweisen, doch dann fiel ihm ein, dass dies Brenneisens Büro war. Und zu Brenneisen schien die junge Frau zu wollen. Sie blickte unsicher zu Otto und zurück zu Brenneisen, der puterrot angelaufen war, einen Schritt auf das Mädchen zukam und sie ungelenk umarmte.

»Das ist Babs, sie bringt mir Frühstück.«

Im selben Moment stellte das Mädchen einen gefüllten Jutebeutel auf den Schreibtisch und begann auszupacken. Tupperdosen, in denen sich allerlei raffinierte Zubereitungen verbargen. Quark, Honig, frisches Gebäck, ein Heißgetränk aus der Thermoskanne.

»Reispudding«, sagte das Mädchen, das bei genauem Hinsehen gar nicht so pummelig war. »Den du so magst.«

Otto verbiss sich ein Grinsen. Das war also der Grund, warum Brenneisen rasend schnell auseinander ging. Und jetzt bekam er auch noch alles angeliefert.

»Frühstücken Sie mit uns«, lud Brenneisen ein, doch Otto, der an das Zeitungsfoto dachte, konnte keinen Bissen runterbringen. Er verabschiedete sich mürrisch und verließ das Büro.

Mit lautem Knall ließ er seine Bürotür zufallen, und obwohl ihm seine Hände kaum gehorchten, braute er sich einen Kaffee. Dann nahm er sich wieder die Zeitung vor. Obwohl er vorbereitet war, wühlte das Foto seine Gefühle erneut zutiefst auf. Er hatte in letzter Zeit wahrlich viel mitgemacht und stand enorm unter Druck. Was er aber hier sah, ließ ihn völlig die Fassung verlieren und machte ihm einiges klar über Lores und sein Verhältnis. Der Kommissar ließ einen Schwall an angestauter Wut mit einem tiefen Ausatmen hinaus. Wie sollte er weitermachen? Einfach sich nichts anmerken lassen? Unmöglich. Also war das einzige probate Mittel die Kontaktsperre. Otto fühlte sich mies. Abgewiesen, betrogen und mies. Ein Lebensgefühl, das seine Kombinationsgabe auf ein Minimum reduzierte, so gut kannte er sich schon. Er sah auf die Uhr. Noch zwei Stunden, bis Engel auftauchte. »Komm, Peppy, Gassi gehen«, rief er und sprang auf.

Wie ferngesteuert fuhr der Kommissar ins Komponistenviertel. Nur fuhr er diesmal nicht die Flotow-Straße geradeaus, sondern bog in den Briegelweg ab und fuhr durch bis an den Wendehammer. Hier hatten die Berufstätigen auf dem Weg in ihre Büros große Parklücken hinterlassen. Otto stellte den Wagen ab und folgte dem schmalen Weg, der hinter den Reihenhäusern entlang führte, bis er zur Gichtmauer kam. Trotz der frühen Morgenstunde war die Luft von der Sonne bereits angewärmt und verbreitete einen würzigen Duft. Die Vögel lieferten ein wahres Pfeifkonzert, die Bäume, deren Wipfel über die Mauer ragten, standen in vollem Grün. Es war beruhigend, dass diese Gegend allem Anschein nach noch nicht von dem Virus befallen war.

Otto folgte dem Weg entlang der Mauer, alle paar Meter befand sich eine Bank. Wie der Name der Mauer schon sagte, dienten diese alten Leuten, um hier in der Sonne ihre Gicht zu kurieren. Er setzte sich auf eine der Bänke. Die Sonne wärmte seine Haut, aber nicht sein Herz. Aber er durfte sich nicht gehen lassen, er musste sich zusammenreißen. Große Waldstücke und Vieh waren in Gefahr, schlussendlich stand das Leben vieler Menschen auf dem Spiel. Er hatte die verdammte Pflicht und Schuldigkeit, den Fall aufzuklären. Jetzt hier und heute sich gehen lassen, war nicht angesagt. Er rief Peppy zu sich und ging zurück zum Auto. Jetzt fiel ihm etwas auf, das er zuvor nicht gesehen hatte, als er zu sehr in Gedanken war.

Die Mauer war an der Stelle leicht oberhalb des Weges, der zurück auf den Wendehammer führte, beschriftet. Im ersten Moment bekam er einen Schreck, da er glaubte, einer weiteren Botschaft des Schmierers gegenüberzustehen. Doch die Farbe des

Schriftzuges war blau und verblasst und nur noch das Wort ›Lilien‹ lesbar. Otto vermutete, dass ein Fußballfan seiner Begeisterung für den kometenhaften Aufstieg der Darmstädter Fußballmannschaft in die erste Liga Luft gemacht hatte. Darmstadt war nach dem Aufstieg tagelang im Partytaumel gewesen. Und wenn Otto auch hoffte, dass sie wieder abstiegen, damit die Darmstädter nicht auf die wahnwitzige Idee verfielen, sein heißgeliebtes ›Bölle‹-Stadion durch ein neues modernes Fußballstadion zu ersetzen, fieberte er doch immer mit der sympathischen Mannschaft mit. Der Gedanke an die kleine erfolgreiche Elf versetzte Otto in eine beschwingte Stimmung und so fuhr er bester Laune zurück ins Präsidium.

Hubertus Engel, der Politiker, den Otto einbestellt hatte, wartete bereits im Gang. Er stand etwas windschief in der Gegend, augenscheinlich aus Angst, im Wege zu stehen. Er begrüßte Otto mit einem schlappen Händedruck und musterte Peppy, als handele es sich bei dem Hund um einen ausgewachsenen Bull Mastiff und keinen Pudelmischling. Otto nahm Engel mit in sein Zimmer. Der Mann hatte blasse, aufgequollene Gesichtszüge. Hatte er ein Alkoholproblem oder war sein schlechtes Äußeres der besonderen Situation geschuldet? Der Kommissar bot seinem Gast keinen Kaffee an. Das spürte er zehn Meter gegen den Wind. Dieser Typ war nicht stark genug für seinen Kaffee.

Er selbst sah es an der Zeit, sich einen frischen Kaffee zuzubereiten, was er in aller Ruhe tat, während er das Gespräch begann.

»Haben Sie eine Erklärung für all die unangenehmen Vorgänge in letzter Zeit?«

Sein Gegenüber schüttelte den Kopf, dass die Bäckchen nur so schlackerten. »Schrecklich«, murmelte er. »Absolut schrecklich. Wenn ich nur irgendetwas zur Lösung der Situation beitragen könnte.«

»Das können Sie, indem Sie mir Ihre Geschichte erzählen. Sie waren Ortsbeirat, mussten aber, als die Hugenotten-Kommission einberufen wurde, von Ihrem Posten zurücktreten. Was war geschehen?«

Das bleiche Gesicht mit den glasigen Augen, das eben noch von der Anstrengung der Freundlichkeit getragen worden war, sackte zusammen zu einer traurigen, hängenden Masse.

»Ich habe den Bau einen Schwimmbades verabschiedet und Verträge mit den Bauträgern geschlossen. Diese haben dann Subunternehmen beschäftigt, die gepfuscht hatten. Das Schwimmbad wurde nicht freigegeben, Teile mussten sogar abgerissen werden wegen erheblicher technischer Mängel. Ich hatte meine Unterschrift daruntergesetzt. Damit war ich haftbar. Ich bin aber freiwillig zurückgetreten. Im Grunde war es mir recht, dass ich damit nicht Mitglied der Kommission werden konnte. Damals zeichnete sich bereits ab, dass Höfe versetzt werden mussten, es waren auch Verwandte von mir betroffen. Das hätte in der Familie Probleme gegeben. Dieser Journalist, dieser Weißgerber, hat den Skandal in der Presse ziemlich breitgetreten. Ich musste meinen Rücktritt einreichen.«

Otto beugte sich vor. Das schien interessanter zu sein, als er vermutet hatte. »Wie lief das genau ab mit den Hausverkäufen?«

Engel blickte ihn an. »Verzeihung, könnte ich bitte einen Kaffee haben? Ich bin fix und fertig. Kaum geschlafen.«

Er deutete auf die Maschine, die mit Blinken anzeigte, dass der Kaffee fertig war. Otto nickte zweifelnd und erhob sich. Er füllte Kaffee in einen der kleinen Becher, stellte Engel Milch und Zucker hin und goss sich selbst den Rest in die Monstertasse. Engel trank den Kaffee schwarz und auf eine Weise, die Otto bisher noch nicht gesehen hatte. Er biss förmlich in das Getränk und schüttete den Schluck, den er erwischen konnte, die Kehle hinab, als nehme er eine Tablette.

Otto war froh, ihm nicht eine von den guten Tassen gegeben zu haben. Diese Trinkform schien jedoch nichts mit dem Kaffee selbst zu tun zu haben, denn nach dem ersten Schluck lächelte Engel anerkennend und sagte: »Guter Kaffee. Das hat man selten.«

Das waren die ersten positiven Worte, die Otto über seine Kaffeekunst gehört hatte, und er spürte, wie ihm das Herz aufging. Der Mann war unschuldig, davon war er zutiefst überzeugt, während er seinen Ausführungen weiter zuhörte.

»Die Kommission hat den Hofeigentümern gute Preise bezahlt, damit sie ihre Höfe abtraten. Das dachten die Verkäufer zumindest. Aber ich weiß, wie viel Geld die Kommunen damals tatsächlich zur Verfügung gestellt haben, den Rest haben die sich von der Treuhand in die Taschen gesteckt. Daran wollte ich nicht beteiligt sein.« Wieder nahm Engel einen Bissen Kaffee und fuhr fort.

Otto pustete eine nicht vorhandene Haarsträhne aus der Stirn. »Aber die Transaktionen sind legal vor sich gegangen. Wir konnten keine tatsächliche Korruption nachweisen.«

»Nein.« Sein Gegenüber schüttelte traurig den Kopf. »Aber da haben sich einige bereichert, das können Sie mir glauben.«

»Aber dennoch hat das Projekt Hugenottenpfad ernsthafte Feinde. Können Sie sich vorstellen, wer der Täter ist?«

Engel schüttelte traurig den Kopf. Dann blickte er Otto an. »Ich kann mir vorstellen, dass Sie mich verdächtigen, ich hätte immerhin ein Motiv: Rache. Das stärkste Motiv in der Kriminalistik, nicht wahr? Aber glauben Sie mir, mir war es lieber so, wie es gekommen ist. Ich übe nun meinen ganz normalen Beruf aus und lebe ein Durchschnittsleben.«

So wie der Kerl aussah, konnte sich das Otto direkt vorstellen.

»Dennoch, ich muss Sie das fragen. Sie arbeiten in einem Labor?«

»Ja, Dr. Loidl. Wir untersuchen Gewebeproben und testen Blut und Stuhl auf Pilze, Bakterien, Nahrungsmittelunverträglichkeiten.«

Otto wedelte sich unmerklich vor der Nase. Nicht gerade angenehm der Job.

»Haben Sie den Virus gezüchtet und den Wald damit infiziert?«

Sein Gegenüber blickte ihm fest in die Augen. »Nein, auf keinen Fall!« Wie zum Beweis seiner Redlichkeit nahm er einen weiteren großen Schluck von seinem Kaffee.

»Haben Sie einen Verdacht? Es gibt doch diesen Waldenserfluch. Wir vermuten, dass sich jemand auf diesen Fluch bezieht. Gibt es jemanden, mit dem Sie einen Zusammenhang herstellen können?«

Engel blickte Otto lächelnd an. »Der Waldenserfluch, ja ich habe davon gehört. Aber das ist Humbug, eine Legende. Das Verhältnis der Waldenser zu den Deutschen war immer vorbildlich.«

Dann wurde seine Miene ernst. »Wenn ich nur einen milden Verdacht hätte, würde ich es Ihnen sagen. Das heißt …« Er schien zu überlegen. »Was?«, hakte Otto nach.

Engel blickte ihm voll ins Gesicht. »Wenn ich diesen Weißgerber verdächtige, dann sieht das nach Rachefeldzug aus.«

»Nicht wenn Sie mir sagen, ob er ein Motiv hat.«

Engel überlegte. »Nein, im Gegenteil, wenn hier Dreck aufgewühlt wird, ist das schlecht für ihn. Es sei denn, er hat eine geheime Agenda, von der wir nichts wissen. Aber glauben Sie mir, der hat durch die Sache schon so viel Geld verdient, dass er das kaum mehr nötig hat.«

Otto nickte einvernehmlich.

»Kennen Sie diesen Dr. Rütter?«

Engel schüttelte den Kopf, besann sich dann jedoch. »Ach ja, das ist einer aus dieser Expertenkommission zur Untersuchung der Krankheit. Aber ich kenne ihn nicht persönlich.«

»Wenn Sie an diese Tafel schauen«, Otto deutete auf das Flip-Chart mit den verdächtigen Namen. »Wem trauen Sie die Tat am ehesten zu?«

Engels Blick streifte über die Liste. »Bonnhöfer von Pro-Modau, niemals.« Jetzt lachte er fast.

»Und seine Frau? Sie ist ebenfalls Laborantin.«

Engel nickte. »Die kenne ich gut, wir waren zusammen ein paar Jahre beim selben Unternehmen. Vergessen Sie es. Das sind Umweltschützer der ersten Stunde. Ich traue denen eher einen Mord zu als eine Umweltsünde.«

»Die Kinder wurden ermordet«, sagte Otto.

Engel hielt bestürzt inne. »Ja, ein tragischer Fall, die beiden kennen sogar die Familie. Also, ich kann meine Hand für die Bonnhöfers ins Feuer legen.«

Otto seufzte. Es sah aus, als lebte draußen auf dem Land ein einziges Heer von Unschuldigen.

Engel schaute wieder auf die Liste der Verdächtigen und plötzlich spannten sich seine Gesichtszüge.

»Was ist?«, fragte Otto.

»Evelyn Jost.«

Ottos Herzschlag erhöhte sich augenblicklich. »Aha?«

»Ja, sie hätte zumindest ein Motiv. Sie wird gehandelt als Nachfolgerin der hessischen Ministerin für Umwelt und Naturschutz.«

»Ja?«

»Ich möchte sie nicht belasten, aber wenn die Ministerin fällt, wird sie schneller die Nachfolgerin. Zumindest spekulativ.«

Otto spürte einen winzigen Stich, in Anbetracht der Tatsache, dass Brenneisen die Hauptverdächtige vernahm. Otto hätte zu gerne selbst den Täter verhört und überführt.

»Unterschreiben Sie bitte hier, dass Sie zur Vernehmung da waren«, sagte Otto und schob Engel das Formular hin. Der unterschrieb mit seinem vollen Namen und verabschiedete sich.

Sobald er draußen war, suchte Otto Brenneisen in seinem Büro auf. Der war bereits zurück von seiner Vernehmung.

»Wie war die Jost?«, fragte Otto betont beiläufig.

Brenneisen stemmte die Arme in die Seiten. »Schwer zu sagen. Die ist eiskalt und berechnend. Sie gilt als Nachfolgerin für die neue Ministerin und hat gleich zugegeben, dass sie sich zum Kreis der Verdächtigen zählt. Aber ob ich ihr die Tat zutraue, ich weiß es nicht. Sie war mal mit Weißgerber liiert, aber er wollte seine Frau nicht für sie verlassen.«

Aha, dachte Otto. Dies war also der Grund, warum Weißgerber so eifersüchtig über die Jost lauerte.

»Und, macht sie das verdächtig?«

Brenneisen zuckte die Schultern. »Damit hätte sie zumindest ein Motiv: Rache.«

Otto nahm sich vor, sich die eiserne Lady bei Gelegenheit persönlich vorzuknöpfen. Doch zunächst führten sie die Ermittlungen nach Dinkelsweiler.

ALTE LIEBE ROSTET NICHT.

Lore war in aller Frühe aufgestanden und hatte sich auf den Weg gemacht. Jetzt saß sie in ihrem kaffeebraunen Gefährt, diesem Rollstuhl auf vier Rädern, und fuhr nach Darmstadt. Während der Fahrt kam es Lore vor, als bewege sie sich nicht nur im Raum, sondern auch in der Zeit. Denn sie war unterwegs in Richtung Vergangenheit, zu Freddy, Edels einstmaligem Jugendfreund.

Lore konnte nicht sagen, ob es die Aussicht war, den alten Bekannten wiederzusehen, oder der dichter werdende Stadtverkehr, der sie nervös machte. Jedenfalls wurde sie zunehmend flatterig, je näher sie ihrem Ziel kam. Die Autos und Ampeln rasten auf sie zu wie irisierende Lichter. Gut, dass sie bei diesem Rollatording entweder nur Gas treten oder bremsen musste und sich nicht auch noch mit einem Schaltknüppel abzumühen brauchte. Im Rahmen ihrer Führerscheinprüfung hatte sie einmal einen solchen Rührwagen fahren müssen und hatte am nächsten Tag Schmerzen im Arm, als habe sie drei Liter Sahne von Hand geschlagen.

Der Fahrlehrer hatte zwar gesagt, dass sie nicht willkürlich hin und herschalten sollte, sondern immer von einem Gang in den nächsten, aber Lore hatte das als albernen Vorwand gesehen, um ihr noch mehr Stunden aufzubrummen.

Lore hasste es, links abzubiegen. Das Manöver, bei dem man bis zur Straßenmitte fahren musste und die entgegenkommenden Autos zentimeternah auf sich zurollen sah, ging bei ihr meist schief. Sie konnte stets den Abstand zur Mittellinie nicht richtig einschätzen und fuhr nicht selten darüber hinaus, sodass die entgegenkommenden Autos sie mit protestierendem Hupen dazu aufforderten, die Spur frei zu machen. Daher hatte sie eine Route ausgearbeitet, bei der sie nur geradeaus fahren oder rechts abbiegen musste. Lore folgte der Landgraf-Georg-Straße, ließ das Stadtschloss links liegen, bog in die Frankfurter Straße ein und von dort in den Rhönring, wo sie das Auto auf dem ersten Parkplatz abstellte, den sie erblickte.

Ihre Strategie, nur rechts abzubiegen, war aufgegangen. Lore warf einen Blick auf ihre Notizen und suchte dann die Adresse. Schließlich stand sie vor einem Altbau, ganz ähnlich wie jenem, in dem Freddy damals gewohnt hatte. Er war der Gegend treu geblieben. Lore studierte die Klingelschilder. ›Zimmer‹, lautete Freddys Nachname, aber ein Zimmer war hier nicht zu finden.

Zumindest nicht auf dem Klingelschild. Auf dem Briefkasten allerdings schon, und wenn sie den Briefkasten mit dem Klingelschild abglich, musste Freddy im zweiten Stock wohnen. Lore drückte den Finger auf den entsprechenden Knopf, auf dem sich mehrere Namen knäulten, und hörte ein dumpfes Rasseln im Inneren des Hauses.

Ohne Nachfrage über die Sprechanlage wurde die Tür automatisch geöffnet, und mit einem Schritt stand Lore im Treppenhaus. Es roch nach Altkleidersammlung. Die Deckenlampe war zertrümmert, einige Scheiben im Treppenhaus ebenso. Im Grunde ein ähnliches Bild der Zerstörung wie bei den Gewächshäusern des Kaktus-Kaisers.

»Nur Mut«, flüsterte Lore dem Füchschen zu, das den Rücken ängstlich krümmte und unsicher nach oben witterte. Doch als Lore die Stufen hinaufstieg, schien auch der Hund Mut zu fassen und sprang enthusiastisch voran. Im zweiten Stock stand die Tür einen Spaltbreit offen, und eine junge Frau musterte sie misstrauisch. Sie trug verfilzte Rastalocken und könnte dem Alter nach Freddys Tochter sein, doch Lore bezweifelte, dass Freddy während oder nachdem er in der Psychiatrie gelebt hatte, zum Familienvater geworden war.

Als Lore vor der Wohnung angekommen war, schlug ihr ein Geruch nach Schimmel entgegen. Und der Rauch der Zigarette, an der das Mädchen zog, eine Selbstgedrehte, die ewige Währung der WGs, fast ebenso selbstverständlich wie schmutziges Geschirr.

»Ich suche Freddy Zimmer«, sagte Lore, während sie versuchte, an dem Mädchen vorbei in die Wohnung zu spähen. Das Mädchen blickte störrisch, trat aber dennoch einen Schritt beiseite, um sie hereinzulassen. Mit einer Kopfbewegung wies das Mädchen auf eine geschlossene Tür, die rechts des Flurs lag. Lore ging den kurzen Flur entlang und blieb vor der Tür stehen. Mit ein paar tiefen Atemzügen versuchte sie ihr Herzklopfen zu beruhigen, bevor sie mit dem Fingerknöchel vorsichtig anklopfte. Vielleicht hätte sie sich doch ankündigen sollen? Lore hatte darauf verzichtet, da sie nicht sicher war, ob Freddy sie freiwillig empfangen würde.

Nach einem kurzen Ausruf, der von drinnen kam, wagte sie es, die Klinke zu drücken und die Tür langsam zu öffnen. Das Zimmer lag in tiefem Dämmer, weshalb Lore kaum etwas erkennen konnte, nur schemenhaft eine Gestalt, die quer auf einem Bett lag und deren Konturen sich in dem Maße verdeutlichten, in dem sich Lores Augen an das Zwielicht gewöhnten.

Sie hatte sich bereits darauf eingestellt, einem von Drogenkonsum und Psychiatrie gezeichneten Menschen zu begegnen. Aber nichts konnte sie vorbereiten auf den Anblick des gealterten Freddy.

Er war noch nie eine Schönheit gewesen. Eher von der hageren Sorte, dennoch hatte ihm die Jugend eine gewisse Attraktivität verliehen. Die war nun völlig weg. Dürre Schönheit altert schlecht, hatte Oma Kukuk immer gesagt, und obwohl sie Freddy nie gekannt hatte, passte das alte Sprichwort wie die Faust aufs Auge. Dünne, fettige Strähnen, die aus einem lichten Haarkranz sprossen, ein Bart wie Essensreste in einem Abfluss, die Gesichtsfarbe ließ auf schlechte Leberwerte schließen, der Zustand seiner Haut auf einen insgesamt fehlerhaften Stoffwechsel.

Neben dem Bett stand ein flacher Schemel, darauf eine Teetasse, daneben ein voller Aschenbecher, scheinbar machte Freddy gerade eine Zigarettenpause, das hatte bei ihm stets bedeutet: eine Pause zwischen zwei Zigaretten.

Das gegenüberliegende Fenster zeugte mit breiten Schlieren von einer misslungenen Putzaktion.

Draußen sah man nur die Mauer des nächsten Hauses, kaum zwei Meter entfernt, der Grund, warum es im Zimmer so düster war. Ansonsten wies das Zimmer einen spartanischen Look auf. Ein abgenutzter Schreibtisch ohne Stuhl, an der Wand ein Sperrholzschrank, der zusammenzubrechen drohte, wenn man ihn nur scharf anschaute.

Lore wurde unbehaglich, sie war immerhin nicht ganz unbeteiligt an der Zerstörung dieses Menschen. Mit ihren Drogenexperimenten hatte sie dazu beigetragen, dass seine labile Psyche vollends aus dem Gleichgewicht geraten war, und jetzt war sie mit den Überresten konfrontiert.

»Hallo, Freddy, ich bin's, Lore.«

In den Körper auf dem Bett kam nun Bewegung. Freddys Blick bekam etwas Gehetztes, und er sah sich im Raum um, als halte er Ausschau nach einem Fluchtweg.

Lore hob beschwichtigend die Hände. »Ich komme in Frieden.« Sie trat etwas weiter ins Zimmer, wobei sie das Füchschen mit sich ziehen musste. Freddy erhob sich nun und stand für einen Moment unentschlossen im Raum, bis er dann die Teetasse, die deutlich braune Ränder aufwies, und den Aschenbecher vom Stuhl nahm und Lore Platz anbot. Lore setzte sich auf die Fläche, hielt aber die Beine angespannt, um sich jederzeit abfangen zu können, wenn das Ding zusammenbrach. Dann setzte sich Freddy wieder und Lore hatte Gelegenheit, sein Gesicht zu studieren, das von ähnlich tiefen Furchen durchzogen war wie das von Opa Weller.

»Wie ist es dir ergangen?«, fragte sie schließlich vorsichtig.

Freddy nahm sich Zeit für die Antwort, als müsse er erst darüber nachdenken. Dann hob er müde die Augenlider.

»Fünf Jahre Psychiatrie, drei Generationen von Antidepressiva.«

Er sprach mit der resignierten Arroganz der Drogenabhängigen, die jeden für ihr Schicksal verantwortlich machten, nur nicht sich selbst. Lore, die ihr Wissen hierüber aus diversen Reportagen des öffentlich-rechtlichen Fernsehens bezog, erwartete einen nicht enden wollenden Strom von selbstmitleidigen Ergüssen zu hören, doch Freddy überraschte sie.

»Wie geht es Edel?«, fragte er.

Lore blickte ihn erstaunt an. »Weißt du denn nicht …«

»Dass sie im Knast sitzt? Natürlich.« Er stieß ein trockenes Lachen aus. »Auch wenn sie mich nicht zu ihr lassen.«

Lore bezweifelte, dass er sich ernsthaft um eine Besuchserlaubnis bemüht hatte.

»Ich sehe sie von Zeit zu Zeit.« Lore wollte auf jeden Fall vermeiden, in die Tiefe zu gehen, was ihr Verhältnis zur falschen Schwester anging. Denn mit dem stand es ja auch nicht zum Besten. Doch Freddys Interesse war so schnell erloschen, wie es gekommen war.

»Was willst du?« Er griff eine angerauchte Zigarette aus dem Aschenbecher, zündete den Stummel an und inhalierte mit zusammengekniffenen Augen.

Lore wurde klamm zumute. Jahrelang war sie es gewesen, die von anderen aufgesucht worden war, um ihr Wissen um die Pflanzensachen weiterzugeben. Nun war sie diejenige, die jemand anderen um Rat bat. »Es geht um Eisenhut.«

Freddy stieß ein kratziges Lachen aus. »Du bist doch hier die Kräuterhexe.«

»Und du der Drogenspezialist.«

Der Ausdruck entlockte ihm ein schiefes, geschmeicheltes Grinsen.

»Bitte«, flüsterte Lore nun fast schon ehrerbietig.

Freddy klopfte auf die Bettdecke, wobei alles Mögliche in die Luft flog: Staub, Tabakkrümel, kleine Fetzen von Silberpapier, und Lore schwor darauf, dass sich auch Flöhe oder Wanzen darunter befanden. Das Füchschen kräuselte die Nase, als müsse es gleich niesen.

»Was willst du darüber wissen?«, fragte er schließlich.

»Hast du das mal … probiert?«

Freddy blickte sie an, als wäre sie irre. »Bist du bekloppt? Eisenhut ist saugiftig. Keiner wäre so verrückt, das einzunehmen.«

»Aber du wolltest das doch immer probieren? Du kanntest auch die Wirkung. Du sagtest damals, es sei ein Gefühl, wie …«

Er musterte sie mit schmalen Augen »… es wachsen einem Federn, ja. Das Blut verwandelt sich in Eiswasser. Ja, ich habe solche Stories gehört. Aber …« Er schüttelte nur den Kopf und schien regelrecht angeekelt.

»Kennst du jemanden, der das genommen hat?«

Die Stille im Raum manifestierte sich wie stehender Rauch.

Lore wollte schon aufgeben, da kratzte sich Freddy am Kopf.

»Es gab da so 'nen crazy Typen, der war bei Reinhardt auf 'ner Party.«

»Welcher Reinhardt?« Lores Herzschlag beschleunigte sich.

»Aus dieser WG in Rohrbach. Kanntest du die nicht auch?«

Lore konnte sich nicht erinnern.

Vor Freddys innerem Auge schien die Vergangenheit lebendig zu werden, denn er begann zu lächeln und redete flüssig, wenn auch wie in Trance. »Der Typ hat gesagt, ey, das Zeug ist ganz legal, ist 'ne Blume, kannst du überall anpflanzen. Gras ist verboten, LSD auch, aber das Zeug ist hundertmal besser und es wächst im Wald. Gratis und legal.«

»Und der lebte in der WG in Rohrbach?«, unterbrach Lore den Gedankenstrom.

Freddys Blick wanderte zu ihr. »Nee, Reinhardt lebte da. In der Dinkelsmühle, so hieß der Hof.« Wieder verlor sich Freddy in der Vergangenheit. »War cool da, coole Mädels, aber dem Reinhardt seine Alte, Reggie, das war ein Besen. Hatte kein Bock auf das ganze Theater da.«

»Wann war denn das? Kannten wir uns da schon?«

Freddy nickte. »Klar, ey. Ich bin öfter zu denen, wenn mit euch Mädels nichts mehr los war. War ja auch ganz in der Nähe. Obwohl, da hinzutrampen war der Hass. Hat ewig gedauert, weil das war irgendwo im Wald.«

»Aha«, sagte Lore und schob den Gedanken beiseite, dass Freddy Edel möglicherweise mit den coolen WG-Mädels betrogen hatte.

»Und die von der WG in der Dinkelsmühle haben Eisenhut geraucht?« Freddy sah sie an, als hätte sie ihn aufgefordert, seinen Haschvorrat mit ihr zu teilen. »Hä? Bist du wahnsinnig? Die hätten das Zeug nie angerührt. Überhaupt, kein Mensch wäre so blöde, freiwillig Eisenhut zu rauchen. Ne Überdosis und du bist tot.«

»Aber dieser Typ hat gelebt. Wer war das? Kanntest du den?«

Freddy lachte fast anerkennend. »Ne, der war da nur mal für ne Party. Mann, der war echt crazy. Aber die von der WG«, er seufzte, »die hatten doch 'n Kind und so. Ne, ey, die hätten das Zeug nie angerührt.«

Freddy, der inzwischen das Stummelende der noch glühenden Zigarette in eine Haarnadel geklemmt hatte, nahm einen Zug, wobei sich die Glut nur wenige Millimeter vor seinen Lippen durch das Papier fraß.

»Obwohl«, er zupfte sich einen Tabakkrümel von der Zunge, »irgendwie sind sie dann doch alle krepiert.«

Lore richtete sich kerzengerade auf. »Wer ist krepiert?«

»Na, Reinhardt und seine Alte.«

»Die sind gestorben? Wie? Woran?«

Er starrte sie trübe an. »Bin ich Doktor, oder was? Das war auch viel später, ich hab's erst erfahren, nachdem ich in Goddelau entlassen worden bin.«

»Wann war das?« Lore versuchte, zumindest durch die zeitlichen Abläufe Ordnung in den Gedankenwirrwarr zu bekommen.

»Irgendwann in den 90er Jahren. Ein Kumpel hat mir erzählt, dass es die WG in der Dinkelsmühle erwischt hat.«

»Die ganze WG ist gestorben?«

»Wenn ich es doch sage …«

Lores Mut sank. Das klang wieder so unwahrscheinlich, dass Lore doch nicht sicher war, ob es sich bei all dem nur um Drogengeblubber handelte.

»Kann es sein, dass sie an Eisenhut gestorben sind?«

Freddy, der eben noch jeglichen Konsum der WG verneint hatte, zuckte die Schultern.

»Keine Ahnung. Ich konnte sie ja nicht mehr fragen.«

Lore begriff, dass sie so nicht weiterkam. Sie brauchte Fakten, um eigenständig nachforschen zu können.

»Wie hieß denn dieser Reinhardt genau?«

Freddy schien zu überlegen. »Reinhardt … Barthold oder Bertold, oder so.«

»Und wo haben die genau gewohnt?«

»Dinkelsmühle, sag ich doch. Ist irgendwo zwischen Rohrbach und Wembach.«

Lores Herz begann zu pochen. Diese Mühle lag genau am Hugenottenpfad.

»Und das Kind?«

»Welches Kind?«

»Du hattest ein Kind erwähnt, das in der WG lebte. Von wem war das?«

Freddy zuckte mit den Schultern. »Von Reggi, dem Besen.«

»Reinhardts Kind?«

Freddy grinste schief. »Das hat Reggie jedenfalls behauptet.«

»Ist das auch gestorben, damals?«

Freddy zog die Lippen nach unten.

»Wie alt war denn das Kind?«

Freddy blickte sie voller Widerwillen an. »Woher soll ich das wissen? Bin ich Kinderexperte?«

»Als du die WG manchmal besucht hast: War da ein Baby, ein Kleinkind oder Schulkind?«

»Am ehesten ein Baby. So 'n kleiner Brüllaffe.« Freddy verlor sich in einem undefinierbaren Lachen.

Lore begriff, dass dies alles war, was sie aus ihm herausbekommen konnte. Immerhin hatten sich die Ereignisse zu einer Zeit abgespielt, die man als seine aktive Drogenphase bezeichnen könnte.

Lore bedankte sich und erhob sich von dem unbequemen Schemel. Freddy schüttelte ihr zum Abschied die Hand und entblößte seine schlechten Zähne.

»Grüß Edel.«

Lore verließ den Raum und hinterließ in der Küche einen Briefumschlag mit etwas Geld auf dem Tisch, was von dem Mädchen, das an dem unordentlich gedeckten Küchentisch saß, misstrauisch registriert wurde.

Draußen auf der Straße blieb sie in der Sonne stehen und ließ sich von den wärmenden Strahlen umhüllen, um die Erinnerung an die kühle, muffige Luft bei Freddy auszulöschen. Das war also aus ihm geworden. Dem großen Freddy, Edels und Lores Held aus Jugendtagen.

Lore versuchte einzuschätzen, ob sich der Besuch gelohnt hatte. Wenn das, was sie sich aus Freddys Gestammel zusammenreimte, stimmte, war sie in der Tat um eine sensationelle Erkenntnis reicher. Am Rande des Hugenottenpfades hatte eine WG gelebt, die vermutlich nach dem Genuss von Eisenhut verstorben war. Tragischerweise war sogar ein Kind dabei umgekommen. Das war vielleicht genau die Art von Eisenhut-Vorfall, nach der Kommissar Otto suchte. Andererseits war Freddy wohl kaum ein verlässlicher Zeuge, nicht auszudenken, wenn Lore dem Kommissar davon erzählte und Freddy ins Präsidium einbestellt würde. Lore würde sterben vor Scham.

Dennoch musste Lore den Kommissar informieren. Sie wählte die Nummer und wartete mit Herzklopfen auf seine Stimme, er hob jedoch nicht ab. Lore beschloss, mit dem Hund einen kleinen Spaziergang zu machen.

Eine Stunde später saß sie wieder im Auto und fuhr Richtung Präsidium. Sie freute sich diebisch, dass ihre Strategie, nur rechts abzubiegen, erneut aufging. Sie fuhr den Rhönring hinauf, bog rechts in die Dieburger ab und fuhr dann geradeaus bis zum Präsidium durch. Den Wagen stellte sie verbotenerweise am beschatteten Schlosseingang ab, sie konnte das Füchschen ja schlecht mit ins Präsidium nehmen.

Sie ließ das Fenster einen Spaltbreit offen und verließ das Auto. Bereits auf dem Schlosshof kamen ihr Otto und der junge Kommissar entgegen. Der Pudelmischling trippelte neben beiden her. Lores Herz überschlug sich, während sie mit großen Schritten direkt auf die beiden Kommissare zulief. Atemlos berichtete sie von der WG in der Dinkelsmühle, dem toten Kind und dem Konsum von Eisenhut, wobei sie bereits beim Reden bemerkte, wie wenig glaubhaft das alles klang. Kommissar Otto schien ihr gar nicht zuzuhören. Er packte sie mit beiden Händen bei den Schultern und sagte: »Frau Kukuk, kümmern Sie sich um den Dackel. Wir kümmern uns um die Ermittlungen.« Dann wandte er sich ab und verschwand gemeinsam mit dem jungen Kommissar um die Ecke. Wenig später hörte Lore ein Auto wegfahren.

Sie brauchte einen Moment, um sich zu sammeln. Was war denn mit den beiden los? Gut, ihre unzusammenhängenden Sätze hatten vielleicht wenig überzeugend geklungen. Aber sie hatte einiges an neuen Fakten gebracht und war es nicht die Aufgabe der Polizei, jeder Spur nachzugehen? Und Otto hatte sie doch selbst auf den Eisenhut angesetzt. Ratlos und ein bisschen enttäuscht ging sie zurück zum Auto. Nicht nur, dass der Kommissar Lore wirklich brüsk hatte stehen lassen. Er war auch wieder beim Sie gelandet, was Lore aus ihrer rosa Glückswolke herausriss. Sie setzte sich hinter das Steuer und starrte einige Minuten ratlos vor sich hin. Dann ließ sie den Motor an und fuhr nach Hause.

Auf dem gesamten Rückweg hielt sie die Hand auf dem Rücken des Füchschens, um sich durch die lebendige Wärme, die das Tier ausstrahlte, zu beruhigen. Als sie nach Hause kam, stand die Sonne bereits hoch am Himmel und brannte heiß herunter. Lore ging ins Haus, gab dem Füchschen etwas zu trinken, trank ebenfalls etwas Wasser und trat auf die Terrasse und in den Garten. Fast alle Pflanzen waren inzwischen verdorrt und ohne Blätter. Im Grunde sah der Garten so aus, wie sie sich fühlte. Wenn das nur annähernd den Wäldern bevorstand, dann waren sie verloren. Umso weniger konnte Lore verstehen, warum Otto nicht den neuen Hinweisen nachgehen wollte.

Sie bereitete sich ein leichtes Mittagessen zu und las zum Nachtisch die Zeitung. Im Teil Darmstadt-Dieburg wurde von der Bürgerversammlung berichtet, die sie gestern besucht hatte. ›Bürger in Aufruhr‹, lautete die Überschrift zu dem Artikel, der die Inhalte, die dort diskutiert worden waren, zusammenfasste. Unter dem Artikel war ein Foto von dem voll besetzten Gemeindesaal, zu ihrer Überraschung stellte Lore fest, dass sie darauf abgebildet war. Sie war gut getroffen, mit dem Füchschen auf dem Schoß, alles in allem ein schönes Bild, wenn man sich Krummsiegel wegdachte, der neben ihr saß und aussah wie der Leibhaftige.

Weiter hinten auf dem Foto war Else Burg zu erkennen, Lore erkannte sofort das schwarze Kleid. Sie saß schräg hinter Lore, vielleicht drei oder vier Reihen hinter ihr. Lore betrachtete das Foto näher und entdeckte etwas Merkwürdiges.

Else schien Lore zu beobachten, zumindest sah es auf dem Foto aus, als starre Else Lore von hinten an. Lore hob die Zeitung näher an die Augen, aber statt schärfer wurde das Bild nur grobkörniger und Lore konnte noch weniger erkennen, wo der Blick von Else Burg genau ruhte. Vielleicht schaute die alte Frau einfach nur ins Leere, aber Lore meinte in ihren Zügen etwas zu erblicken, das auf ein Wiedererkennen schließen ließ. Also hatte Else Burg nur so getan, als würde sie Lore nicht kennen?

Lores Herz pochte. Woher nur konnte die Alte sie kennen? Lore rief sich die Einzelheiten ins Gedächtnis. Das Lispeln, die merkwürdige Aussprache der Alten, die Stimme klang ihr noch in den Ohren und rief entfernt eine Erinnerung wach, die sie jedoch nicht zuordnen konnte. Sie würde nicht darum herumkommen, Opa Weller erneut aufzusuchen.

Wenn dies auch bedeutete, eine verhängnisvolle Entscheidung zu treffen.

Lore erhob sich von ihrem Stuhl und ging mit schweren Beinen ins nebenan liegende Schlafzimmer. In der Nische zwischen Schrank und Wand stand der altbekannte Arzneikasten von Oma Kukuk. Darin befand sich der verhängnisvolle Beutel. Lore nahm ihn in die Hand und umfasste den kaum taubeneigroßen Inhalt. 20 Gramm Tod oder 20 Gramm Gnade? Wer konnte das schon beurteilen? Lore meditierte für eine Weile über der Entscheidung. Dann seufzte sie.

»Komm, Füchschen.« Sie nahm den Dackel an die Leine und schlug den vertrauten Weg zur Apotheke in Hering ein.

HUGENOTTENSCHÄNKE

»Ich frage mich, ob wir Frau Kukuk nicht hätten zuhören sollen. Das, was sie zu sagen hatte, klang durchaus interessant.« Brenneisen schaute konzentriert auf die Bundesstraße und steuerte den Wagen nach Dinkelsweiler, um den Ort kennenzulernen, der an dem neuen Streckenabschnitt des Wanderweges lag und der für das Projekt allem Anschein nach so zentral war. Immerhin waren einige Höfe dort versetzt worden, und eine ganze WG war ausgelöscht worden.

»Wo kommen wir denn hin, wenn wir jedem Altweiberverdacht nachgehen«, knurrte Otto.

Nein, sie hatten eine andere Spur. Sie waren hinter jemandem her, der eine Botschaft für sie hatte, die mit dem Eisenhut zusammenhing, davon war Otto überzeugt. Und er musste sich eingestehen, dass Lores Ausführungen ihn gerade darin bestätigt hatten. Aber er hätte sich lieber die Zunge abgebissen, als die Kukuk in die Ermittlungen einzubeziehen. Er war bitter enttäuscht. Lore hielt ihn seit Tagen auf Abstand mit der Begründung, der Dackel sei nicht gesellschaftsfähig, und da sah er sie auf einem Foto, den Dackel seelenruhig auf dem Schoß, während der Museumsdirektor das Vieh streichelte. Der Dackel war gar nicht Beates Rache. Er war Lores Abstandshalter. Sie nutzte den Hund als Vorwand, um sich Otto vom Leib zu halten. Das konnte nur bedeuten, dass ihr die gemeinsame Nacht, die ihn seit Wochen auf Wolke sieben schweben ließ, nichts, aber auch gar nichts bedeutete. Wahrscheinlich war es ihr peinlich, ihm das persönlich zu sagen, also hatte sie die hanebüchene Geschichte rund um einen hochsensiblen Dackel erfunden. Und er hatte ihr gegenüber Verständnis aufgebracht.

»Sind doch alles nur Hirngespinste«, murmelte Otto, der sich nicht beruhigen konnte. Er hielt Peppy auf dem Schoß und streichelte ihn so heftig, dass der Hund sich fiepend zur Wehr setzte.

»In der Vergangenheit hat uns Frau Kukuk aber doch ganz erfolgreich unterstützt«, wunderte sich Brenneisen.

»Papperlapapp. Wir sind dieser Hasch-WG bereits auf der Spur. Frau Kukuk hatte uns gar nichts Neues mitgeteilt.«

»Aber von einem Kind war im Zusammenhang mit dieser WG noch nicht die Rede gewesen.«

»Dann finden wir eben jetzt alles über dieses Kind heraus, Herrgott, Brenneisen, das sind Informationen einer Laiin. Das Gestammel von Frau Kukuk passt vorn und hinten nicht zusammen, und ich denke auch nicht, dass sie verlässliche Quellen besitzt.«

Otto geriet in Wut, die weiter dadurch angefacht wurde, dass alle Puzzleteile scheinbar offen vor ihnen lagen: Weißgerbers Machenschaften. Der Kampf um den Erhalt der EU-Millionen und das Ansehen der Region. Demgegenüber die Gegner des Pfades. Die Waldkrankheit, der Waldenserfluch. Aber es ergab sich einfach kein stimmiges Gesamtbild. Bedeutete dies, dass er sich zu weit vom Gesamtbild weg befand oder zu nah dran?

Die Höfe in Dinkelsweiler würden hoffentlich ein weiteres Puzzleteil hinzufügen. Und während der restlichen Fahrt konzentrierte sich Otto auf dic vorbeifliegende, grüne Landschaft, um sich davon abzulenken, dass er aus purem Stolz auf wichtige Informationen verzichtete.

Dinkelsweiler befand sich auf halber Strecke zwischen Rohrbach und Wembach-Hahn.

»Die Höfe liegen doch alle mit gutem Abstand vom Wanderweg«, sagte Otto, als Brenneisen von der Hauptstraße auf den Dorfstreifen abbog.

»Ja, die beiden rechten Häuser wurden wohl nach hinten versetzt. Bei den anderen Wegen genügte es, die Grundstücke aufzukaufen. Und beim vorderen Hof«, Brenneisen deutete auf ein Anwesen, an dessen Front das Schild ›Hugenottenschänke‹ hing, »wurde lediglich das Vorderhaus abgerissen.«

Brenneisen parkte den Wagen auf dem Parkplatz der Hugenottenschänke, einem Fachwerkhaus mit der Längsseite zur Straße und der Tür in der Mitte. Otto stieg aus und reckte die Glieder. Die restlichen Höfe lagen verstreut in der Talsenke. Die Gegend rund um Dinkelsweiler war idyllisch schön. Grüne Weideflächen und Felder wurden von üppigen Wäldern förmlich umwuchert. Ein Bach mit quellklarem Wasser durchzog eine der saftigen Wiesen und fügte zu dem Zwitschern der Vögel ein friedliches Gurgeln hinzu. Doch der Schein trog. Bei genauerem Hinsehen konnte das geübte Auge erkennen, dass die Bäume am Wegrand bräunliche Äste und Blätter aufwiesen und die Rinden geschädigt waren, somit die Waldkrankheit zugeschlagen hatte.

»Dies ist übrigens der bewusste Hof.« Brenneisen hatte seine Stimme gesenkt, sodass Otto klar wurde, dass es sich hier um die ehemalige Dinkelsmühle handelte, in der die Hasch-WG umgekommen war.

»Schauen wir uns den Laden doch mal an«, sagte er und stieg die Stufen zum Gastraum hinauf.

Sie betraten einen gemütlichen, mit Holz getäfelten Raum, in dessen Zentrum sich der Ausschank mit mehreren Zapfhähnen befand. Außer zwei Frauen, die Kaffee tranken, offensichtlich Wanderinnen in entsprechender Kluft, befanden sich keine Gäste im Restaurant.

Eine junge Bedienung kam auf sie zu, sie trug Schürze und weiße Bluse. Als Otto sich und Brenneisen als Polizisten vorstellte, verschwand sie im Hinterzimmer. Statt ihrer kam eine ältere Bauersfrau in den Gastraum und stellte sich als Anna Domröse, die Pächterin, vor.

Sie trug ihr blondes Haar zu einem Knoten gebündelt, was ihr auf den ersten Blick das Aussehen einer Großmutter verlieh. Doch als sie näher kam, stellte Otto fest, dass sie kaum 50 sein musste. Sie trug eine Art Tracht mit ausgeschnittener Bluse, Rock und Schürze. Sie lud die beiden ein, sich an einen der Bauerntische zu setzen, die mit winzigen, rotkarierten Tischdecken und Blumengestecken geschmückt waren. Aus dem Fenster hatte man einen Blick über die gesamte Talsenke und den Hugenottenpfad. Das Serviermädchen brachte unaufgefordert Kaffee.

»Wie lange betreiben Sie die Gaststube schon?«

»Zwölf Jahre. Der Hof stand ein paar Jahre leer, wir haben alles komplett renoviert nach dem …« Sie unterbrach sich, als fehlten ihr die Worte.

»Dem was?«, fragte Otto.

»Dem Unglück.«

»Welches Unglück?« Otto lehnte sich zurück.

Die Wirtin musterte ihn erstaunt, ihre zitternden Augenbrauen verrieten, dass sie ihm nicht glaubte. Doch sie spielte das Spiel mit. »Sie wissen nichts von der …WG?«

Otto wechselte einen Blick mit Brenneisen. »Erzählen Sie uns davon.«

Die Wirtin räusperte sich und legte beide Hände mit der Handfläche auf die Tischplatte.

»Der Hof hier, er hieß früher Dinkelsmühle, wurde von einer Art Wohngemeinschaft bewohnt, die aber alle verstorben sind.«

Otto nickte. »Verstorben, woran?«

Die Wirtin legte nun ihre Hand auf ihr Dekolleté. »Ein Unfall. Es ging wohl um Drogen.«

Otto nickte. »Können Sie sagen, welche Art von Drogen?«

Die blonde Wirtin schüttelte den Kopf.

»Stammen Sie von hier? Kannten Sie die Leute?«, fragte Otto weiter.

Die Wirtin warf einen Blick in den Raum, auf der Suche nach ihrer Bedienung oder um seinem Blick auszuweichen, das konnte Otto nicht sagen.

»Nein, wir sind aus Ober-Ramstadt. Wir sind die Pächter.«

Brenneisen sah sich in den Räumlichkeiten um. »Ist bestimmt eine Goldgrube hier. Und wenn erst der Hugenotten- und Waldenserpfad offiziell eröffnet ist …«

Die Frau machte eine unbestimmte Kopfbewegung. »Das dachten wir damals auch, wenn allerdings das Waldsterben weiter voranschreitet, dann haben wir uns ordentlich verhoben.«

»Sagen Sie, gab es damals, als die Pacht vergeben wurde, weitere Interessenten für dieses Lokal? Andere Bewerber, die sich vielleicht übervorteilt gefühlt haben?«

Die Wirtin überlegte. »Wir waren drei Interessenten. Ein Paar ist freiwillig zurückgetreten, dann gab es noch jemanden aus Nieder-Modau. Aber den haben wir überboten.«

»Können Sie uns Namen nennen?«

Anna Domröse schüttelte den Kopf. »Den kenne ich gar nicht, so etwas bleibt üblicherweise geheim bei diesen Ausschreibungen.«

»Dann hatten Sie großes Glück«, sagte Otto. Oder gute Beziehungen, dachte er sich dazu.

Die Wirtin zuckte mit den Schultern. »Wie man es nimmt. Durchaus möglich, dass das ein Flop wird, wenn die das mit der Waldkrankheit nicht in den Griff bekommen.«

»Können Sie sich vorstellen, wer dem Projekt Hugenotten-Waldenserpfad schaden will? Vielleicht ganz konkret, weil er sich übervorteilt gefühlt hat bei der Vergabe der Pacht?«

Die Frau schüttelte den Kopf. »Sie meinen, der damalige Pachtinteressent? Das können Sie bei der Stadt nachfragen, wer das war. Ansonsten kann sich hier keiner vorstellen, wer so etwas tun könnte. Alle profitieren ja von den Gästen.«

Otto erhob sich von seinem Stuhl. »Wo ist das Unglück geschehen? Hier im Raum?«

»Oh nein«, rief die Domröse, »das war im Vorderhaus, das musste ohnehin abgerissen werden, da der Wanderweg direkt vorne entlang führt. Hier befinden wir uns in der ehemaligen Scheune, die komplett restauriert wurde, im Stil der Waldenser-Häuser.«

»Und was sind das für Gebäude hinter dem Haus?«

»Das sind die ehemaligen Ställe, die stehen seit ewiger Zeit leer, da die Hippies«, die Frau machte eine Pause, um sich zu korrigieren, »die früheren Bewohner ja keine Landwirtschaft betrieben haben.«

Otto war verwundert. Die Frau wusste fast nichts über das Unglück, aber dass die vorigen Bewohner Hippies waren, schon.

Andererseits, wahrscheinlich war dies die gängige

Bezeichnung für diese Leute im ganzen Dorf. Was weniger schön war, dass das Haus, in dem der Unfall geschehen war, nicht mehr existierte. So konnten sie nicht damit rechnen, noch verwertbare Spuren vorzufinden, um zu rekonstruieren, was wirklich geschehen war. Verdammt. Es tat sich ein Pfad nach dem anderen auf, und jeder entpuppte sich als Sackgasse.

»Danke, das wäre dann alles«, sagte Otto und trat mit Brenneisen hinaus ins Freie. Die Wirtin begleitete sie bis zur Tür. Am Absatz der Treppe drehte sich Otto um. »Das Kind, das in der WG gelebt hat, ist das bei dem Unfall auch zu Tode gekommen?«

Die Wirtin schob die Hände in ihre Rocktasche. »Welches Kind?«

Ottos Blick fiel auf Brenneisen, der an seinem Handy herumfummelte. Offensichtlich handelte es sich um Liebesbotschaften, denn der Kollege machte ein selten blödes Gesicht.

»Was Neues aus dem Labor?«, herrschte er den Kollegen an. Der verneinte. Otto kickte einen Stein in den Bach. »Das kann doch nicht sein, dass die immer noch kein Gegenmittel gefunden haben, diese Stümper.« Ottos Fuß summte vor Schmerz. Der Stein war unerwartet schwer gewesen, und Otto hatte sich die zweite Fußzehe unangenehm gestoßen, vielleicht sogar gebrochen.

Brenneisen hob den Kopf. »Ich habe heute Morgen eine Nachricht hinterlassen, dass man mich sofort verständigt, wenn sie etwas erfahren.«

Otto ließ den Blick über das Tal schweifen. »Kaum zu glauben, was hier passiert sein soll, oder? Sieht alles so friedlich aus.«

»Das tut es immer«, sagte Brenneisen völlig emotionslos.

»Lassen Sie uns mal mit den Nachbarn reden, vielleicht kann uns einer von denen weiterhelfen, die Tür an Tür mit den Hippies gewohnt haben.«

Sie steuerten auf den benachbarten Hof zu, der mit weißen Wänden, einem roten Dach und braunen Holzelementen wirkte wie ein Spielzeugbauernhof. Otto vermutete, dass die Anwohner Subventionen für die Pflege ihrer Anwesen bekamen. Doch trotz der puppenhaft wirkenden künstlichen Schönheit, schien man Landwirtschaft zu betreiben, denn an den Hof grenzte ein großes Silo, das auf Getreideanbau schließen ließ, der Geruch nach Dung ließ Viehwirtschaft vermuten.

Sie stiegen die kleine Treppe zur Haustür hoch und klingelten. Nachdem sich am Seitenfenster die Gardine bewegt hatte, kam eine freundliche, etwa 60-jährige Frau zur Tür.

»Was kann ich für Sie tun?«, fragte sie, während sie die Hände an der Schürze abwischte.

Otto zeigte ihr seine Dienstmarke. Die Frau führte sie in eine Küche, die von Resopal dominiert war. Offensichtlich investierte man alles Geld in die Landwirtschaft, der Komfort der Bewohner stand an zweiter Stelle.

Die Frau wollte ihnen etwas anbieten, doch Otto und Brenneisen lehnten ab. »Wir wollten nur wissen, ob Sie die Familie kannten, die den Hof vorn bewohnt hat.«

Die freundliche Miene der Frau verfinsterte sich. »Die Hugenottenschänke.«

»Ja, allerdings interessieren wir uns für den Zeitraum, bevor sie so hieß.«

Die Frau runzelte spöttisch die Stirn. »Die Hasch-WG.«

»Kannten Sie die näher?«

Die Frau schob die Unterlippe vor. »Die waren sehr für sich. Einer habe ich mal Eier ausgeliehen, sie hat mir nie welche zurückgebracht. Wissen Sie, da geht man auf Abstand. Außerdem waren da viele Besucher, man wusste nie so recht, wer gehört da eigentlich dazu.«

»Was machten die auf Sie für einen Eindruck?«

Die Frau schüttelte abwertend den Kopf. »Kopflos. Drogen, unsere Kinder mussten da einen großen Bogen drum herum machen.«

»Aber die hatten doch selbst ein Kind. Hat das mit Ihren nicht gespielt?«

Die Frau blinzelte ihn verständnislos an und fiel in ein meckerndes Lachen. »Ein Kind? Wohl kaum. Das wäre dann ja ein Fall fürs Jugendamt gewesen. Vielleicht manchmal zu Besuch, aber von wem, das war nie so klar.«

Otto und Brenneisen bedankten sich für die Informationen und gingen nach draußen.

Der nächste Hof wirkte von Weitem sehr ansehnlich, aus der Nähe jedoch ungepflegt und heruntergekommen. Die Außenwände waren weiß getüncht, aber der Innenhof glich einer Mischung aus Müll- und Schrotthaufen. Ackergerätschaften standen kreuz und quer verteilt, ein unordentlicher Stapel Holz war kurz davor zusammenzubrechen. Ein alter Schäferhund zerrte an seiner Kette und bellte, bis sich ein Mann an der Tür zu erkennen gab und das Tier mit Schimpfworten zum Schweigen brachte. Der alte Mann trug einen Arbeitsoverall, der einmal blau gewesen sein musste, und Gummistiefel.

Otto und Brenneisen folgten dem Mann ins Innere des Hauses, in dem es kalt war und nach Dung roch.

»Wir hatten mit denen nichts zu tun«, war seine Antwort auf die Nachfrage nach den unkonventionellen Nachbarn. »Wir haben denen nichts getan und die uns nichts. Wenn mal etwas nicht funktionierte, haben wir uns gegenseitig geholfen. Wie das so ist auf dem Land.«

»Wie viele Leute haben da gewohnt?«

»Fünf Personen, am Wochenende waren das manchmal mehr. Da war dann Rambazamba.«

»Sie meinen fünf Personen mit dem Kind oder ohne?«

Der Mann musterte sie erstaunt. »Also wenn die ein Kind hatten, dann ist uns das entgangen.«

Der dritte Hof wirkte sehr gepflegt. Im Garten standen Kinderspielzeuge und eine Schaukel. Ein Mann in mittleren Jahren öffnete ihnen die Tür. Hier erfuhren sie nicht viel Neues. Der Mann erklärte ihnen, dass er und seine Familie erst seit acht Jahren auf dem Hof lebten, um hier ein Mehrgenerationenprojekt zu starten. Zur fraglichen Zeit waren sie also noch gar nicht da.

»Die Höfe hier sind gepflegt und gut in Schuss. Nur der da hinten nicht. Ist das kein Problem, so nah an so einem touristischen Projekt?«

Der Mann zuckte hilflos mit den Schultern. »Wir bekommen Geld von der Gemeinde, um unsere Häuser in gutem Zustand zu halten. Bauer Rommel hat das Geld genauso bekommen wie wir, aber nur das Allernotwendigste durchgeführt. Die Fassade ist ja schön gestrichen, wie Sie sehen. Aber innen sieht es elend aus.« Der Mann kniff die Augen zusammen. »Tja, so sind manche Menschen. Tun das Nötigste und kassieren trotzdem das ganze Geld.«

»Was haben Sie denn über die sogenannten Hippies gehört?«, fragte Brenneisen.

Der Mann zog die Mundwinkel nach unten. »Das war so eine typische 80-er Jahre-WG, wie wir gehört haben. Und eines Tages hatten sie halt Pech, das ist alles, was ich weiß.«

Otto und Brenneisen bedankten sich und gingen nach draußen. »Das wars«, sagte Brenneisen. »Die restlichen Höfe haben alle den Besitzer gewechselt, nachdem die WG verstorben ist, da werden wir nichts Neues erfahren.«

Otto nickte. »Ist Ihnen sonst etwas aufgefallen?«

»Ja, alle haben dieselbe Ausdrucksweise. Hasch-WG, durchgeknallte Drogenpartys.« Er machte eine kurze Pause. »Und kein eindeutiger Hinweis, dass da ein Kind gelebt hat.«

Otto biss auf einen Grashalm und kniff die Augen zusammen. »Weil es kein Kind gab. So viel zur Zuverlässigkeit der Kukuk.«

»Ich möchte das trotzdem überprüfen.«

Otto wurde wütend. »Wir sollten diese Domröse überprüfen. Vielleicht hat die Beziehungen zu einem der Politiker. Oder steckt mit Weißgerber unter einer Decke.«

»Und was ist das Motiv?«

»Herrgott«, brüllte Otto. »Vielleicht haben sich die Gauner untereinander in der Wolle, und einer rächt sich.«

ZICKENKRIEG

Die Ministerin faltete die Hände unter dem Kinn. »Wie lange soll das denn bitte noch gehen?«

Evelyn Jost biss sich auf die Lippen. »Die zuständigen Fachleute arbeiten mit Hochdruck an einem Gegenmittel.«

»Ich kann mir nicht vorstellen, dass das so lange dauert.«

Evelyn seufzte unauffällig. Frau Ministerin konnte sich so manches nicht vorstellen. Schließlich war sie nur Ministerin geworden, weil der Landrat ihrer Vorgängerin über einen Skandal gestolpert war und diese ihm zu lange die Stange gehalten hatte. Der Stuhl der Ministerin wackelte gewaltig. Bis vor Kurzem hätte Evelyn noch kräftig mitgesägt, doch seit Gernot Rütter hatte sich ihr Fokus leicht verschoben. Karriere war nicht alles im Leben. Das einzige Problem: Gernot Rütter, ihr Ritter, saß Tag und Nacht im Labor fest. Keine Chance auf ein zufriedenstellendes Privatleben, solange das passende Gegenmittel nicht gefunden wurde.

Evelyn hatte angeboten, ihn ins Landeslabor zu verlegen, damit er sich mit den dortigen Angestellten zusammenschließen konnte. Zugegeben, das war dort nicht gerade der fähigste Haufen, doch Gernot hatte ohnehin abgelehnt. Nur in seinem Labor, so hatte er bei ihrem letzten Besuch betont, konnte er unter optimalen Bedingungen arbeiten.

Evelyn checkte ihr Handy. An Textnachrichten ließ er es nicht mangeln. Die waren immer faktisch, aber besaßen dennoch einen subtilen erotischen Charme. Doch Evelyn befand sich in einem Alter, in dem SMS sie nicht mehr befriedigten. Und in dem die biologische Uhr tickte. Beides versetzte sie derart in Unruhe, dass sie sich kaum auf den Ausnahmezustand der Ministerin konzentrieren konnte.

Und das war normalerweise die Voraussetzung für eine gelungene Kommunikation.

»Ich habe nächste Woche einen Termin mit der Bundesministerin, was soll ich der sagen?«

Normalerweise hätte Evelyn den Druck angenommen, aber in ihrem derzeitigen Zustand wich sie aus wie ein Torero dem wütenden Stier und blickte die Ministerin ratlos an.

»Wir tun, was wir können.«

»Das ist nicht genug.«

Nach einem Nicken der Ministerin verließ Evelyn den Raum. Normalerweise wäre sie zutiefst gedemütigt. Doch diesmal war es ihr egal. Und sie war gespannt, wann ihr Ritter endlich das Gegenmittel gefunden hatte.

GNADENTOD

Die Stimmung in Opa Wellers Krankenzimmer war noch düsterer als beim letzten Mal. Lore war froh, dass sie das Füchschen dabei hatte, es brachte wenigstens etwas Leben in die Bude. Weller lag wie die Hülle seiner selbst im Bett, einen Moment lang glaubte Lore, er sei schon hinübergeglitten. Doch als der Dackel am Bett hochsprang, bewegte er sich minimal, wenn er auch zu schwach war, um den Hund zu begrüßen.

Lore trat ans Bett und beugte sich über den lebenden Leichnam. »Wie geht es dir?«

Statt einer Antwort kam nur ein leises Hauchen. »Hast du mir etwas mitgebracht?«

Lore musste schlucken, bevor sie Ja sagen konnte. Die Art und Weise, wie er unter ihrer Antwort regelrecht aufblühte, ließ Lores Augen feucht werden.

»Wunderbar«, hauchte er weiter. Lore nahm sich einen Stuhl, setzte sich so nah wie möglich zu ihm und griff nach seiner Hand.

»Bist du sicher?«

Ein angedeutetes Nicken versetzte sie in eine beklommene Stimmung. Opa Weller schien nun sichtbar bewegt zu sein. Lore sah, wie es unter der pergamentfaltigen, gelblichen, mit Leberflecken übersäten Haut arbeitete.

»Keine Sorge, es dauert nicht lange, und es tut nicht weh«, versuchte sie ihn zu beschwichtigen. Doch er schien noch etwas anderes auf dem Herzen zu haben.

»Der Eisenhut«, hauchte er schließlich. Lores Puls erhöhte sich augenblicklich.

»Ja?«, keuchte sie und hielt den Atem an, um ja kein Wort zu verpassen. »Oma Kukuk …« Wieder schien alle Kraft aus dem mageren Körper zu weichen. Lore schickte ein Stoßgebet in den Himmel. Nach einer kurzen Pause hatte der Patient sich genügend erholt, um weitersprechen zu können.

»Elisa Schenk. Sie hatte Gesichtsrose. Deine Großmutter gab ihr eine Salbe. Mit Eisenhut.« Dieser Satz verlangte dem alten Mann eine derartige Kraftanstrengung ab, dass er völlig in sich versank, nachdem er ihn ausgesprochen hatte.

Lore begann zu überlegen. Elisa Schenk, wer war nun das wieder? Und Gesichtsrose? Das musste sie zu Hause nachschauen. Obwohl es ihr fast das Herz brach, musste sie den Opa weiter quälen. »Wann war das, und woher stammte Elisa Schenk?«

Weller murmelte etwas Unverständliches. Lore beschloss, ihm Zeit zu lassen, und hielt einfach seine Hand. Plötzlich wurde sie von Erinnerungen an die gemeinsame Zeit mit Oma Kukuk geradezu überschwemmt und beschloss, die Erinnerungen mit Opa Weller zu teilen.

»Weißt du noch, wie Oma Kukuk immer am Küchentisch gesessen hat, die Hände mal rot, mal grün, je nach Pflanze, die sie gerade häckselte?« Opa Wellers Blick verriet, dass auch er sich erinnerte.

»Oder weißt du noch, wie Oma Kukuk mal ein Ei in die Pfanne gehauen hat und es ein Küken war? Das haben wir Hannelore getauft, und es war unser Huhn.«

Wieder ein vergnügter Blick.

»Und weißt du noch, wie Opa Gersprenz immer dem Hund gepredigt hat, und der Hund hat an seinen Lippen gehangen, als wären sie aus Leberwurst?«

Lore bemühte sich um weitere Erinnerungen, wie ein Elixier, das Opa Weller am Leben hielt. Verzweifelt bemerkte sie, dass ihr die Ideen ausgingen. Dann kam ihr eine neue. »Und weißt du noch, wie Edel keine Stimme hatte und die Lehrerin ihr eine Sechs gegeben hat? Dann ist sie zu dir gekommen, und du hast ihr eine Medizin gegeben, die ihr sofort die Stimme zurückgegeben hat.«

Plötzlich drückte er ihre Hand. »Es ist so weit«, sagte er nun. Lore atmete zitternd ein.

Sie umklammerte seine Hand mit beiden Händen. »Eine Frage habe ich noch.« Sie forschte in seinem Gesicht, ob sie ihm diese Frage zumuten konnte. Sie musste erfahren, ob Weller sein Wissen über den Silberregen von Edel hatte.

»Warst du bei Edel im Gefängnis?«

Der alte Mann schaute sie an, als habe sich Lore in einen Geist verwandelt. ›Wie soll ich ins Gefängnis gehen‹, schien sein Blick zu sagen. ›Sieh mich doch an.‹ Und er hatte recht. Seit dem Schlaganfall, den er vor mehr als einem Jahr erlitten hatte, war er bettlägerig, es war also unmöglich für ihn aufzustehen. Dennoch musste Lore wissen, ob er Kontakt zu Edel gehabt hatte, da er über den Silberregen informiert war. Oder besaß er dieses Wissen als Apotheker?

Lore beugte sich über ihn. »Hat sie dir geschrieben? Über den Silberregen?« Wieder brachte Opa Weller keine Antwort heraus, doch seine Augen ließen erkennen, dass er alles, von dem er wusste, befürwortete oder verzieh. In seinen Augen waren keine Anklage oder Misstrauen zu erkennen. Dann wurde sein Blick fest. Lore verstand, dass dies die Bitte an sie war zu handeln.

Sie nickte langsam wie ferngesteuert und schenkte ihm eine letzte, feste Umarmung. Sie ließ ihn nicht aus den Augen, während sie in ihre Handtasche griff und das Tütchen herausholte. Obwohl der Inhalt bequem in ihren Handteller passte, wog er zentnerschwer.

Sie legte ihren Schal vor Mund und Nase, schüttete das Holzmehl in ihre Handfläche und pustete den Staub in Opa Wellers Gesicht. »Ruhe sanft«, sagte sie und wartete darauf, dass sein Atem aussetzte. Sie blieb bei ihm und hielt seine Hand, bis sie das Gefühl hatte, die Seele sei aus dem Zimmer gewichen. Dann wischte sie die letzten Spuren von Sägemehl aus seinem Gesicht, wusch sich die Hände an dem kleinen Zimmerwaschbecken, nahm das Tuch vom Gesicht, packte das Füchschen und verließ den Raum.

Draußen regnete es, der Himmel war durchfurcht von grauweißen Wolken, die sich senkrecht in den Himmel türmten. Es regnete Tropfen, so schwer wie Hagel.

Lore beschloss, einen Spaziergang machen. Sie nahm die Talstraße und kam von dort auf den Rundweg, der um den Otzberg herum führte. Auf Höhe der großen Wiese blieb sie stehen, der sonst so grandiose Blick in das Tal war verhangen und grau. Nebelwolken standen über den Dächern von Habitzheim.

Lore bog ab in den Wald. Hier boten die dichten, grünen Kronen, die nahezu ineinander verflochten schienen, Schutz vor dem Regen. Nur das Rauschen hoch oben und ein gelegentlich herabfallender Tropfen erinnerten an das Unwetter. Lore genoss die Stimmung. Bei Regen zeigte sich die Natur in einem anderen Gewand. Sie kam zu der uralten Eiche, deren Blätterdach so dicht war, dass im Umkreis der ausladenden Äste kein Pflänzchen aus der Erde wuchs. Kein Grün. Nur brauner Waldboden. So hielt sich die Eiche die Konkurrenz vom Leibe.

Lore rief das Füchschen herbei und setzte sich auf eine nahegelegene Bank. Der Regen war nur noch als Rauschen weit oben wahrzunehmen. Hier unter dem uralten Baum beruhigte sie sich etwas, und ihre Trauer relativierte sich. 400 Jahre lebt eine Eiche, 400 Jahre stirbt sie und bietet dabei unzähligen Organismen, die an totes Holz gebunden sind, Lebensraum.

Sie fühlte sich beschützt und wohl. Es war, wie an den Kreislauf des Lebens angeschlossen zu sein. Das Füchschen setzte sich zu ihren Füßen und witterte mit feuchter Nase das Durcheinander der vielen Aromen, Lore beneidete den Hund um die Bandbreite an Gerüchen, die sie niemals wahrnehmen würde. Aromen der Wildtiere, die vor Stunden durchgezogen waren und ihren Dung hinterlassen hatten, Mäuse, die im Laub raschelten. Das Laub in verschiedenen Stadien des Vermoderns bis hin zur Erde, die von Millionen Wühlorganismen durchzogen war. Lore blickte nach oben in die Baumkrone. Das Blätterdach war dunkel, wo die Blätter besonders dicht wuchsen, und hellgrün bis neongrell oszillierend da, wo sich die Blätter lichteten.

Hessen, so hatte sie mal gehört, war das Land mit dem höchsten Waldanteil in Deutschland, vielleicht liebte sie deswegen so ihre Heimat.

Nicht auszudenken, was passieren würde, wenn sich die Waldkrankheit weiterhin so schnell ausbreitete. All die Schönheit, gewachsen in Hunderten von Jahren, würde vernichtet. Wer konnte das wollen? Dieser Gedanke riss sie aus ihrer Trauer. Sie erhob sich abrupt von ihrer Bank.

Das Füchschen gähnte, schüttelte sich und folgte ihr wedelnd.

Im Grunde war Lore immer noch nicht schlauer. Sie wusste nicht mit Bestimmtheit, ob Edel einen verräterischen Brief an Weller geschickt hatte. Nun war es auch egal, denn mit ihm war der letzte Zeuge verschwunden. Und wenn Edel die Polizei hätte benachrichtigen wollen, hätte sie es längst getan.

Ein zweites Geheimnis, das Weller mit in den Tod genommen hatte: die Herkunft von Elisa Schenk, ehemaliger Patientin von Oma Kukuk. Wie konnte sie das nur herausbekommen?

Und dann das Kind, das Freddy erwähnt hatte. Wer war das Kind, und was, wenn es noch lebte? Es war ja unwahrscheinlich, dass es sich an einem Drogenexzess beteiligt hatte. Vielleicht war es verschwunden und der Schlüssel zu all dem, was gerade geschah.

Lore musste sich bremsen, damit die Fantasie nicht mit ihr durchging. Sie musste im Hinterkopf behalten, dass die Ausführungen Freddys durchaus auch Produkte seiner drogenverhangenen Vorstellungskraft sein konnten.

Nachdem Lore zu Hause war, schaltete sie als Erstes ihren Klappcomputer an. Der Name Elisa Schenk ergab keine Treffer.

Nach einigen Suchen im Gugel-System hatte sie zumindest herausgefunden, dass man Personen am ehesten in den Kirchenbüchern der jeweiligen Gemeinden fand, wo alle Geburten, Hochzeiten und Todesfälle verzeichnet waren.

Im Falle von Else Burg sowie dem verschollenen Kind war dies die Gemeinde Rohrbach. Lore überlegte. Weller hatte ihr nicht mitteilen können, aus welcher Gemeinde Elisa Schenk stammte.

Also sollte sie vielleicht mit dem Kind beginnen. Wenn es tatsächlich existiert hatte, war es wahrscheinlich in den Kirchenbüchern von Rohrbach verzeichnet.

Drüben im Museum hatten sie ein Telefonbuch, da konnte sie die passende Nummer herausfinden. Sie überquerte den Burghof und fand das Telefonbuch rechts unter dem Tresen. Die Nummer der Gemeinde Rohrbach hatte sie schnell gefunden und wählte die Nummer. Nach dreimal Klingeln meldete sich Pfarrer Hippenstiehl.

»Hier Kukuk, Burgmuseum Veste Otzberg«, meldete sich Lore. »Ich müsste einen Blick in die Kirchenbücher werfen, am liebsten sofort, geht das?«

Der Pfarrer zögerte. »Wir machen das nur bei besonderen Anlässen.«

»Das ist es. Es geht um die bevorstehende Hugenotten- und Waldenserausstellung. Ich möchte mir die Namen der Gründer ansehen.«

Wieder ein Zögern am anderen Ende. »Na gut.«

»Prima, ich komme gleich vorbei!« Lore warf den Hörer auf die Gabel und verstaute das Telefonbuch.

»Lügnerin!« Krummsiegel hatte sich vor ihr aufgebaut und grinste unverschämt. Seine babyweiche, weiße Haarmähne wehte im Luftzug und vollführte ein wildes Eigenleben. »Wir benötigen gar nichts für die Ausstellung.«

»Mischen Sie sich gefälligst nicht in fremde Telefongespräche«, beschwerte sich Lore und stieß das Gespenst beiseite.

Sie ging zurück ins Haus, packte das Füchschen ein und machte sich auf den Weg nach Rohrbach. Der Regen hatte nachgelassen, was eine bessere Sicht ermöglichte. Während der Fahrt in ihrem surrenden Aufziehwagen versuchte sie immer wieder den Kommissar zu erreichen. Ohne Erfolg. Merkwürdig. Er war doch im Dienst und sollte somit immer ans Telefon gehen. Lore fragte sich, ob sie es mit unterdrückter Nummer versuchen sollte, ihr Neffe Achim hatte ihr einmal gezeigt, wie das funktionierte. Doch sie hatte es vergessen.

Wieder fragte sie sich, ob dem Kommissar eine Laus über die Leber gelaufen war und wenn ja, wie viele. Er hatte sich heute Morgen wirklich blöde angestellt. Aber selbst wenn, er konnte doch nicht die Ermittlungsarbeiten wegen einer schlechten Laune vernachlässigen? Oder war er einfach nur zu beschäftigt, um ans Telefon zu gehen?

Jedenfalls würde Lore sich hüten, zu irgendwelchen Tricks zu greifen. Sie war es doch, die ihn unterstützte. Wenn er das nun nicht mehr wollte, selbst schuld. Dann würde sie den Fall eben auf eigene Faust lösen.

Vorsicht, mahnte eine innere Stimme. Und sie hatte recht, immer wenn Lore versuchte, etwas zu klären, pustete sie jemandem das Licht aus. Aber egal. Viele Hektar Wald standen auf dem Spiel sowie jede Menge Menschen- und Tierleben.

Auf dem Weg nach Rohrbach durchquerte Lore die Orte Wembach und Hahn. Zusammen umfassten die beiden Ortschaften nur knapp mehr als 1.000 Einwohner.

Lore ließ den Blick über die hügelige Landschaft mit den verträumten Häuschen schweifen und versuchte, sich vorzustellen, wie es wohl damals für die Einwanderer gewesen war, nach vielen Wochen und 1.500 Kilometern Wanderung zu Fuß hier angekommen zu sein. Waren sie erschöpft und froh, sich endlich irgendwo niederlassen zu können? Oder hatten sie hier, in der sanft hügeligen, grünen Landschaft ihr Paradies entdeckt? Aber vielleicht hatte die Landschaft damals ganz anders ausgesehen. Ganze Landstriche waren vom 30-jährigen Krieg verwüstet worden und die Dörfer weitgehend entvölkert. Vielleicht hatte dies alles gar nicht so einladend ausgesehen, damals.

Lore bog nach Rohrbach ein. Die Pragelatostraße, Hauptstraße von Rohrbach, war auf beiden Seiten von Hofreiten gesäumt, die um 1718 erbaut worden waren und ihr Aussehen bis heute bewahrt hatten, denn sie standen unter Denkmalschutz. Die bis auf wenige Ausnahmen eingeschossigen Bauten waren alle nach dem gleichen Schema erbaut: mit Fachwerk und der Eingangstür in der Mitte.

Der Weg führte direkt auf den landgräflichen Hof zu, dessen niedrige Gebäude teilweise noch vorhanden waren. Der Platz in der Mitte von Rohrbach war ungewöhnlich groß für ein so kleines Dorf, da sich das Dorf am Grundriss des ursprünglich landgräflichen herrschaftlichen Hofes orientierte. An der Nordostecke stand die schlichte, 1767 geweihte Kirche, dahinter das 1891 an der Stelle des Vorgängerbaues neu errichtete Pfarrhaus; daneben befand sich das Waldensermuseum, das Lore und Krummsiegel gemeinsam besucht hatten, als sie die Hugenottenausstellung planten. Seit 1974 waren die drei Orte Rohrbach, Wembach und Hahn offiziell verschwistert mit Pragelato, der Heimatgemeinde ihrer Gründer.

Lore erinnerte sich mit Unmut an die ermüdenden Lektionen, die Krummsiegel ihr erteilt hatte, begeistert von seinem Ahnenstamm.

Lore hingegen fragte sich, von welchem französischen Namen wohl der Name Krummsiegel abgeleitet war. Sie würde das Schlossgespenst demnächst darauf ansprechen, dachte Lore grinsend und bekam bei dem Gedanken sofort gute Laune.

HEIMATKUNDE

Der Pastor erwartete Lore in der Kirchentür, er war ein freundlicher Herr, der die Ruhe der ganzen Menschheit gepachtet zu haben schien. Sein Gesicht glänzte mit rundlichen Apfelbäckchen. Unter dem Kinn trug er einen narbigen Kropf, ähnlich dem Hals eines Truthahns. Unter der schwarzen, ausladenden Soutane zeichnete sich ein enormer Wanst ab.

»Wo haben Sie Ihren Kollegen gelassen? Wie hieß er noch gleich? Krummsiegel?«, fragte der Pfarrer bei der Begrüßung.

»Der kommt heute nicht mit«, gab Lore zur Antwort.

»Ja, der war hier eine Zeit lang beinahe täglich. War ganz begeistert von der Ahnenforschung.«

Nanu, dachte Lore, dann werden die Kirchenbücher also doch nicht nur zu ganz speziellen Gelegenheiten geöffnet.

Der Pfarrer lächelte breit. »Ich selbst kann ebenfalls auf eine lange Ahnenreihe zurückblicken. Ich bin der 19. Pfarrer seit Gründung der Gemeinde. Als erster Pfarrer der Kolonie amtierte der Waldenserpastor Jacob Moutoux aus Traverses-en-Pragelas. Auf den werden Sie bei Ihren Recherchen auch stoßen.«

»Wie bitte?« Lore war kurz verwirrt.

»Sie sagten doch, es gehe um die Gründerväter.«

Lore beeilte sich zu nicken. »Sind die denn alle in den Kirchenbüchern verzeichnet?«

»Ich muss Sie enttäuschen«, sagte der Pfarrer mit bedauernder Miene und drehte sich um, um sie ins Pfarrhaus zu führen. Lore folgte ihm in seinen Büroraum, wo er einen imposanten Schrank öffnete, in dem sich in mehreren Fächern riesige Wälzer türmten.

»Das allererste Kirchenbuch der Waldensergemeinde ist leider verschollen, aber Sie können die

Namen ab Mitte des 18. Jahrhunderts nachvollziehen. Und von den Gründervätern gibt es eine Liste.« Der Pastor reichte Lore einen Heftordner.

»Vielen Dank«, sagte Lore und sah sich den Berg an Büchern an. »Dann stürze ich mich in die Arbeit.«

»Brauchen Sie mich?«, fragte der Pfarrer.

Lore schüttelte den Kopf und lächelte verbindlich. »Danke, ich komme alleine klar. Bin ja Museumskraft.«

»Ach ja, sicher. Dann muss ich Ihnen ja nicht extra sagen, dass Sie bitte die Bände pfleglich behandeln. Ich bin nebenan, wenn Sie mich brauchen.«

Lore war froh, dass ihr der Pfarrer nicht über die Schulter schaute bei ihrem profanen Vorhaben, und machte sich direkt an die Arbeit. Sie begann mit der Suche nach dem Kind. Vielleicht konnte sie mit Hilfe der Bücher seine Existenz nachweisen.

Lore überlegte. Der Junge war das Kind von Reinhardt Bertold oder Bartold und war nach Freddys Beschreibung noch ein Baby, als dieser in den 80er Jahren dort verkehrte. Lore begann, die Geburtsjahrgänge ab 1980 auf den Namen Bertold und Bartold zu untersuchen. Bis 1998 war kein Kind mit die sem Nachnamen verzeichnet. Lore bezweifelte zwar, ob sie bei derartigem Stochern im Nebel überhaupt zu einem Ergebnis kam, weitete ihre Suche jedoch aus, sodass sie schließlich alle Jahrgänge von 1970 bis 2000 durchforstet hatte. Fehlanzeige.

Dafür konnte es viele Gründe geben. Entweder der Junge trug den Nachnamen seiner Mutter, den Lore nicht kannte, oder der Junge war in einer anderen Gemeinde verzeichnet. Oder der Junge war schlichtweg ein Produkt von Freddys Fantasie und existierte eben doch nicht. Schade. Lore hätte Otto gerne mit gesicherten Informationen über den Jungen überrascht, einfach nur, um ihm eins auszuwischen.

Mit dem Jungen kam Lore nicht weiter. Sie trommelte mit der Hand auf dem Deckel des Kirchenbuches. Das Einzige, was ihr bisher aufgefallen war, dass es erstaunlich wenige französische Namen gab. Dabei war die Waldenserkolonie doch von französischstämmigen Flüchtlingen gegründet worden. Sie hätte gern weiter gemacht mit Elisa Schenk, doch das schien ihr zu vage. Sie kannte weder deren Alter, noch wusste sie, von wo sie stammte. Das war sinnlos.

Lore wusste selbst nicht, warum sie auf einmal begann, nach Else Burg zu forschen. Aber hier wusste sie immerhin, dass sie aus Rohrbach stammte.

Lore nahm ein Kirchenbuch älteren Datums aus dem Schrank und begann zu blättern. Hier zeigte die spitze Sütterlinschrift mit den geschwungenen Schlaufen an, dass es sich um eine andere Zeit handelte. Lore blätterte zurück bis 1936. Else Burg war auf keinen Fall älter als 80 Jahre. Gewissenhaft klapperte Lore mit Blicken die Zeilen ab, es strengte sie an, die ungewohnte Schrift zu entziffern. Doch nachdem sie sich an die typischen Schlingen gewöhnt hatte, fiel es ihr leichter. Ihr Blick hüpfte von Zeile zu Zeile, und ein paar Mal beschleunigte sich ihr Atem, als sie das Gefühl hatte, fündig geworden zu sein. Doch dann entpuppte sich der Name als Brandt oder Berger, und sie musste weiter suchen.

Das Buch endete Anfang der 50er Jahre, ohne jeden Hinweis auf den Namen Burg. Merkwürdig eigentlich, denn das war doch ein häufiger Name. Lore ging zum Schrank, um nach dem nächsten Buch zu greifen.

Als sie den schweren, ledergebundenen Band herauszog, entdeckte sie, dass hinter dem Folgeband ein Heft eingeklemmt war. Lore versuchte, ihre Fingernägel darunterzuschieben, um es herauszuziehen. Ein paar Anläufe misslangen, dann hatte sie das Heft in der Hand. Im Grunde handelte es sich um lose Blätter, die in einem Hefter zusammengefasst waren.

Lore blätterte durch die Seiten, die teils mit Druckschrift, teils in alter Handschrift beschrieben waren. In die Texte waren Fotos eingefügt, verblichene, gelbstichige Aufnahmen, auf denen Menschen in strenger, schwarzer Kleidung ernst in die Kamera blickten. Eine Dorfchronik. Lore legte das Heft auf den Schreibtisch des Pfarrers. Die hob sie sich für später auf. Zunächst hieß es, sich weiter auf die Jahrbücher zu konzentrieren.

Lore seufzte. Ihre Hoffnung, doch noch auf Else Burg zu stoßen, war nicht besonders groß. Dennoch öffnete sie den nächsten Wälzer und arbeitete sich akribisch durch die Seiten. Ihre Suche wurde erleichtert, da die Namen und Ereignisse ab 1960 in moderner Schrift verfasst waren.

Lore las und blätterte sich auch durch den nächsten Band. 1975 ging ihr die Puste aus. Sie hatte Kopfschmerzen, aber noch keinen Fund und kaum mehr Hoffnung. Vielleicht hatte sie Krummsiegel falsch verstanden, als er ihr den Namen Else Burg nannte?

Vielleicht war es die bessere Strategie, in der Gegenwart zu beginnen und sich dann in die Vergangenheit durchzuarbeiten. Else Burg war sicherlich verheiratet gewesen und besaß einen anderen Mädchennamen, das war der Grund, warum sie nicht zu finden war. Die Eheschließung war sicherlich im Kirchenbuch vermerkt.

Lore suchte weiter, es dauerte allerdings 30 Jahre, bis ihre Geduld belohnt wurde. 1983 war die Hochzeit eines gewissen Wilhelm Burg eingetragen. Der Name der Braut belohnte Lores Geduld und bestätigte das Gefühl, das Lore gehabt hatte, seit Opa Weller ihr von Oma Kukuks geheimnisvoller Patientin erzählt hatte. Die Braut von Wilhelm Burg hieß vormals Elisabeth Schenk. Else Burg und Elisa Schenk waren dieselbe!

Deshalb hatte Else Burg Lore in der Waldenserhalle wiedererkannt und von hinten angestarrt. Krummsiegel hatte recht behalten. Heute nannte man die alte Frau Else, während man sie als junge Frau

Elisa genannt hatte. Auch Opa Weller hatte sich korrekt ausgedrückt. Lore schickte ihm ein stummes Dankesgebet.

Nun konnte Lore auch den Zeitpunkt zuordnen, an dem Elisa Schenk von Oma Kukuk behandelt worden war. Das musste Ende der 70er Jahre gewesen sein, vor ihrer Hochzeit.

Aber was weiter? Else Burg war nicht im Entferntesten mit dem Waldsterben in Verbindung zu bringen. Und auch der Name Schenk legte keine verwandtschaftlichen Beziehungen zu irgendjemandem aus der Hugenotten-Kommission nahe.

Lore rechnete nach. Wenn Else Burg heute ungefähr 70 Jahre alt war, bedeutete das, dass sie zum Zeitpunkt ihrer Hochzeit mit Wilhelm Burg bereits Ende 30 war. Kein Alter, in dem man auf dem Lande zum ersten Mal heiratete. Vielleicht war Elses Ehe mit Wilhelm Burg ihre zweite Ehe gewesen.

Lore konzentrierte sich wieder auf die Einträge, wobei sie den Namen Schenk fest im Auge behielt. Es dauerte noch einige Seiten und einige Jahre, doch dann stieß Lore auf ein Goldnugget. Schenk war tatsächlich Elses Name aus erster Ehe. 1966 gab es eine Eheschließung mit Burghardt Schenk. Das war nicht weiter überraschend. Überraschend war der Mädchenname von Elisa Schenk. Es kostete einige Sekunden, aber schließlich konnte Lore den Namen zuordnen. Und die Erkenntnis haute sie schier um.

Mit zitternden Fingern griff sie in ihre Handtasche

und fummelte das Rinderfußhandy heraus. Achim, ihr Neffe, hatte ihr versichert, dass man mit dem Ding auch Fotos machen konnte, und es ihr sogar demonstriert.

Wie ging das nun wieder? Lore tippte ein paar der Tasten, bis sie etwas fand, dass wie ein Kamerasymbol aussah. Sie drückte drauf, und der Bildschirm des Telefons begann zu schwimmen. Lore hielt den Rinderfuß über das Blatt und drückte ab. Ein lautes Knipsen ertönte, wie bei einer Ritsch-Ratsch-Klick-Kamera. Lore blickte sich um. Hoffentlich hörte das nicht der Herr Pfarrer, sie hatte mit ihm nicht abgeklärt, ob sie Fotos machen durfte. Lore steckte das Handy zurück in die Tasche und wischte sich die Stirn. Sie war einer großen Sache auf der Spur, soviel war sicher.

Aus dem Wohnzimmer des Pfarrers wehte der einladende Duft frisch gebrühten Kaffees herüber. Lore stellte die Jahrbücher zurück in den Schrank und schloss die Tür. Sie wollte gerade das Zimmer verlassen, da fiel ihr Blick auf das Heft, das sie auf dem Schreibtisch abgelegt hatte. Die Chronik. Lustlos nahm sie es in die Hand und blätterte darin. Seitenweise alte Fotos, dazu Texte, zum Teil offensichtlich mit einer alten Schreibmaschine geschrieben, zum Teil in unleserlicher Sütterlinschrift verfasst. Dorf- und Familiengeschichten von Rohrbach und Wembach-Hahn. Lore hatte keine Lust, sie zu entziffern, und konnte sich auch nicht mehr konzentrieren. Sie wollte gerade das Heft zuschlagen, da stach ihr aus dem Grau ein Name ins Auge, der ihre Aufmerksamkeit einfing. Sie hatte den Eindruck, der eiskalte Hauch der Geschichte wehte ihr ins Gesicht. Ein Wimpernschlag. Noch einer. Und ein dritter. Ohne dass sie nur ein einziges Mal Atem geschöpft hätte.

»Der Kaffee ist fertig. Machen Sie eine Pause und trinken Sie einen mit uns.« Der Pfarrer hatte sich angeschlichen, ohne dass Lore ihn gehört hatte, und stand im Türrahmen.

Lore wirbelte herum. »Ich komme gleich.« Sie versteckte die Chronik hinter ihrem Rücken.

Der Pfarrer musterte sie freundlich. »Alles in Ordnung?«

»Ich komme gleich«, wiederholte sie. Der Pfarrer nickte und ging nach draußen. Am liebsten hätte Lore die Chronik geschnappt und sich klammheimlich nach draußen verdrückt. Doch das Füchschen war dem Pfarrer gefolgt, scheinbar roch das Mistvieh den Kuchen wie Lore zuvor den Kaffee. So blieb ihr nichts anderes übrig, als sich ebenfalls in den Wohnraum der Pfarrersleute zu begeben.

Im Flur wartete sie, bis ihr Atem sich beruhigt hatte, und wischte sich die Hände an ihrer Hose ab.

Im Wohnzimmer war der Kaffeetisch gedeckt, der Pastor saß auf dem Sofa, neben ihm seine Frau, ihnen zu Füßen das Füchschen, das anbiedernd wedelte.

»Geben Sie ihm nichts, er hat Glutenallergie«, sagte Lore. Rache ist süß, dachte sie und setzte sich auf den freien, ausladenden Polstersessel. Sofort erhob sich die Pastorfrau und schenkte ihr Kaffee ein. Sie war das gerade Gegenteil vom Pastor, dürr, ausgezehrt und verbittert.

»Waren Ihre Erforschungen recht aufregend?«, fragte der Pastor, wohl in Anspielung auf Lores gerötetes Gesicht.

Lore bemühte sich um Fassung. »Es gibt immer wieder interessante Zusammenhänge.« Sie hielt es für geschickt, Else Burg und ihre Familiengeschichte erst mal nicht zu erwähnen. So geschwätzig, wie der Dorfpfarrer war, würde jedes ihrer Worte im Dorf sofort die Runde machen.

»Ach, die Chronik«, rief der Pfarrer plötzlich.

Erst jetzt bemerkte Lore, dass sie das Heft in den Händen hielt, und spürte, wir ihr erneut das Blut ins Gesicht schoss.

»Die haben wir ewig gesucht!« Der Pastor schien erfreut zu sein.

Lore starrte auf das Heft. »Ich fand es hinter den Kirchenbüchern. Was ist das?«

»Eine Geschichtschronik über Rohrbach und Wembach-Hahn, geschrieben von der Heimatforscherin Brigitte Köhler. Sie hat sich intensiv mit der Geschichte der hiesigen Gegend und den Waldensern beschäftigt.«

Die dürre Pastorfrau legte Lore ein Stück Butterkuchen auf den Teller, der schon beim Anschauen zu bröckeln schien. Lore bedankte sich und nippte an ihrer Tasse. Sie taxierte den Pfarrer und fragte sich, ob er wusste, was darin stand und dass der Inhalt für Lore hochbrisant war. »Kann ich die Chronik ausleihen?«

Der Pfarrer nickte freundlich. Wenn er um den Inhalt wusste, dann ließ er es sich nicht anmerken. »Natürlich, ohne Sie wäre sie vermutlich auf ewig verschollen gewesen.«

Lore trennte ein Stückchen von ihrem Kuchen ab und steckte es sich in den Mund. Dem Füchschen, das sich jetzt scheinheilig näherte, versetzte sie einen Tritt unter dem Tisch. Dann kam ihr ein Gedanke.

»In den Kirchenbüchern ist mir etwas Merkwürdiges aufgefallen«, sagte sie. »Die Einwanderer waren doch Franzosen.«

Der Pastor kaute mit vollen Wangen und nickte.

»Aber es sind nur wenige französisch klingende Namen verzeichnet. Woran liegt das?«

»Eingedeutscht«, nuschelte der Pastor, wobei er mit den Zischlauten eine Wolke trockenen Kuchens versprühte. Er spülte mit Kaffee nach. »Brun wurde zu Braun. Blanc zu Blank oder Rimbaud zu Rimbert.«

Das brachte Lore auf eine Idee. »Und der Name Bertold oder Bartold, kommt der aus dem Französischen?«

Das Lächeln des Pastors gefror. »Schon möglich. Aber das kann ich nicht genau sagen.«

»Reinhardt Bertold war einer der Bewohner der Dinkelsmühle in Dinkelsweiler, dem Dorfstück zwischen Rohrbach und Wembach-Hahn. Kannten Sie ihn?«

Der Pastor hob die Augenbrauen und warf seiner Frau einen Blick zu. »Dinkelsweiler kennen wir natürlich, aber nicht die Bewohner dieser Mühle.«

»Wieso nicht?«

Der Pfarrer zuckte die Schultern. »Die waren weder in der Kirche noch in der Gemeinde aktiv.«

»War Reinhardt Bertold möglicherweise ein Nachkomme der Waldenser?« Vielleicht war das ein Hinweis auf einen möglichen Tathintergrund.

Die Miene des Pfarrers blieb ausdruckslos. »Schon möglich. Aber die Kolonisten haben sich ja alle mit den Deutschen vermischt. Heute ist es völlig gleichgültig, wer wer ist. Lesen Sie die Chronik, dann erfahren Sie das alles.«

»Kennen Sie die Legende vom Waldenserfluch?«

Der Pfarrer begann zu lächeln. »Sicher, wer kennt die nicht.«

»Was halten Sie von der Annahme, dass der Fluch dem Waldsterben zugrunde liegt?«

Der Pfarrer schüttelte den Kopf so heftig, dass der narbige Kropf an seinem Kinn ein Eigenleben bekam. »Unsinn. Das ist reine Legende.«

Lore wunderte sich über die Entschlossenheit des Pfarrers. Vielleicht fand sie ja etwas in der Chronik über den Fluch.

Der Pfarrer schien ihre Gedanken lesen zu können, denn er sagte: »In der Chronik erfahren Sie alles über die Waldenser, auch über das harte Leben, das sie führten. Die Bauern mussten ums Überleben kämpfen, denn neben einer Pacht, die laut Vertrag von 1699 jedes Jahr an den Landgrafen von Darmstadt zu entrichten war, wurden in späteren Jahren auch Steuern fällig. Die Waldenser konnten kaum von dem leben, was sie auf den Äckern erwirtschafteten. Dabei stammten sie aus dem Hochgebirge und waren harte Bedingungen durchaus gewohnt.«

Die Pfarrersfrau nickte und schaltete sich mit knarrender Stimme ein: »Vier Monate Winter und acht Monate die Hölle.«

Lore warf ihr einen fragenden Blick zu.

Der Pfarrer gab anstelle seiner Frau die Antwort. »Das Klima im Hochgebirge rund um das Pragelatotal war unwirtlich. Einwanderer von den Frostweiden, so nannte man die Siedler auch. Getreideanbau war in dem rauen Bergklima kaum möglich, so pflanzten die Pragelaner Kartoffeln an, die reifen schneller und können mehrmals im Jahr geerntet werden. Die Kolonisten brachten die Kartoffel dann mit nach Deutschland, wo sie sich schnell verbreitete.«

Nun hatte Lore fast ein schlechtes Gewissen. Sie hatte den Einwanderern das Urheberrecht auf die Kartoffel angekreidet, dabei war es die pure Not, aus der sie gehandelt hatten.

»Die Einwanderer konnten in Deutschland nur überleben, weil sie mit der relativ ertragreichen Kartoffel gute Ernten einfahren konnten.«

Anders als der Pastor, dachte Lore, denn just in diesem Moment füllte er seinen Mund wieder mit Kuchen, sodass für die nächsten Momente mit Stille zu rechnen war. Lore nahm einen Schluck Kaffee und verfütterte ihr Kuchenstück unauffällig an den Hund. Der Pastor war schneller mit seinem Kuchen fertig als gedacht.

»Auch hier im Odenwald war das Leben für die Einwanderer hart«, fuhr der Pfarrer fort. »Die Kartoffeln mussten im Frühjahr gesetzt und im Herbst mühsam ausgebuddelt werden. Dann wurden sie in schweren Säcken oft von weit entfernten Äckern nach Hause transportiert. Mit den Futterrüben war es nicht leichter.«

Futterrüben?, dachte Lore. Ob es ein Zufall war, dass ausgerechnet solche Rüben vergiftet worden waren?

Der Pfarrer fuhr fort mit seiner Erzählung.

»Für den Winter musste mühsam mit Sensen und von Hand Heu geerntet werden, dies wurde immer wieder gewendet, bis es trocken war. Getreide wurde ebenfalls von Hand gemäht und auf dem Feld in Garben zum Trocknen aufgestellt. Zu Hause wurde von Hand gedroschen. Das Heu wurde in der Scheune mit Gabeln über mehrere Etagen gereicht und bis unters Dach aufgeschichtet.«

Der Pfarrer nahm einen Schluck Kaffee.

»Sehen Sie, Frau Kukuk, der Zusammenhalt war für die Bauern überlebenswichtig. Das Säen und die Ernte geschahen oft gemeinschaftlich, oder man musste sich absprechen. Das Land war in kleine Parzellen geteilt, manche Parzellen waren nur über den Acker eines Nachbarn zu erreichen. Dann wurde erst gemeinschaftlich der eine Acker bestellt, dann der andere. Wenn die Bauern gegeneinander gearbeitet und untereinander Zwietracht gesät hätten, wären sie nicht fähig gewesen zu überleben.«

Lore überlegte. Vielleicht handelte es sich bei den Bewohnern von Rohrbach und Wembach bis heute um eine verschworene Lebensgemeinschaft, in der Außenseiter nichts verloren hatten. Außenseiter wie diese Hippiekommune um Reinhardt Bertold hatten keinen Platz, erst recht nicht, wenn sie einem heimatwichtigen Projekt im Wege standen. So gesehen wurde ein ganzes Dorf verdächtig.

Lores Puls erhöhte sich. Vielleicht hatte Else Burg jemandem aus dem Dorf den Eisenhut gegeben, um die Hasch-WG auszulöschen? Ihr Puls stieg weiter. Womöglich hatte sich der Pfarrer als spirituelles Oberhaupt der Gemeinde verantwortlich gesehen, für Ordnung zu sorgen – und sie saß hier am Tisch mit einem Mörder!

Lore überprüfte den Geschmack des Kaffees. Aber der war in keiner Weise auffällig.

Du spinnst, versuchte sie, sich zu beruhigen. Der Mann ist Pfarrer, kein Mörder. Dann musste Lore sich jedoch vor Augen führen, wozu sie selbst vor kaum 24 Stunden fähig gewesen war. Menschen waren durchaus in der Lage, zwei völlig voneinander unabhängige Seiten zu leben, erst recht, wenn es um das Verständnis von Recht und Gerechtigkeit ging. Lore erhob sich von ihrem Sessel, um deutlich zu machen, dass sie gehen wollte.

Auch der Pfarrer erhob sich. »Das Leben in dieser paradiesischen Landschaft war gar nicht so paradiesisch. Immer wieder sind Familien nach Amerika ausgewandert oder zu anderen Kolonien. Schauen Sie in die Chronik, und Sie werden viel Überraschendes erfahren. Überraschend Gutes.« Mit einem hintergründigen Lächeln und einem warmen Händedruck verabschiedete er sich von Lore. Was hatte dieses Lächeln zu bedeuten? »Grüßen Sie Professor Krummsiegel«, rief der Pastor ihr hinterher.

KINDSMORD

»Gehen wir etwas essen«, sagte Otto. Sie befanden sich auf dem Heimweg von Dinkelsweiler und hatten auf der alten Dieburger Landstraße gerade die Grube Messel hinter sich gelassen. Vor ihnen lag das Oberwaldhaus.

»Hier?«, fragte Brenneisen zweifelnd. Er kannte den Ort nur als Naherholungsziel. Davon, dass das Restaurant kulinarisch etwas Nennenswertes zustande brachte, hatte er noch nie gehört. Und er hatte nicht im Geringsten Lust hier zu essen.

»Oder bringt Ihre Freundin Ihnen wieder Grießbrei ins Präsidium?«

Das war gemein.

»Nein«, antwortete Brenneisen gezwungenermaßen, was für Otto die Zustimmung war, auf den Parkplatz des Oberwaldhauses abzubiegen. Kurze Zeit später hatte Brenneisen ein Ungetüm von Speisekarte in der Hand, das mit Kunstleder eingeschlagen war und verdächtig viele Seiten aufwies.

Trotzdem fand Brenneisen kein Gericht, das ihm zusagte.

»Wiener Schnitzel mit Pommes«, bestellte Otto, als die Bedienung kam, um nach den Getränken zu fragen. Brenneisen war zwar noch nicht so weit, bestellte aber einen gemischten Salat.

»Und ein Bier«, fügte Otto hinzu, während Brenneisen auf den fragenden Blick der Kellnerin ein Wasser bestellte.

Brenneisen sah sich im Lokal um. Sie waren schon etwas spät dran fürs Mittagessen. Ältere Damen waren bereits beim Kaffeekränzchen, wo Eis mit heißen Himbeeren und Sahnetorten geschlemmt wurden. Trotzdem roch es im Saal penetrant nach Bratfett.

»Wir sollten der Sache mit dem Kind nachgehen«, sagte Brenneisen und erwartete sogleich einen Gegenangriff von Otto. Doch der schien in Anbetracht der Erwartung seines Schnitzels friedlich gestimmt.

»Warum essen Sie nichts Vernünftiges? Keinen Hunger?«

Bevor Brenneisen reagieren konnte, stand das Essen auf dem Tisch. Ein ausladendes, paniertes Schnitzel bei Otto und ein Salat bei ihm selbst. Der Teller war randvoll, aber die Hälfte der Zutaten stammte ganz offensichtlich aus der Dose.

»Die erste vernünftige Mahlzeit seit Tagen«, sagte Otto und schnitt sich ein großes Stück Fleisch ab. Brenneisen schob ein Übermaß an eingelegten Silberzwiebeln und Selleriestücken auf den Tellerrand.

»Ihre Freundin kocht wohl besser«, kommentierte Otto.

»Wir ernähren uns Paleo.« Brenneisen unterbrach seine Aufräumarbeiten, um sich ein Salatblatt in den Mund zu stecken, das triefte vor Lake.

»Paleo?«, fragte Otto mit pommesgefülltem Mund.

»Steinzeit-Ernährung«, erklärte Brenneisen.

»Ach ja, schon davon gehört.« Otto spülte das Schnitzel mit einem großen Schluck Bier hinunter. »Dann müssen Sie Ihr Futter eigentlich da draußen suchen.« Grinsend deutete er mit seiner Gabel zum Fenster, durch das man den angrenzenden Wald sehen konnte.

Brenneisen rollte die Augen. Er hätte seinen Mund halten sollen.

»Paleo ist eine Ernährungsform, die sich an die Ernährungsweise der Jäger und Sammler anlehnt, diese aber nicht genau nachahmt. Im Prinzip geht es darum, all das zu vermeiden, was durch Ackerbau und Viehzucht erwirtschaftet wird.«

»Also alles, was die Zivilisation ausmacht«, grinste Otto und schob sich ein weiteres Fuder an Pommes in den Mund.

»Am wichtigsten ist der Verzicht auf Getreide, Zucker und Milchprodukte. Alles andere ist erlaubt, Fleisch, Fisch, vor allem Gemüse, aber auch Südfrüchte, die es ja zur Steinzeit ebenfalls nicht gab. Und so ein Zeug hier gab es damals auch nicht.« Brenneisen schob den eingelegten Karottensalat von einem Salatblatt.

Otto betrachtete ihn belustigt. »Aber die Jäger und Sammler sind ausgestorben. Während die Ackerbauer und Viehzüchter überlebt haben.«

»Ja, aber deren Leben war so hart, dass sie die hohe Zufuhr an Kohlenhydraten sofort verbrannten. Bei unseren Schreibtischjobs ist diese energiereiche Ernährung ungeeignet.«

»So so, glauben Sie, dass die Ernährungsweise des Paläozeutikums für Schreibtischtäter angemessener ist?« Otto widmete sich der zweiten Hälfte seines Schnitzels.

»Getreide und Zucker liefern nicht nur zu viele leere Kohlenhydrate und machen dick. Antinährstoffe wie Phytinsäure und Gluten behindern zudem die Verdauung. Also lassen wir sie einfach weg. Dass der Körper quasi nebenbei seine Energie durch Ketose gewinnt und dadurch vermehrt Fett verbrannt wird, ist ein angenehmer Nebeneffekt von Paleo, aber nicht der alleinige Grund. Es geht darum, den Organismus durch eine natürlichere Ernährung zu stärken.« Brenneisen verzichtete darauf, den Kommissar darüber aufzuklären, dass Paleo ein ganzes Lebenskonzept war, inklusive Bewegung und Nachhaltigkeit.

»Ein paar Kilo weniger können Ihnen auch nicht schaden.« Der Kommissar kaute zufrieden. »Wenn Sie mich fragen, Holzhacken, das ist die beste Medizin. Seitdem ich das mache, bin ich wieder voll auf Draht.« Zum Beweis hob er seinen Arm und spannte den Bizeps an, wodurch die Naht am Oberarm gefährlich krachte. Dies war allerdings eher dem mürben Stoff und weniger den stählernen Muskeln des Kommissars zuzuschreiben.

Brenneisen verzichtete darauf, den Kommissar auf seine gehörige Wampe hinzuweisen, sicherlich ein Ergebnis von übermäßigem Genuss von Industrieweizen. Aber es war sinnlos, ihn darüber aufzuklären. Der alte Haudegen gehörte zu der Generation der unbelehrbaren Schnitzel-aus-Massenproduktion-Esser und Billig-Backwaren-Vertilger. Vermutlich hatte der Mann mehr E-Geschmacksstoffe in sich als eine Rindersalami aus dem Supermarkt.

Brenneisen widmete sich weiter seinem Salat und freute sich, dass er mit Babs diesen neuen Weg der Ernährung eingeschlagen hatte. Seine vegane Phase war eindeutig zu extrem gewesen. Damals hatte er unglaublich viel Gewicht verloren, hinzu kam der Extremsport, zu dem seine ehrgeizige Exfreundin Verena ihn angetrieben hatte.

Mit seiner neuen Freundin Babs war dann alles anders geworden. Allerdings mit gewaltigen Folgen, denn die genussorientierte Küche seiner neuen Liebe hatte Brenneisen zunächst schlagartig zunehmen lassen. Brenneisens Körper, der auf Notverbrennung umgeschaltet hatte, verwertete jede Kalorie dreifach.

Babs kämpfte ebenfalls gegen die überhand nehmenden Kilos, so hatten sie beide entschieden, den Paleo-Weg einzuschlagen. Paleo stellte ein Mittelmaß aus Genuss und gesund dar und lieferte Brenneisen außerdem die nötige Energie, regelmäßig moderaten Sport zu treiben und konzentriert zu arbeiten. Mit Behagen stellte Brenneisen fest, dass die Pfunde allmählich schmolzen. Unangenehm war nur das gelegentliche Völlegefühl, das ihn heimsuchte, verursacht vermutlich durch die hohe Menge an fettreichem Kokos- und Mandelmehl, die er als Getreideersatz zu sich nahm.

»Ich bringe Ihnen mal ein Stück Steinzeitkuchen mit, das wird Sie überzeugen«, sagte Brenneisen und schob die letzten Reste von Gurke und Tomate in den Mund.

Otto, der gerade den letzten Bissen Schnitzel vertilgte, sah aus, als müsse er speien. »Steinzeitmenschen wurden nur 30 Jahre alt. Laut Statistik wären Sie schon längst tot und begraben.«

Brenneisen rollte mit den Augen. War ja klar, dass Otto mit diesem Standardargument gegen Paleo auftrumpfen musste.

»Na, stellen Sie sich vor, sie hätten noch 30 gesunde Jahre, wenn Sie Ihre Ernährung umstellten. Das wäre doch nicht schlecht, oder?«

»Okay, Steinzeitmensch, eins zu null, aber kommen Sie jetzt in die Gegenwart.« Otto leerte sein Bier. »Wenn Sie wirklich an die Geschichte von dem Kind glauben, können wir uns gleich vom Gegenteil überzeugen. Kommen Sie mit.«

Er legte ein paar Scheine auf den Tisch, es sah so aus, als wäre auch der Salat damit abgegolten, und stand auf.

Brenneisen leerte sein Wasser in einem Zug und erhob sich ebenfalls. Sein Teller sah aus, als hätte er nur die Dekoration verspeist. Wenn Otto immer so gut gelaunt war, nachdem er ein Schnitzel vertilgt hatte, würde Brenneisen ihm jeden Tag eins braten. Mit doppelt Panade.

»Kommen Sie schon«, rief Otto, der bereits an der Tür stand.

»Wo fahren wir hin?«, fragte Brenneisen, nachdem er sich angeschnallt hatte. Es war sinnlos, Otto wegen des Biers vom Fahren abhalten zu wollen, deswegen versuchte Brenneisen es erst gar nicht.

»Lassen Sie sich überraschen«, antwortete Otto und fuhr im Kavalierstart an. Brenneisen erwartete eine längere Fahrt, aber Otto steuerte geradewegs aufs Präsidium zu und stellte den Wagen im Hof ab.

Im Büro durchsuchte Otto sein Handy, tippte die Nummer ins Telefon und stellte auf Lautsprecher.

»Eberle«, meldete sich eine Stimme nach zweimal Klingeln.

»Kann ich Ihren Mann sprechen?«

Nach kurzem Knacken war eine Männerstimme zu hören. »Otto, was gibt's?«

»Es geht um die Hugenottenschänke.«

»Die alte Dinkelsmühle, ja?«

»Warum haben Sie nichts von dem Kind erzählt? Warum steht davon nichts im Bericht?« Otto blickte Brenneisen herausfordernd an, um zu verdeutlichen, dass seine Frage rein rhetorisch war.

Am anderen Ende wurde geschwiegen, was Brenneisen zu der Überzeugung brachte, dass er mit seiner Vermutung tatsächlich falsch lag.

Als der ehemalige Kommissar doch zu reden begann, klang es, als habe man das schlechte Gewissen persönlich vertont. Man roch den Schweiß förmlich durchs Telefon.

»Äh, woher wissen Sie …?«

Otto schien selbst überrascht, reagierte aber richtig: »Fragen Sie mich lieber, was ich nicht weiß.«

»Sie müssen das verstehen. Ein verschwundenes

Kind. Das wäre ein Riesenskandal gewesen, damals. Es stand zu viel auf dem Spiel.«

»Ja, schon klar. Wessen Kind war das?«

»Es war der Sohn von Reinhardt Bertold und seiner Lebensgefährtin Regina Schütz, ein Junge, elf Jahre alt. Nach den Todesfällen in der WG war er verschwunden. Wir haben Suchtrupps losgeschickt und eine Fahndung ausgeschrieben. Es war wie verhext. Die Leute aus der WG waren tot, das Kind war weg. Wir dachten, es sei in den Wald gelaufen und dort verstorben. Wir haben das nicht an die große Glocke gehängt. Das Kind war nicht in der Dinkelsmühle gemeldet, weil die Mutter zeitweise woanders lebte und auch das Kind nicht ständig bei ihr war. Das Kind war bei verschiedenen Schulen im Landkreis angemeldet, sodass es nicht wirklich vermisst wurde. Die Behörden wurden nicht aufmerksam. Auch in der Nachbarschaft wusste man nicht viel von den Verhältnissen, in denen die WG gelebt hat. Kurzum, niemand hat das Kind vermisst, die Presse hat keinen Wind bekommen, da dachten wir, es ist das beste, den Jungen einfach …«

»… zu verschweigen?«, vollendete Otto den Satz.

»Tja, das ist nichts, worauf ich stolz bin. Aber wir wollten keinen Skandal. Das Hugenottenprojekt war in vollem Gange. Wenn bekannt geworden wäre, dass draußen irgendwo ein Kind liegt, tot oder womöglich gefressen von Hunden oder Wölfen … Wir haben die Gegend abgesucht und nichts gefunden.«

Otto bedankte sich und legte den Hörer auf. Dann tauschte er einen langen Blick mit Brenneisen.

»Frau Kukuk hatte recht«, sagte Brenneisen. Otto schien über diese Bemerkung nicht gerade erfreut und machte sich an der Kaffeemaschine zu schaffen.

Erst als diese begann, mit bedrohlichem Gurgeln eine rabenschwarze Brühe zu gebären, begann Otto zu sprechen: »Es geht doch nicht um die Kukuk. Es geht um das Kind und die Frage, was damals passiert ist und was das mit den Vorfällen von heute zu tun hat.«

Brenneisen beobachtete, wie sich Otto die dunkle Brühe eingoss. »Die Frage ist, lebt der Junge noch oder liegt es draußen tot und wurde einfach nicht gefunden. Ich frage mich, ob wir eine Staffel mit Leichenspürhunden rausschicken sollen.«

Otto verzog angewidert den Mund, was Brenneisen auf den Kaffee zurückführte. »Das können wir machen, aber falls der Junge noch lebt, muss er irgendwo in Deutschland aufgetaucht sein. Wir sollten prüfen, ob Mitte der 90er Jahre in Deutschland oder in einem Nachbarland ein Junge aufgegriffen wurde. Das Kind ist unsere einzige Möglichkeit, der Wahrheit auf die Spur zu kommen.«

»Stimmt«, sagte Brenneisen. »Vielleicht war es tatsächlich ein misslungenes Drogenexperiment, und das Kind hat überlebt und ist verschwunden. Oder es war ein Mordanschlag auf die WG, und der Junge ist davongekommen.«

»Es gibt eine dritte Möglichkeit«, sagte Otto mit immer noch verzerrtem Mund.

Brenneisen sah ihn fragend an.

»Das Kind …«, er zögerte kurz, bevor er den Gedanken ausführte, »… ist der Mörder.«

Brenneisen wurde schwindelig. »Ein elfjähriger Junge? Und das Motiv?«

Otto zuckte die Achseln. »Was weiß ich über ein Kind, das in solchen Verhältnissen groß wird? Aber wir müssen in jedem Fall damit rechnen, dass wir es mit einem psychopathischen Mörder zu tun haben könnten.«

Brenneisen atmete tief durch. »Der heute Anfang 30 ist.«

»Korrekt.«

»Ich werde ihn finden, wenn er noch lebt«, sagte Brenneisen und warf einen Blick auf Ottos Schreibtisch. »Ihr Handy«, sagte er zum Kommissar und deutete auf das Telefon des Kommissars, das surrend auf dem Tisch tanzte und sich dabei in gefährlicher Nähe zur Tischkante bewegte.

»Danke«, sagte Otto, griff nach dem Handy und schaltete es aus.

Brenneisen war erstaunt. Er hatte klar den Namen auf dem Display erkannt. Ein Anruf von Lore Kukuk, die sich im Nachhinein als bedeutsame Zeugin erwiesen hatte – und Otto drückte sie weg? Verstehe einer die Männer, dachte Brenneisen und machte sich an die Arbeit.

KUKUKS-CLAN

Als Lore und das Füchschen nach Hause kamen, waren beide gleichermaßen erschöpft. Das war ein Tag voller aufwühlender Erkenntnisse gewesen, und es würde noch aufwühlender werden, davon war Lore überzeugt. Dennoch versorgte sie zunächst den Hund mit Wasser und Fressen, aß selbst eine Scheibe Brot und versuchte dann erneut, Otto zu erreichen. Der schien jedoch an ihren Neuigkeiten in Sachen Eisenhut nicht interessiert zu sein. Lore legte auf, ohne eine Nachricht zu hinterlassen.

Sie setzte sich aufs Kanapee und blickte nach draußen, wo das Nachmittagslicht mit den Blättern des Weinlaubs spielte und dabei in immer neuen Grüntönen schillerte. Doch Lore konnte die Schönheit des Augenblicks nicht genießen. Ihr Kopf war voller chaotischer Gedankenschnipsel: Das Gespräch mit dem Pfarrer, die Futterrüben, der Eisenhut, die Herkunft von Else Burg, der Waldenserfluch und vor allem die unheilvolle Entdeckung, die sie in der Heimatchronik gemacht hatte. Und obwohl sie das Heft am liebsten in den Müll geworfen hätte, wusste sie, dass sie der Sache auf den Grund gehen musste. Wie unter Zwang griff sie zur Chronik. Sie wusste genau, auf welcher Seite sich der toxische Inhalt befand. Dennoch zwang sie sich, vorn zu beginnen, um die schreckliche Wahrheit etwas hinauszuzögern wie eine Rechnung, die man ein paar Tage ungeöffnet im Briefkasten lässt.

Lore öffnete das Heft und betrachtete die Seiten. Die Verfasserin hatte sich große Mühe gegeben, ein möglichst authentisches Bild des damaligen Lebens zu zeichnen. Sie verband Beschreibungen mit original Textquellen und Fotos.

Wieder betrachtete Lore die Gesichter, die von der Härte des Lebens gezeichnet waren. Jetzt, nachdem sie bereits einen Einblick in deren Alltag bekommen hatte, wirkten die vormals so fremden Gesichter geradezu vertraut. Die Männer trugen dicke Bärte und die Frauen entweder den schwarzen Sonntagsstaat oder, wenn man sie bei der Feldarbeit abgelichtet hatte, schäbige Kittel, deren abgetragenes Braun man selbst auf den verblichenen Fotos erkennen konnte.

Die Chronik begann im Jahre 1699, als sich eine Gruppe von etwa 50 Familien in den Gemeinden Rohrbach und Wembach-Hahn niedergelassen hatte. Lore las die französischen Namen Bonin, Guyot, Rambaud, Bertaud. War das möglicherweise der Urahne von Reinhardt Bertold?

Wenn ja, warum hatte der Pfarrer das geleugnet? War dies ein weiteres Mosaiksteinchen zum Tatmotiv? Lore machte sich eine Notiz und las weiter. In einem längeren Text wurde der harte Alltag geschildert, wie ihn der Pastor nahezu eins zu eins zitiert hatte. Die Leute waren von früh bis spät auf den Beinen und befanden sich doch stets an der Überlebensgrenze. Kaum war eine Ernte eingefahren, standen schon die Landgrafen bereit, um die Pacht zu kassieren. Und die armen Bauersleute mussten die Abgabe eigenhändig nach Darmstadt ins Schloss bringen, mit dem Vieh, das schon von der Feldarbeit ermüdet war. Was der Pastor am Kaffeetisch verschwiegen hatte: Auch die Pfarrer hielten ihre Hand auf und verlangten einen Zehnten von allem, was die Ernte einbrachte. Sobald Äcker neu gerodet waren, beanspruchten die Pfarrer von diesen Flächen den Zehnten.

Immer wieder hatten die Siedler mit neuen Schwierigkeiten zu kämpfen. Lore las mit Interesse die Geschichte vom Sauwäldchen, einem Stück Wald, das keilförmig in die Rohrbacher Felder hineinragte. Die großen Bäume des Waldes warfen Schatten, und die angrenzenden Felder entzogen ihnen Feuchtigkeit, sodass die Ernteerträge gemindert wurden. Doch die Bauern durften den Wald nicht roden, weil dieser Eigentum des Landgrafen war, und die Behörden widersetzten sich, da das Holz zu damaliger Zeit ohnehin knapp war und man Waldflächen eher vergrößern musste.

Mit viel Mühe fanden die Siedler ein anderes Stück Land, das sie den Behörden zum Tausch anbieten konnten, wodurch das Sauwäldchen schließlich urbar gemacht werden konnte. Selbstverständlich wollte der gierige Pfarrer auch bei dem neuen Stück Land den ihm zustehenden zehnten Teil abknapsen. Also ging es weiter mit der Plackerei.

Die Frauen traf es besonders hart. Neben der Feld- und Hausarbeit mussten sie die Kinder zur Welt bringen. Falls sie nicht vorher im Kindbett verstarben, brachten sie sehr viele Kinder zur Welt. Acht, neun, zehn, waren keine Seltenheit. Die Nachbarinnen bereiteten der Wöchnerin eine Suppe zu und brachten sie ihr ans Bett. Das Rezept für die sogenannte Kindbettsuppe war einfach, klang aber schmackhaft:

1 Fingerhut Kümmel
1 Weck
50g Butter
1 Ei
1 Tasse Milch
1 Viertelliter Wasser
1 Prise Salz

Weckscheiben in Butter rösten.
Mit Wasser ablöschen,
mit Milch und Kümmel aufkochen.
Ei verquirlen und der Suppe beifügen.
Schwach würzen.

Lore beschloss, das Rezept bei Gelegenheit auszuprobieren und las weiter. Neben der harten Arbeit auf dem Felde, galt es noch das Vieh zu versorgen. Zweimal täglich hieß es von Hand die Kühe zu melken und abends die schweren Kannen mit Milch zur Sammelstelle zu bringen. In den Ställen musste der Mist in eine Schubkarre gegabelt und auf dem Misthaufen im Hof abgeladen werden, ehe man neu einstreuen konnte. Die Kühe, Kälber, Schweine, Hühner, Gänse, Ziegen und Kaninchen mussten mit frischem Futter versorgt oder auf den weit verstreut liegenden Wiesen geweidet werden. Hütejungen waren dabei oft Deutsche. Im Winter wurde in der Regel ein Schwein geschlachtet. Dazu kam der Metzger auf den Hof und hatte alle Hände voll zu tun, bis alles verwurstet war. Zum Lohn gab es an solchen Tagen frisches Wellfleisch und Metzelsupp, die Brühe, in der die Wurst und das Fleisch gekocht worden waren.

Die Bauernkinder mussten diese Suppe zu den Nachbarn und befreundeten Familien im Dorf austragen. Wurst und Fleisch wurde gesalzen oder in der Räucherkammer haltbar gemacht.

Holz für das Feuer gab es im Wald, die Dorfbewohner durften Holz auflesen, das abgefallen war. Überhaupt war der Wald für die Landwirtschaft essentiell. Im Sommer wurde dort das Vieh gehütet, im Winter diente er der Holzgewinnung.

Im nächsten Kapitel ging es um die Eheschließungen zwischen Deutschen und Waldensern. Wenn eine Waldenserfrau einen Deutschen heiraten wollte, musste sie dafür auf ihre Rechte in der Gemeinde verzichten, da deutsche Männer aufgrund des Pachtvertrages in der Gemeinde kein Land besitzen durften.

Lore unterbrach ihre Lektüre. War das die mögliche Quelle für einen Zwist unter den Bevölkerungsgruppen?

Sie las weiter, und mit jeder Seite, die sie umblätterte, stieg ihre Nervosität.

Deutsche Frauen hingegen, die auf waldensische Höfe einheirateten, waren den Kolonisten durchaus willkommen und wurden in die bestehende Gemeinschaft integriert. Dem Pfarrer Johann Phillip May, der 1750 nach Rohrbach kam, missfielen jedoch die Verhältnisse in der Odenwaldkolonie zutiefst und er weigerte sich, Waldensermänner mit deutschen Mädchen zu ›kopulieren‹, wie er es nannte.

Seine Begründung war im original Wortlaut abgedruckt:

»Die Teutschen Weiber, der französischen Sprache ganz unwissend, können den hiesigen Gottesdienst nicht besuchen, daher sie sich auch um den ihrigen in Oberramstadt und Niedermodau wenig bekümmern und noch ihre Männer und Kinder die Sonn- und Feiertage oft vom Gottesdienst abhalten und zum Herumlaufen und daher entstehende Üppigkeit gewöhnen, wodurch sie miteinander eines der vornehmsten Mittel zur Seligkeit verachten und hintansetzen.«

Lore musste laut auflachen über die umständliche Ausdrucksweise des Pfarrers. Doch das Lachen blieb ihr gleich darauf im Halse stecken. Denn der Pfarrer nannte im Folgenden einige Namen von sogenannten ›zugezogenen Weibern‹, die die Ehe mit einem Waldenser anstrebten, er jedoch verweigerte.

Eine Marie Jacobee wurde da erwähnt, eine Elisabeth Lepper und dann kam der Name, der Lore bereits beim Überfliegen der Chronik ins Auge gestochen war. Der Pfarrer erwähnte eine Witwe, die zwischen Rohrbach und Wembach ein Gasthaus betrieb. Ohne Genehmigung und in wilder Ehe lebend.

›La Coucou‹ – so nannte man die Frau mit dem liederlichen Lebenswandel, und Lores rudimentäre Französischkenntnisse genügten, um zu verstehen, was der Name bedeutete: die Verrückte.

Sie lebte in wilder Ehe mit dem Waldenser Nicolas Primeur, da der Pfarrer sich weigerte, die beiden zu trauen. Das Gasthaus, das die beiden betrieben, war bekannt für seine ausschweifenden Nächte.

Lore musste einige Atemzüge schöpfen, bevor sie weiterlesen konnte.

Statt sich an der Dorfarbeit zu beteiligen, zog ›La Coucou‹ in ihrem Garten Kräuter und verabreichte Menschen und Tieren ›allerlei Ungeheuerlichkeiten‹, um sie zu kurieren.

Eine Tätigkeit, die dem Dorfpfarrer natürlich ein Dorn im Auge war. Wieder musste Lore die Lektüre unterbrechen, um das Gelesene zu verdauen. Sie ging zum Spülbecken und zapfte ein Glas Wasser. Als ihr Puls sich einigermaßen beruhigt hatte, las sie weiter.

Die Schänke, die ›La Coucou‹ mit dem Mann und zwei unehelichen Söhnen bewohnte, nannte man auch die Kukuks-Schänke, nach dem Brauch, den Hof mit dem Nachnamen der Bewohner zu bezeichnen. Lore wurde von einer Welle an Scham überschwemmt.

Waren das ihre Vorfahren?

Ein verrückter Kukuks-Clan, der in Sünde im Wald gehaust hatte? Der Name und die Tatsache, dass bereits die erste Kukuk, die Gründerin der Sippe sozusagen, eine Kräuterkundige war, sprachen dafür. Puh. Jedenfalls ergab sich, wenn man das französische Wort ›Coucou‹ eindeutschte, der Name Kukuk.

Lore sah von ihrer Lektüre auf. Unter die letzten Sonnenflecken auf den Weinblättern hatten sich dunkle Schatten gemischt, einen panischen Moment lang glaubte sie, auch ihr Terrassenlaub sei nun von der Baumkrankheit befallen. Doch dann stellte sie fest, dass das Lichtspiel täuschte. Sie beugte sich wieder über den Text.

Nikolaus Primeur verstarb früh und ›La Coucou‹ hielt sich und die Sippe mit ihren Kräutertinkturen über Wasser. Nachdem auch die Mutter gestorben war, wollte die Dorfgemeinschaft die Kukuks-Söhne vom Hof haben, um Platz für eine Kolonistenfamilie zu schaffen. Man zahlte der Kukuks-Brut eine Summe von 20 Gulden, damit sie den Ort verließ. Von da ab verlor sich ihre Spur. Lore überlegte. Hatte Oma Kukuk je von Vorfahren aus Rohrbach erzählt? Sie konnte sich nicht erinnern. Allerdings hätte es sie auch nicht gewundert, wenn Oma Kukuk diesen unrühmlichen Beginn der Familiengeschichte verschwiegen hätte. Lore kam ein beängstigender Gedanke. Die Wembacher Schänke, genannt die Kukuksschänke, lag zwischen Rohrbach und Wembach, genau wie die Dinkelsmühle, in der die Hasch-WG vergiftet worden war.

Auch so eine verschworene Gemeinschaft, mit der der Rest vom Dorf nichts zu tun haben wollte.

Lore las fieberhaft weiter und erfuhr, dass die Wembacher Schänke kurz darauf von der Familie Bertaud bezogen wurde und dann abbrannte. Der Name Bertaud ließ Lores Puls erneut in die Höhe schnellen. War Reinhardt Bertold der Nachfahre der Familie Bertaud? Und hatten die Nachfahren der Kukukssippe den Hof und ihre Nachfolger angezündet?

War dies möglicherweise der Ursprung für eine Familienfehde, Grundstein des Waldenserfluchs?

Lore wurde heiß und kalt bei dem Gedanken, dass ihre Familie in den Streit verwickelt sein könnte. In der Hoffnung, etwas zu finden, das diese Theorie widerlegte, las sie weiter und wurde zu ihrer Erleichterung nach wenigen Seiten fündig.

Die Deutschen in der Gegend von Wembach und Rohrbach schlugen sich eher schlecht als recht als Holzfäller, Pechsieder oder Viehhirten durch. Auch diese waren verständlicherweise bestrebt, in den

Besitz von Land zu kommen, um sich besser ernähren zu können. Die Kolonisten wussten das aber zu verhindern, was zu Beschwerden führte, dass die Kolonisten bevorzugt würden. Die Feindseligkeiten auf beiden Seiten gipfelten schließlich in einer heftigen Auseinandersetzung, die sich 1787 auf der Hintergasse abspielte:

Der Schuhmachermeister Heinrich Glauser hatte nahe seinem Haus von Zimmermeister Johann Martin Krafft von Nieder-Modau einen Stall aufschlagen lassen, den die französischen Kolonisten am selben Tag abrissen und ihm mit Gewehren drohten.

Dieser Vorfall brachte natürlich alle Deutschen in Wembach in Aufruhr, und sie beschwerten sich in einem Schreiben an den Landgrafen, über die ›viele und ausserordentliche Bedrückung, die wir von der Waldenserkolonie Rohr-Wembach und Hahn erleiden‹. Man gestehe ihnen keine Handbreit Feld zu, Vieh dürften sie nicht auf die Weiden treiben, die Kolonisten hätten viele Privilegien, während sie, die Kinder der freien Deutschen, leben mussten wie deren Knechte.

Die Behörden konnten für die Deutschen jedoch nichts tun, da die Waldenser sich auf ihren Pachtvertrag von 1699 berufen konnten.

Kurz darauf brannten einige Höfe in Wembach, worauf zwei der betroffenen Waldenserfamilien schließlich auswanderten.

In den folgenden Jahren, so las Lore, waren immer abwechselnd Deutsche und Waldenser Familien verunglückt. Eine deutsche Köhlerfamilie verstarb in ihrer Hütte, nachdem diese Feuer gefangen hatte. Kurze Zeit später brachte ein Unbekannter die Schafe auf einer Weide der Wembacher um. Dann vernichtete Mehltau die Kartoffelernte eines ganzen Jahres.

Als Lore ihre Lektüre unterbrach, war jede Faser ihres Körpers aufs Äußerste gespannt. Ihre Sinne funktionierten klar.

Der Pastor hatte sie belogen, als er behauptet hatte, es gäbe keine Streitereien zwischen Deutschen und Waldensern. Warum nur? Was verschwieg er?

Lore musste es herausfinden. Außerdem war dies die einzige Möglichkeit, ihre Familie von dem belastenden Verdacht zu befreien.

Die Chronik endete zu Beginn des 20. Jahrhunderts, sodass Lore nicht erfuhr, ob die Dinkelsmühle tatsächlich auf dem Grund der ehemaligen Wembacher Schänke gebaut worden war und ob Reinhardt Bertold ein Nachfahre der Bertauds war.

Lore war allerdings fest überzeugt, dass die Ereignisse von heute mit jenen von damals verknüpft waren. Um mehr herauszufinden, musste sie noch einmal die Kirchenbücher wälzen. Und sie würde Else Burg einen Besuch abstatten.

ERKENNTNISSE

Evelyn Jost liebte Labors. Die spiegelnd-glänzenden Oberflächen, die kühl-sterile Erotik von Reagenzgläsern, Petrischalen, transparente Brutstätten für verheißungsvolle Kolonien von Keimen, Kolben, Pipetten, Trichter, all dies übte auf sie eine besondere Anziehungskraft aus. Die Dichotomie zwischen Chaos und Kontrolle. Hochgiftige Substanzen, oft nur durch Nanomillimeter dickes Glas oder Latex vom Leben getrennt. Fortschritt oder Katastrophe, alles lag in den Händen der Labortechniker. Sie waren für Evelyn die wahren Götter in Weiß, die die Macht besaßen, mit geringsten biologischen Wirkstoffen die Menschheit auszulöschen. Oder zu retten.

In Labors waren Malaria und Typhus, Ebola und Masern besiegt worden.

Und demnächst würde Dr. Gernot Rütter hoffentlich ein ähnlicher Geniestreich gelingen bei der Bekämpfung der Phytophthora, dieser Krankheit, die Wälder in Schach und die Menschen in Angst hielt.

Evelyn befand sich im Labor der Nano-Tech und inhalierte die Luft, die von einer Reinheit war wie destilliertes Wasser. Sie war verwundert, das Labor leer vorzufinden. Eigentlich sollte man erwarten, dass Gernot Rütter 24 Stunden an den Laborwerkzeugen stand.

Evelyn hatte Rütter mit einem Zimt Macchiato überraschen wollen, jetzt stand sie da, in jeder Hand einen vollen Becher, den sie nirgends abstellen konnte, um nicht die Arbeitsfläche zu kontaminieren.

Evelyn war enttäuscht, doch dann machte sich Neugier in ihr breit. Sie nahm einen kleinen Schluck aus ihrem Becher, während sie durch das Labor schlenderte. Ihr Blick streifte die beschrifteten Glasvitrinen, bis sie gefunden hatte, wonach sie suchte.

Ph.ram. war die Abkürzung für Phytophthora. Evelyn erkannte deutlich die Versuchsreihe mit Stro.Uri., das waren sicher die Strobilurine. In einer Reihe von Petrischalen waren unterschiedliche Konzentrationen aufgebracht, die nun mit dem Erreger eine Reaktion eingingen. Bei genauerem Hinsehen erkannte Evelyn, dass diese bereits eingetroffen war.

»Was machen Sie hier?«

Evelyn fuhr herum, verlor das Gleichgewicht und wäre gefallen, wenn Rütter sie nicht aufgefangen hätte. Einen Moment lang waren sie sich so nah, dass sie seine Bartstoppeln auf ihrer Haut spürte, und es war eine Magie zwischen ihnen, die sich nur in einem Kuss entladen konnte. Doch dann spürte sie den brennend heißen Kaffee, der an ihrem Arm herunterlief und auch ihn verbrannte, denn er stieß sie von sich und versuchte, die dampfende Stelle auf seinem Kittel von seiner Haut abzuhalten.

Evelyns Herz raste. So nah war sie ihm noch nie gekommen. Jedes einzelne Barthaar hatte sie sehen können, er war deutlich über den Dreitagebart, was ihm etwas Verwegenes verlieh. Ein Impuls riet Evelyn, die Gelegenheit zu ergreifen und sich ihm erneut an den Hals zu werfen, doch Rütter war, wenig romantisch, mit dem Fleck auf seiner Brust beschäftigt.

»Es tut mir leid«, stotterte Evelyn, »ich wollte Sie überraschen.«

»Ist Ihnen gelungen«, murmelte Rütter, während er weiter seine Brust betupfte.

Dann blickte er unvermittelt auf, und kalte Wut stach aus seinen Augen. »Keine unangekündigten Besuche, hatte ich doch gesagt.«

»Es tut mir leid«, stotterte Evelyn. Plötzlich musste sie an Stefan Weißgerber und seine Warnung denken. Deshalb erschien es ihr auch klüger, Rütter nicht mitzuteilen, was sie gerade in den Petrischalen beobachtet hatte.

Wie auf Knopfdruck entspannte sich jedoch plötzlich seine Miene, und er hatte wieder den Kleinejungenausdruck, der Evelyn so verzauberte.

»Ausnahmen bestätigen die Regel«, lächelte er und griff nach einem der verschwappten Becher in ihrer Hand. Er wischte den Rand ab und löste den Deckel.

Evelyn hob ihren Becher, wie um ihm zuzuprosten. Es gefiel ihr, dass er den Kaffee nicht aus dem kleinen Schnabel saugte wie ein Mädchen.

Dann spürte sie nur noch eine heiße Fontäne in ihrem Gesicht. Es brannte wie Säure, aber nein, nein, es ist nur heißer Kaffee, versuchte sie sich zu beruhigen. Dennoch. Sie war nahezu blind. Dann fühlte sie einen Arm, der sich wie Eisen um ihren Hals legte.

SCHRIFTZEICHEN

Wieder eine Nacht ohne Schlaf. Wieder eine Zeitung voller neuer Hiobsbotschaften. Insgesamt 15 Hektar Wald waren inzwischen von der Waldpest betroffen. Weitere Weidetiere waren verendet. Vom Täter noch keine Spur. Nachrichten, die Roland Otto schwer im Magen lagen. Zusammen mit dem Schnitzel von gestern. Seine Verdauung funktionierte nicht mehr so zuverlässig wie früher. Dabei hatte Otto das Essen hervorragend gemundet, und es hatte ihm so viel Freude bereitet, dem Hungerkünstler etwas vorzuessen. Vielleicht sollte er auch über diese Steinzeit-Ernährung nachdenken, andererseits, wie Brenneisen ihm erzählt hatte, war auch dies keine leichte Kost.

Genauso wenig wie der Aktenstapel, der sich vor Otto auf dem Schreibtisch türmte und den sich Otto zum wiederholten Male vornahm. Denn das war das Einzige, was sie hatten.

Keine neuen Verdächtigen, keine Verdachtsmomente. Brenneisen kümmerte sich um die Recherche zu dem Jungen, für Otto blieb nichts Weiteres zu tun, als die Akten erneut zu wälzen, in der Hoffnung, dass irgendein neuer Aspekt dabei zu Tage kam. Widerwillig griff sich Otto die obenauf liegende Akte und schlug sie auf. Stefan Weißgerber.

Verheiratet. Familie. Gutes Einkommen. Guter Posten. Ein paar Ungereimtheiten bei der Übergabe der Höfe, aber wer würde nicht danach greifen, wenn man ihm ein Goldstück millimeternah vor die Nase hielt?

Mord traute Otto dem Mann allerdings nicht zu, zumal er kein Motiv erkennen konnte. Es sei denn, jemand setzte ihn unter Druck oder erpresste ihn.

Otto seufzte. Das Ganze war, als würde er sich vor eine Wand setzen und über dem Schriftzug des Mauerschmierers so lange meditieren, bis ihm der Name des Täters zuflog.

Mit den Ermittlungen war es im Grunde wie mit dem Holzhacken. Man konzentriert sich weniger auf das Scheit, sondern auf den Holzklotz unter dem Scheit. Dann hieß es, nicht zögern oder zweifeln, sondern einfach zuschlagen. Doch was war die Stelle unter dem Scheit? Was war der Punkt, wo er ansetzen konnte?

Otto schloss die Augen. Vor seinem inneren Auge entstand das Bild einer Wand mit einem Schriftzug. Allerdings nicht die Schrift des Mauerschmierers, sondern der Schriftzug an der Gichtmauer, die Otto an jenem Morgen in so gute Stimmung versetzt hatte.

Der Schriftzug ›Lilien‹, den ein Fan an die Mauer gepinselt hatte. Otto sah noch genau die steilen Linien der ›L‹s vor sich. Sie waren ausgeprägter als die des Mauerschmierers.

Und da kam ihm die Idee. Die Stelle unter dem Scheit. Warum hatte er nicht schon früher daran gedacht?

Otto warf seinen Computer an und rief die beiden Fotos auf, die sie von den Schriftzügen des Erpressers gemacht hatten. Die Handschrift von der Burgmauer und dem Wembacher Hof war eindeutig dieselbe. Recht charakteristisch, als wolle der Schmierer im wahrsten Sinne des Wortes seine Handschrift hinterlassen.

Otto griff eine Akte nach der anderen und verglich die Handschriften der Verdächtigen mit fieberhafter Konzentration. Vor vielen Jahren hatte er mit einem Schriftexperten zusammengearbeitet, und der hatte ihn gelehrt, eine Handschrift zu dechiffrieren. Nicht an den großen Bögen und Schwüngen erkannte man das Typische einer Handschrift – hier konnte sich ein Fälscher verstellen. Es waren die kleinen Häkchen und Pünktchen, die entstanden, wenn der Schreiber den Stift auf das Papier setzte oder wieder absetzte. Dann entstanden die individuellen Zeichen, die jeden Fälscher verrieten.

Weißgerbers Unterschrift unter dem Vernehmungsprotokoll wies keinerlei Parallelen zu den Mauerschriftzügen auf. Engel war ebenso Fehlanzeige. Evelyn Jost hatte die zackige Schrift einer Sadistin, aber auch hier waren keine Ähnlichkeiten zu erkennen. Als Otto bei den Umweltschützern angekommen war, verließ ihn der Mut. War es überhaupt möglich, die Schrift auf dem Papier mit einer auf einer Mauer abzugleichen? Gab es weitere Unterschriften, die er abgleichen konnte? Was war mit diesem Rütter? Soweit Otto sich erinnerte, hatte dieser ihm damals bei der Pressekonferenz einen unterschriebenen Bericht ausgehändigt, also besaß er dessen Handschrift. Otto durchwühlte den Aktenstapel. Da war er nicht. Auch auf dem Schreibtisch und in seinen Schubladen war nichts zu finden. Otto überlegte. Wo hatte er das Dokument abgelegt? Otto versetzte sich zurück an den Tag der Pressekonferenz. Weißgerber hatte ihm Rütters Bericht ausgehändigt. Otto hatte ihn zusammen mit Brenneisens Bericht eingesteckt.

Oh verdammt.

»Brenneisen!«, rief Otto mit einer Stimme, die bestimmt bis zur Mathildenhöhe schallte.

GESCHREDDERT

Brenneisen hatte seit gestern sämtliche Aktenberichte der Jugendämter um Mitte der 90er Jahre durchforstet. Er hatte sämtliche Adoptionsstellen kontaktiert und die Adoptionen bis 2000 unter die Lupe genommen. Akten wurden in den 90er Jahren noch nicht elektronisch gespeichert, deshalb ließ sich Brenneisen alle Unterlagen per Fax zukommen. Dafür hatte er das Fax des Präsidiums in sein Büro verlegen lassen, und seit gestern spuckte das vorsintflutliche Gerät im Sekundentakt blätterweise Informationen aus und verbreitete dabei allmählich den angesengten Geruch, der an Ottos Kaffeemaschine erinnerte.

Brenneisen hatte alle Lebensläufe der in Frage kommenden Zielpersonen durchleuchtet und war zu einem eindeutigen Ergebnis gekommen.

Sie hatten das Kind. Oder vielmehr den Mann. Das Ergebnis hatte Brenneisen mehr überrascht, als er zugeben wollte. Andererseits war es im Grunde einleuchtend.

Brenneisen feilte gerade an einer Strategie, wie man das frühere Kind überführen konnte, möglichst feinfühlig, damit der Mann kooperierte, da drang Ottos Schrei an sein Ohr.

Brenneisen sprang auf. Es war ohnehin Zeit, Otto

über den Stand seiner Ermittlungen in Kenntnis zu setzen. Doch augenscheinlich betrieb der seine ganz eigenen Ermittlungen. Denn als Brenneisen Ottos Büro betrat, bot sich ihm ein seltsamer Anblick. Otto kniete auf dem Boden, vor sich einen Haufen an feinen Papierstreifen und wenn er nicht Lampions bastelte für die nächste Sommerfeier, dann versuchte er wohl, geschreddertes Papiermaterial zu rekonstruieren.

Dennoch hielt Brenneisen es für angebracht, Otto mitzuteilen, was er wusste. »Ich habe das Kind von der Dinkelsmühle ausfindig gemacht. Der Mann lebt.«

Otto drehte sich nicht mal um. »Und ich habe den Mauerschmierer und Mörder. Ich bin gleich soweit. Gleich haben wir die Unterschrift.«

Brenneisen beobachtete den Kollegen amüsiert.

»Ich weiß, wer der Mörder ist.«

Brenneisen drehte sich überrascht um.

Auch Otto schien von der unerwarteten, weiblichen Stimme von seiner akribischen Suche abgelenkt und drehte sich um, wobei ihm ein kurzer Aufschrei entfuhr.

Im Büro stand Lore Kukuk auf ihren Säulenbeinen, an der Leine einen dickfelligen, rothaarigen Dackel.

Otto erhob sich mühsam, doch statt die Frau zu begrüßen, humpelte er an seinen Schreibtisch.

Brenneisen beobachtete das Aufeinandertreffen

der beiden mit einer Mischung aus Unbehagen und Belustigung. Einerseits liebte Brenneisen die Fassungslosigkeit, die sich bei Otto einstellte, sobald die Kukuk in seiner Nähe auftauchte. Andererseits kam die Frau denkbar ungelegen, was sie aber nicht im Geringsten zu bemerken schien.

»Da Sie nicht ans Telefon gehen, dachte ich, ich komme direkt vorbei«, sagte sie zu Otto.

Dieser stützte nun beide Fäuste auf seinen Schreibtisch wie eine angriffsbereite Bulldogge. Sein Kopf allerdings saß merkwürdig schief auf dem Hals, als habe man ihn falsch eingeschraubt. Hatte Otto einen Hexenschuss? Hatte er deshalb so gebrüllt?

»Raus!«, bellte Otto und wies Richtung Tür.

Die Adressatin, Frau Kukuk, blieb unbeirrt. »Wollen Sie nicht wissen, wer der Mörder ist?«, verkündete sie stolz.

»Wir haben den Mörder bereits«, bellte Otto, »hauen Sie ab, Mann. Sie behindern nur die Ermittlungen.«

Lore stemmte die Arme in die Seiten. »Sie haben mich aufgefordert, etwas für Sie herauszufinden, und jetzt hören Sie, was ich Ihnen zu sagen habe.«

Brenneisen kostete es Mühe, ernst zu bleiben. Die beiden hassten sich aufs Blut, wahrscheinlich, weil sie aus demselben Holz geschnitzt waren.

»Wen verdächtigen Sie?«, fragte die Kukuk.

»Das geht Sie einen Scheißdreck an«, rief Otto.

Brenneisen versuchte es diplomatischer. »Verstehen Sie bitte, dass wir Ihnen zu laufenden Ermittlungen keine Auskunft geben können. Aber teilen Sie uns bitte mit, was Sie wissen.«

Lores Blick hüpfte zwischen Brenneisen und dem Kommissar hin und her.

»Kommissar Otto wollte wissen, ob es in der Gegend einen Vorfall mit Eisenhut gab, und ich habe etwas herausgefunden.«

»Ja?«, sagte Brenneisen höflich.

»In den 90er Jahren verstarb eine Wohngemeinschaft in der Dinkelsmühle. Todesursache war Eisenhut.«

»Frau Kukuk, das wissen wir bereits, hauen Sie endlich ab!« Kommissar Otto barsch aus dem Off.

Doch die Kukuk ließ sich nicht abschütteln.

»Mein Bekannter Freddy kannte diese WG.«

»Aha«, sagte Brenneisen.

»Nun, mein Bekannter kennt sich ziemlich gut aus mit Drogen«, fuhr sie fort und machte eine gewichtige Pause.

Brenneisen warf einen Blick auf seine Uhr.

»Kommen Sie bitte zum Punkt.«

»Freddy sagte, niemand könne so blöde sein, mit Eisenhut zu experimentieren. Das sei viel zu gefährlich. Und glauben Sie mir, wenn der das sagt …« Sie sprach nur mit Brenneisen, Otto ignorierte sie völlig.

»Also behauptet Ihr Bekannter, das war ein Unfall?«

»Es liegt nahe, dass es sich dabei um vorsätzlichen Mord handelt. Um sich das Grundstück der Dinkelsmühle zu sichern.«

»Aha«, wiederholte Brenneisen.

»Und ich kenne den Mörder.«

»Aha.«

Die Kukuk räusperte sich. »Stefan Weißgerber.«

Brenneisen warf Otto einen fragenden Blick zu. Der sah aus, als würde er sich sofort auf die Kukuk stürzen, wenn er könnte.

»Und was bringt Sie zu der Annahme?«

Die Kukuk strahlte, als präsentiere sie ein Full House beim Poker.

»Meine Großmutter hat kurz vor ihrem Tod eine gewisse Else Burg, damals noch Elisa Schenk, wegen einer Gesichtsrose mit Eisenhut behandelt. Else Burg ist eine geborene Weißgerber und hatte zwei Brüder. Sie ist also vermutlich die Tante von Stefan Weißgerber. So hatte dieser Zugriff zu der gefährlichen Giftpflanze.«

Brenneisen war verwirrt von der Fülle an Informationen.

Otto schien die Geduld zu verlieren. »Haben Sie das auch von Ihrem Drogenkumpel?«, knurrte er.

»Nein, aus dem Archiv der Kirchenbücher.«

Otto schien auch diesen Punkt nicht gelten lassen zu wollen. Mit marionettenhaften Bewegungen kam er hinter dem Schreibtisch hervor.

»Wie können Sie es überhaupt wagen, das lebensgefährliche Vieh mit hierher zu bringen?« Er deutete auf den Dackel, als handele es sich dabei um eine giftige Schlangenart. Brenneisen war überrascht. Hatte der Kommissar dieses Tier nicht noch vor wenigen Tagen im Tragetuch selbst herumgeschleppt?

»Der Hund ist gezähmt. Machen Sie sich keine Sorgen«, sagte Lore mit Stolz.

Mit einer überraschend schnellen Bewegung trat Otto an die Kukuk heran, entriss ihr die Hundeleine und zerrte den Köter zu sich.

»Dann kann ich ihn ja wieder zu mir nehmen.«

Die Kukuk schien sekundenlang wie gelähmt. Ihre selbstgerechte Miene löste sich auf, und sie sah aus, als wolle sie jeden Moment in Tränen ausbrechen. Der Kommissar ging mit geradem Oberkörper in die Hocke und nahm den wedelnden Hund auf den Arm.

»Das können Sie nicht machen«, heulte die Kukuk.

»Seine frühere Besitzerin will ihn zurückhaben«, erwiderte der Kommissar ohne jedes Mitleid, »und jetzt raus!«

Als die Kukuk sich nicht vom Fleck rührte, griff Otto zum Telefon und bellte eine Anweisung in den Hörer. Nach wenigen Sekunden war der Sicherheitsdienst im Zimmer und beförderte die laut zeternde Kukuk nach draußen.

Otto setzte den Hund ab und kniete sich vor den Papierstapel.

Brenneisen holte Luft. »Zurück zu dem verschwundenen Kind von der Dinkelsmühle. 1995 wurde ein elfjähriger Junge in Nordhessen aufgegriffen, der keinerlei Angaben zu seiner Identität machen konnte. Nach einem kurzen Aufenthalt in der Kinderpsychiatrie in Marburg kam der Junge in ein Kinderheim und wurde kurze Zeit später von einer Familie aus Hamburg adoptiert.«

Otto nickte. »Familie Rütter, nehme ich an.«

Brenneisen musterte ihn erstaunt. »Ja. Woher wissen Sie das?«

»Kommen Sie her.« Otto winkte Brenneisen zu sich.

»Sehen Sie die Unterschrift?«

Brenneisen erkannte nur eine Reihe von feinen Papierstreifen, die nebeneinander lagen.

»Geben Sie mir meinen Apparat«, sagte Otto, ohne sich umzudrehen. Brenneisen vermutete, Otto meinte das Handy, das auf seinem Schreibtisch lag, und gab es ihm. Otto machte ein Foto von den Papierstreifen und hob dann seine Hand, um Brenneisen aufzufordern, ihn hochzuziehen.

Als Otto stand, fuhr Brenneisen mit seinem Bericht fort. »Bei dem vermissten Jungen handelt es sich tatsächlich um Dr. Rütter, der kurioserweise an dem Gegengift zu der Waldepidemie arbeitet. Er studierte Chemie in Marburg, arbeitete in verschiedenen Labors und ist seit zwei Jahren bei der NovaTech als Laborleiter beschäftigt.«

»Und er ist unser Mauerschmierer«, sagte Otto und hob den Blick von seinem Handy. »Er hat die Wälder mit dem Virus infiziert, er hat die Rüben vergiftet und ist schuld am Tod unzähligen Viehzeugs und zweier Kinder. Sehen Sie selbst.«

Otto zeigte Brenneisen sein Handydisplay, auf dem die Aufnahmen der Mauerbeschriftungen zu sehen waren. Dann das Foto, das er von den Papierschnipseln gemacht hatte. Es war die Unterschrift Rütters.

Otto schubste die Fotos hin und her.

»Es ist dieselbe Handschrift. Rütter hat sich bei den Mauerschmierereien noch nicht einmal die Mühe gegeben, seine Schrift zu verändern. Er wollte entdeckt werden.«

Brenneisen starrte auf das Display. »Das Kind von damals erpresst jetzt eine ganze Region. Aber warum? Was ist sein Motiv?«

»Das werden wir herausfinden«, sagte Otto, »wir fahren zur Nova-Tech und zwar sofort.«

Als Brenneisen losfuhr, nahm er den Bordstein mit hohem Tempo.

Otto schrie auf. »Mensch, passen Sie doch auf!«

»Sie wollten es doch schnell«, entgegnete Brenneisen.

»Was vermuten Sie als Tatmotiv?«, fragte Brenneisen, als sie sich auf der Schnellstraße nach Arheilgen befanden.

»Ich denke, der Mann ist Psychopath. In zerrütteten Verhältnissen aufgewachsen, hat seine Eltern umgebracht und zerstört jetzt die Region.«

Brenneisen machte vor Schreck einen Schlenker, was Otto ein Stöhnen entriss. »Dann lag Frau Kukuk diesmal gründlich falsch.«

»Diesmal«, spottete Otto. Drei Minuten später bogen sie auf den Parkplatz der Nova-Tech ein.

Brenneisen parkte direkt vor der Einfahrt, wo ein Pförtner sie zum Weiterfahren auffordern wollte, doch Brenneisen brachte ihn mit seiner Polizeimarke zum Schweigen. Sekunden später standen sie im Forschungslabor des Dr. Rütter. Der Mann im weißen Kittel begrüßte sie mit einem freundlichen, geradezu erleichterten Lächeln. Oder amüsierte er sich einfach über den kuriosen Anblick? Ein Kommissar, dem der schief liegende Kopf geradewegs aus der linken Schulter zu wachsen schien, auf dem Arm einen rothaarigen Dackel.

»Dr. Rütter, Sie sind festgenommen«, sagte Brenneisen und holte prophylaktisch die Handschellen aus seiner Tasche.

»Endlich«, sagte der Laborleiter und streckte den Polizisten lächelnd die Hände entgegen.

HÖLLENQUALEN

Kommissar Roland Otto litt wie ein Tier. Durch eine falsche Bewegung war ihm urplötzlich ein Feuerpfeil in die Halswirbelsäule gefahren. Seitdem war sein Kopf in einer mörderisch-schmerzhaften Schiefhalsposition festzementiert. Dass er zusätzlich zu seinem verrenkten Hals den gewichtigen Dackel mit sich herumschleppte, machte seine Schmerzen nicht besser.

Aber selbst wenn ihm die Bandscheibe verrutschen sollte: Um keinen Preis hätte er Lore den Scheißköter überlassen. Das hier war sein Willkommensgeschenk an Beate. Wenn sie erst sah, welche Wunder er beziehungsweise stellvertretend für ihn Lore an dem Tier vollbracht hatte, würde sie ihm verzeihen, er war voll rehabilitiert, und einem frischen Start ihrer jungen Liebe stünde nichts mehr im Wege.

Denn so viel stand fest. Otto musste weg von Lore, hin zu Beate.

Vorerst musste er jedoch hier im Vernehmungsraum ausharren, benebelt durch den unbändigen Schmerz in seinem Hals, eine doppelte Dosis Tramal und das unbarmherzige Neonlicht.

Neben ihm saß Brenneisen, gegenüber Laborleiter Rütter, der sich ohne Widerstand hatte abführen lassen.

Otto sah das als ein schlechtes Zeichen. So leicht, wie alles gerade ausgesehen hatte, würde es nicht werden.

Brenneisen eröffnete das Verhör: »Wir beschuldigen Sie der Schädigung von öffentlichen Einrichtungen in Form von der Vergiftung des Waldes, der Tierquälerei wegen des Auslegens vergifteter Rüben sowie des Mordes an zwei Kindern. Weiterhin des fünffachen Mordes an der WG in der Dinkelsmühle im Jahre 1995.«

Der Doktor blickte die Polizisten sanft an. »Ich gestehe alle Taten. Aber am Tod der Menschen aus der Dinkelsmühle trage ich keine Schuld.«

»Sie streiten also die Vergiftung der sogenannten Drogen-WG ab?«

»Das waren meine Eltern«, sagte Rütter mit Entrüstung.

»Die anderen Punkte gestehen Sie?«

Der Doktor nickte. »Ich habe künstliche Oomyceten im Labor gezüchtet und dann in der Nähe des Hugenottenpfades einige Bäume und Sträucher damit kontaminiert. Sie haben sich besser ausgebreitet, als ich dachte.«

»Sind Sie darauf stolz?«, fuhr Otto dazwischen.

»Aus Forschersicht gewiss. Außerdem war dies Mittel zum Zweck.« Rütter musterte Otto mit belustigter Miene. »Sagen Sie, haben Sie einen Hexenschuss? Ich könnte Ihnen ein Mittel spritzen. Dann geht es Ihnen gleich besser.«

»Halten Sie den Mund«, fuhr Otto ihn an. »Warum haben Sie das getan? Was hat Sie veranlasst, Rüben mit Eisenhut zu präparieren, Eisenhut, an dem viele Tiere und zwei Kinder gestorben sind?«

Rütter senkte den Kopf. »Dass die Kinder sterben, war nicht geplant. Das war ein Unfall, und das tut mir unendlich leid.«

»Erklären Sie das dem Richter«, entgegnete Otto ohne Mitleid.

Nun wurde Rütter wieder anmaßend. »Ich bin davon ausgegangen, dass die Polizei mich entlarvt, bevor überhaupt das Geringste passiert. Ich hatte doch genügend Spuren hinterlassen. Ich wollte die bevorstehende Einweihung nutzen, um auf etwas aufmerksam zu machen.«

»Worauf?«, fragte Otto.

Rütter sah ihn an, als wäre die Frage die dümmste, die er je gehört hatte. Dann wurde sein Blick umschleiert von Wut und Trauer.

»Auf den Tod meiner Eltern. Sie wurden grausam ermordet. Vergiftet mit Eisenhut, um Platz zu schaffen, für ein Projekt, an dem sich die Politiker die Taschen gefüllt haben.«

»Es war ein Drogenunfall«, entgegnete Otto mit ruhiger Miene, »kein Mord.«

»Es war vorsätzlicher Mord. Und er wurde vertuscht. Nach einem Täter wurde nie gefahndet. Genauso wenig wie nach mir, dem verschwundenen Kind. Man war einfach froh, uns aus dem Weg geschafft zu haben. Und bis heute läuft der Täter frei herum.«

Otto tauschte einen Blick mit Brenneisen. »Was macht Sie so sicher, dass es Mord war?«

»Meine Mutter wollte mit mir nach Kalifornien auswandern. Ich war schon von der Schule abgemeldet. Weder mein Vater noch meine Mutter hatten Grund, ihr Leben durch Drogenexperimente zu gefährden. Man hat meine Eltern ermordet.«

»Was genau ist geschehen, an jenem Tag?«, fragte Brenneisen.

Rütter senkte traurig den Kopf. »Ich war den ganzen Tag draußen spielen. Als ich zurückkam, weil ich dachte, es gibt Abendbrot, fand ich fünf Leichen.«

Mit versteinerter Miene blickte Rütter auf die Tischoberfläche.

»Sie lagen im Wohnzimmer, alle fünf. Ich dachte, sie schlafen, aber keiner von ihnen ließ sich wach rütteln, und alle fühlten sich kalt an.

»Und Sie sind einfach abgehauen?«

»Verdammt«, nun klang die Stimme des Forschers gepresst. »Ich habe an jede gottverdammte Tür in der Nachbarschaft geklopft. Niemand hat mir geöffnet. Dann bin ich weggelaufen, ich hatte Angst, dass sie mich auch töten. Tagelang bin ich durch die Wälder geirrt. Irgendwo wurde ich aufgegriffen, ich habe nicht verraten, wer ich bin, ich wollte mit der Sache nicht in Verbindung gebracht werden, denn schon damals habe ich beschlossen, eines Tages werde ich meine Eltern rächen. Und ich werde den Täter ausfindig machen.«

»Dass Sie bei der Präparierung der Rüben Eisenhut verwendet hatten, war ein weiterer Hinweis auf den Zusammenhang?«

Rütter lachte verächtlich. »Ein sehr deutlicher Hinweis, den niemand erkannt hat. Stattdessen wurden Geschichten ausgegraben von einem Waldenserfluch.« Rütter schnaubte verächtlich.

Otto gab insgeheim der Kukuk die Schuld daran, dass sie Rütter nicht schneller entlarvt hatten. Die Kukuk hatte mit ihren Ermittlungen nur für Durcheinander gesorgt.

Brenneisen schaltete sich ein. »Wenn Sie die Waldkrankheit selbst gezüchtet haben, gibt es doch sicher auch ein Gegenmittel.«

Rütter blickte die beiden erstaunt an. »Natürlich.«

Otto erhob sich. »Und wichtiger noch, liegen weitere vergiftete Köder aus?«

Rütters war nun voller Verblüffung. »Natürlich.«

»Nennen Sie uns das Gegenmittel und die Orte der ausgelegten Köder.«

Für Sekunden stand die Zeit im Vernehmungsraum still. Nur das Wasserrauschen von einer benachbarten Toilette war zu hören.

Rütter sprach nun fast mechanisch. »Finden Sie den Mörder meiner Eltern. Dann bekommen Sie, was Sie brauchen.«

Brenneisen und Otto tauschten einen verblüfften Blick.

»Das kann nicht Ihr Ernst sein«, presste Otto wütend hervor.

»Wir lassen uns nicht erpressen«, fügte Brenneisen hinzu.

Rütter verschränkte die Arme. »Es bleibt Ihnen nichts anderes übrig. Erst der Mörder, dann das Gegenmittel und die Lokalisierung der ausgelegten Köder.«

»Denken Sie nach, Mensch«, mahnte Otto, »Sie gefährden Menschen und Tiere.«

»Deshalb verstehe ich nicht, warum Sie hier sitzen, statt längst nach dem Täter zu fahnden.«

»Hören Sie zu«, lenkte Brenneisen ein. »Wir tun unser Bestes. Aber wir lassen uns nicht erpressen. Geben Sie uns die Informationen, und wir sichern Ihnen für den Fall höchste Priorität zu.«

Rütter lächelte. »Andere Reihenfolge. Sie finden den Mörder. Ich liefere die Informationen.«

Otto warf Brenneisen einen raschen Blick zu und verschränkte die Arme.

»Wir haben den möglichen Täter.«

Brenneisen schien zunächst irritiert, doch dann spielte er mit. »Ja.«

Rütter blickte beide misstrauisch an. »Sie bluffen.«

Die drei Männer lieferten sich einen Wettbewerb des Schweigens.

»Bringen Sie den Täter her, wenn Sie ihn haben«,

sagte Rütter schließlich. »Ich will, dass er die Tat gesteht.«

»Gut«, sagte Otto. »Ihnen ist sicherlich klar, dass wir Sie hierbehalten werden.« Rütter ließ sich widerstandslos in die Zelle führen.

Zurück im Büro griff Otto nach dem Telefonhörer.

»Denken Sie, was ich denke?«, fragte er Brenneisen, während er eine Nummer wählte. Dieser machte eine unbestimmte Kopfbewegung. Weißgerber ging sofort an den Apparat. »Wir haben den Verursacher der Waldkrankheit gefasst und brauchen Sie fürs Protokoll. Kommen Sie bitte sofort vorbei«, sagte Otto.

»Ich bin in 15 Minuten bei Ihnen«, versprach Weißgerber. Nach zehn Minuten war er im Präsidium.

Er betrat Ottos Büro mit einem Siegerlächeln. Als er den Kommissar mit seinem Schiefhals erblickte, mischte sich leiser Spott darunter, doch dann machte sich wieder die Gewinnerpose breit. Seine Gestalt schien Ottos Büro voll auszufüllen, sein Ego alles zu überstrahlen.

»Wer ist es?«, fragte er, als habe er persönlich den Täter entlarvt. Die Kommissare schwiegen. Verunsichert blickte Weißgerber von einem zum anderen. Dann wechselte seine Tonart zu plump vertraulich. »Das dürfen Sie mir nicht sagen, hab ich recht?« Er setzte sich auf den größten Sessel im Raum.

»Sie sind der Täter«, sagten die Kommissare wie aus einem Mund.

SIPPENHAFT

Lore fühlte sich schrecklich. Der Besuch bei Otto war rundum eine Katastrophe gewesen. Man hatte ihre Informationen nicht zur Kenntnis genommen, auch ihre wertvollen Recherchen zur Verbindung von Weißgerber und Else Burg waren nicht gewürdigt worden. Und dann hatte der Kommissar ihr skrupellos das Füchschen entrissen und sie hinauswerfen lassen.

Das Füchschen, ihr Füchslein, in das sie so viel Liebe und Arbeit investiert hatte. Das sie vom Raubtier zum sozialen Wesen erzogen hatte. Dieses herzlose Schwein von Kommissar. Lore hatte überlegt, draußen auf die Rückkehr der Kommissare zu warten, aber die Sicherheitsleute verjagten sie vom Gelände, so dass sie in ihr Auto stieg und nach Hause fuhr.

Lore war untröstlich. Immerhin musste sie sich um das Wohlergehen des Tieres keine allzu großen Sorgen machen, denn zu Tieren war der Kommissar immer gut gewesen, wesentlich besser als zu Menschen.

Zurück zu Hause wurde Lore die Abwesenheit des Füchschens noch schmerzhafter bewusst. Ohne das lebendige Gewusel des kurzbeinigen Gefährten wirkte die Wohnung leblos, die Wände dröhnten vor

Stille. Lore tigerte durch die Wohnung wie ein gefangenes Tier. Außerdem trieb sie der Gedanke um, dass die Polizei auf der falschen Spur ermittelte, während dieser Lump von Weißgerber sich auf freiem Fuß befand. Er war der Schuldige, davon war Lore überzeugt, zumindest hoffte sie dies mit jeder Faser, denn die Schuld Weißgerbers würde den Kukuks-Clan von jedem Verdacht reinwaschen.

Der Gedanke, dass ihre Vorfahren in die Sache verwickelt sein könnten, hatte Lore in eine tiefe Krise gestürzt.

Sie war bereits zur Mörderin geworden. War ihr mit den verbrecherischen Vorfahren das Töten in die Wiege gelegt? Hatte Lore das Morden in den Genen?

Der Fall musste so schnell wie möglich gelöst werden, damit sie wieder Ruhe fand. In Gedanken machte sie eine Liste der möglichen Zeugen, die ihr weiterhelfen konnten. Ganz oben stand Else Burg. Der musste sie unbedingt einen Besuch abstatten, um sie nach ihrem Neffen auszufragen.

Dann wollte sie unbedingt erneut mit Pfarrer Hippenstiehl reden, dem musste sie ohnehin die Chronik zurückbringen. Also führten alle Weg nach Rohrbach. Lore suchte Elses Adresse heraus und machte sich auf den Weg.

»Na, heute keinen Hund dabei?«, begrüßte sie der Pfarrer, nicht ahnend, wie tief er damit den Finger in Lores wunde Seele legte. Lag es an der unangemessenen Bemerkung oder war der Pfarrer heute deutlich schlechter gelaunt und unfreundlicher als beim letzten Besuch?

Lore hatte das Gefühl, dass ihn eine finstere Aura umgab, und musste sich anstrengen, um freundlich und unbefangen zu sein wie neulich, wenn sie keinen Verdacht erregen wollte.

»Ah, die Chronik«, rief er, als Lore sie ihm entgegenstreckte. Als er danach greifen wollte, zog sie das Heft zurück.

»Warum haben Sie mir nichts von dem Zwist zwischen den Deutschen und den Waldensern erzählt?«

»Wie bitte?« Der Pfarrer stellte sich dumm, doch Lore konnte genau sehen, wie seine Stirn von einer Sorgenfalte in zwei Teile geteilt wurde.

»Sie haben behauptet, zwischen Deutschen und Waldensern hätte nur eitel Sonnenschein geherrscht.«

Der Pastor seufzte. »Ach, was soll das bringen, die ganzen alten Geschichten aufzuwühlen? Das schadet nur dem Hugenotten- und Waldenserpfad.«

Der Mann hatte Nerven. »Wir ermitteln in einem Verbrechen«, behauptete sie, nicht ganz wahrheitsgemäß. »Da ist jeder Hinweis von Bedeutung.«

Der Pfarrer musterte sie nachsichtig. Dann lud er sie ein, nach drinnen zu kommen. Lore war nicht ganz wohl bei der Vorstellung, das Haus zu betreten, sie blickte die Straße hoch und runter, doch die war menschenleer. Keine Zeugen, die sie mit ihm gesehen hätten, falls ihr etwas zustieß.

Widerstrebend folgte Lore dem Pfarrer ins Wohnzimmer, zu ihrer Erleichterung gab es diesmal weder Kaffee noch Kuchen.

Der Pfarrer nötigte sie dennoch, sich zu setzen.

»Sind Sie eigentlich deutschstämmig oder Waldenser?«, fragte Lore.

»Ich bin das Ergebnis einer gelungenen Mischung«, erklärte der Pastor stolz. »Waldenser und Deutscher.«

Lore musste lächeln. »Aber die Pfarrer damals wollten solche Ehen doch gar nicht kopulieren.«

Der Pastor lächelte zurück. »Nein, bei uns wurden alle ordentlich getraut. Wilde Ehe gab es nur …« er schien sich kurz zu besinnen und schwieg dann.

»Beim Kukuks-Clan?«

Wieder stellte sich der Pastor doof, doch Lore ließ sich nicht darauf ein. »La Coucou«, sagte sie langsam und gedehnt. »Ist das meine Vorfahrin?«

Der Pastor schien abzuwägen. Dann lächelte er entwaffnend.

»Sie haben es also herausgefunden.«

»Ich wollte im Kirchenbuch nachschauen, wie der Zweig weiterläuft.«

»Da werden Sie nichts finden. Das Wenige, das man über die Kukuks weiß, steht in diesem Heft. La Coucou, wie sie genannt wurde, hatte drei Söhne. Sie waren nach dem Tod von der Mutter im Dorf nicht gern gesehen. Man nannte sie die Trinkbrüder. Sie waren immer für eine Rauferei gut. Rauferei und Sauferei. Man zahlte ihnen ein schönes Sümmchen, damit sie die Kukuksschänke verließen. Ihre Großmutter«, er blickte Lore an, »war Ururenkelin von dem Kukuk, der sich in Ober-Ramstadt niederließ.«

Lore begann zu grübeln. »Und gab es später keinen Zank wegen der Kukuksschänke?«

Der Pfarrer schüttelte den Kopf. »Die Kukuksbrüder waren froh über das Geld und haben gesehen, dass sie Land gewinnen.«

»Und was ist mit der Fehde mit dem Glauser?«

Der Pfarrer seufzte. »Frau Kukuk, da ist nichts dran. Das sind doch nur Legenden. Geschichten, mit denen sich die alten Leute unterhalten haben an langen Winterabenden.«

»Ich möchte gerne trotzdem nochmal in die Kirchenbücher sehen.«

Der Pastor blickte auf die Uhr. »Das geht heute nicht mehr, wir schließen jetzt, und ich muss zur Gemeindeversammlung.«

Lore war verärgert. Erst hielt der Pfarrer sie mit seinem unnötigen Geschwätz auf, dann schickte er sie fort. War das Absicht? Was wollte er verhindern? Jetzt konnte sie nicht mehr herausfinden, ob Reinhardt Bertold tatsächlich von den Bertauds abstammte. Insgeheim hatte Lore auch vorgehabt, die Ahnen der Hippenstiehls zu überprüfen, denn der Verdacht rund um den Gottesmann hatte sich in den letzten Minuten deutlich erhärtet. Insofern verließ Lore die Pfarrerwohnung unversehrt, aber mit einem lachenden und einem weinenden Auge.

BITTERE WAHRHEIT

Lore war froh, wieder ins Freie zu gelangen. Die sommerliche Luft war mild und angenehm. Vor der lang gestreckten, alten Friedhofsmauer ragte die 1871 gepflanzte Friedenseiche in den Himmel und versprühte einen erdigen Duft. Eine Hummel summte nah an Lores Ohr vorbei. Lore trat näher an den Gedenkstein und las die Inschrift: ›Den Vätern in treuem Gedenken, den Kindern zur steten Erinnerung.‹ Jedes Jahr am Johannistag beziehungsweise am Sonntag danach versammelten sich hier die Teilnehmer des historischen Festzugs, Einwohner und Gäste aus nah und fern im Gedenken an die Gründung der Kolonie. In zwei Tagen war es so weit. Da sollte auch die Ausstellung eröffnet werden, doch wenn sie bis dahin kein Gegenmittel gegen die Waldpest fanden, würden alle Veranstaltungen abgesagt.

Auf der Suche nach der richtigen Richtung hob Lore den Blick. Else Burg wohnte im sogenannten Oberdorf. Lore bog ab in den schmalen Gang, der zwischen dem Edeka-Geschäft und dem Feuerwehrgerätehaus hindurchführte und den alten Stadtkern mit dem Oberdorf, dem neuen Teil von Rohrbach verband.

Es war eines der 50er Jahre-Häuser an der Hauptstraße, wo Lore den richtigen Namen fand. Else öffnete nach wenigen Sekunden die Tür.

Wie bei der letzten Begegnung in der Waldenserhalle trug die alte Frau das weiße Haar in einem strengen Knoten und ein schwarzes Witwenkleid. Im Gesicht zwei tieftraurige Augen, die gleichzeitig glühten wie Kohlen. Trauerte die alte Frau um ihren nichtsnutzigen Neffen?

Else schien Lore zunächst nicht zu erkennen, doch dann dämmerte ihr, wer vor ihr stand, denn ein dünnes Lächeln überflog ihre Lippen.

»Die Kleine von der Kukuksgärtnerin«, sagte sie mit wackeliger Stimme, »das ist aber lieb, dass du mich besuchst.«

Else bat Lore nach drinnen und führte sie in ihre Wohnküche, in der sich seit 50 Jahren nichts verändert haben mochte.

An den Wänden reihten sich vorsintflutliche Küchenschränke, ein nach Gas stinkender Herd, auf dem Boden ein pflegeleichter Sisalteppich, ähnlich wie bei Lore, nur dass hier wahrscheinlich noch kein Toter gelegen hatte. Im Raum herrschte das für Landküchen typische Geruchsgemisch aus Linoleum, Gas und Bauernhof.

Else bot ihr Platz an. »Trinkst du einen Kaffee?« Lore nickte, hier hatte sie keine Bedenken, etwas zu sich zu nehmen. Else stellte Wasser auf. »Ich habe auch gebacken. Als hätte ich es geahnt.«

Lore bekam ein schlechtes Gewissen. Die alte Frau glaubte, Lore wolle ihr einen netten Besuch abstatten, dabei kam sie in niederer Absicht, um sie über ihren

Neffen auszuhorchen und diesen möglicherweise ans Messer zu liefern. Lore versuchte sich in Small Talk.

»Ich war beim Pfarrer und dachte, ich nutze die Gelegenheit, mal nach dir zu schauen.«

»Das ist aber lieb«, sagte die alte Frau und lächelte. »Ja, wir sind uns neulich in der Waldenserhalle begegnet.«

Lore wunderte sich. Wenn die Alte sie erkannt hatte, warum hatte sie sie nicht gegrüßt?

Doch Lore spielte das Spiel mit. »Ja, ich habe mich nicht gleich an dich erinnert, aber du kamst mir bekannt vor.«

»Ich war bei deiner Oma Kukuk in Behandlung wegen einer Gesichtsrose.«

Elses von Furchen durchzogenes Gesicht wurde bei der Erinnerung glatt und weich und sie seufzte. »Die Kukuksgärtnerin. Sie hat so vielen Leuten geholfen. Deine Großmutter hat mir Eisenhutsamen gegeben. Die sollte ich in die Creme rühren, die ich jeden Tag benutzte. Aber sie hat mich auch gewarnt. Das Zeug ist giftig, wasch dir die Hände, wenn du es benutzt hast.«

Lore lächelte. »Eisenhut tut nimmer gut.«

Else lächelte zurück. »Ja, das waren ihre Worte.«

»Und hat es geholfen?«

»Ja.« Else nickte zufrieden. »Nach wenigen Wochen hatte ich wieder eine schöne, glatte Haut.« Ihr Blick wurde wehmütig.

»Hast du noch etwas von der Salbe übrig?«

Else blickte sie überrascht an. »Samen, ich hatte Samen.« Sie deutete mit dem Fingernagel an, wie klein die Körnchen waren.

»Ah ja, hast du noch von den Samen etwas übrig?«

Else hob abwehrend die Hände. »Um Himmels willen, nein. Ich habe das alles weggetan. Ich hatte Angst, dass etwas passiert.« Sie lächelte beschämt.

»Du Else«, Lore räusperte sich, »du bist doch geborene Weißgerber …«

Else schien kurz irritiert über den Themenwechsel, nickte aber dann. »Woher weißt du das?«

Lore wurde heiß. Sie hatte sich keinerlei Erklärung überlegt. So ging sie zum Angriff über. »Bist du mit Stefan Weißgerber verwandt?«

Else nickte wieder, kaum merklich. »Mein Neffe.«

Lore schluckte. »Ist es möglich, dass er … etwas davon an sich genommen hat?«

Else blickte sie entgeistert an. »Und warum sollte er das tun?«

Lore biss sich auf die Lippen. Konnte sie ihren Verdacht direkt äußern? Würde die alte Frau ein Familienmitglied belasten?

Der Wasserkessel pfiff, und Else erhob sich, um den Kaffee aufzugießen. Dafür setzte sie einen mit Kaffee gefüllten Porzellanfilter auf die Kanne und goss Wasser ein, wie es die alten Leute auf dem Dorf machten.

»Kanntest du denn die Hasch-WG?«

»Nein«, sagte Else ohne sich umzudrehen.

»Die sind doch an Eisenhut verstorben.«

Else wandte sich Lore langsam zu. »Die haben Drogen genommen.« Ihr Gesicht sah aus, als sei sie einem Gespenst begegnet. »Du willst das Stefan in die Schuhe schieben?«

Lore wurde übel angesichts der ungeheuerlichen Anschuldigung.

Else drehte sich um und machte den Kaffee fertig. Die alte Frau stellte die Kanne auf den Tisch, wobei der Porzellandeckel leise klirrte, und goss den Kaffee in die hohen, groben Steinguttassen. Lore nahm einen großen Schluck Kaffee, als könne sie dadurch die Frau besänftigen. Er schmeckte kräftig und sehr gut.

Else setzte sich ihr gegenüber. »Warum sollte Stefan denn diese WG vergiftet haben?«

»Da war viel Geld im Spiel, und dein Neffe hat davon profitiert.«

Lore bekam eine Gänsehaut, während sie den Verdacht äußerte.

Elses Augen blitzten. »Halte meinen Neffen da raus. Er hat nichts getan.«

Lores Herz machte einen Salto, und sie musste sich unwillkürlich an die Brust fassen. Sie war zu weit gegangen, es war wohl besser, wenn sie Else Burg in Ruhe ließ. Lore machte Anstalten, sich zu erheben, doch Elses Hand drückte sie nieder. »Trink deinen Kaffee. Ich will dir erzählen, was geschehen ist, damals.«

Lore tat wie ihr geheißen wurde. Die alte Frau ihr gegenüber schien nun ruhig und gesammelt. »Ich habe das Pack vergiftet.«

Lore wollte schreien, doch ihre Kehle war ausgetrocknet. Sie nahm einen weiteren Schluck Kaffee. Else sammelte sich einen Moment und redete dann weiter. »Reinhardt war mein Kind.«

»Reinhardt Bertold?«, krächzte Lore. Es fiel ihr schwer, sich zu konzentrieren.

»Ich habe ihn mit 15 geboren und nicht behalten können. Meine Eltern haben ihn nach Darmstadt gegeben, in ein Heim. Das war damals so.«

Else kniff die Augen zusammen. »Nach vielen Jahren ist er plötzlich wieder bei mir aufgetaucht. Hatte ein Kind. Mit diesem Hippieluder. Suchte eine Wohnung.« Else seufzte.

»Die Dinkelsmühle stand leer, Stefan hat sie ihnen als Unterkunft vermittelt. Wir wussten ja nicht, wie liederlich die da leben würden. In einer Wohngemeinschaft.« Elses Blick spie Feuer.

»Ich habe mich von Reinhardt und dem Gesocks ferngehalten. Um seinen Jungen, Sydney, so haben sie ihn genannt«, nun wurde ihr Blick weich, »habe ich mich gekümmert. Der war ja mein Enkel.«

Plötzlich verwandelten sich ihre Pupillen in Stecknadelköpfe.

»Dann wollte dieses Hippie-Weib nach Amerika. Mit dem Jungen. Hier in der Küche hat sie gesessen und wollte Geld von mir.« Elses Gesicht drückte ihren gesamten Widerwillen gegen die Schwiegertochter aus.

»Als sie aufs Klo ist, habe ich den Eisenhutsamen geholt und die Körnchen in die Zigaretten gesteckt. Ich wollte, dass sie krepiert. Und der Junge hierbleibt. Bei mir.«

Elses Stimme erstarb, nur um kurz darauf wieder anzuheben.

»Dann waren sie plötzlich alle tot, ich wusste ja nicht, dass die alles teilen, und mein Junge war verschwunden. Ich habe die Polizei verständigt, aber es ist nicht viel passiert. Die haben nicht groß gesucht. Und ich habe mich zurückgehalten. Sollte ja auch keiner wissen, dass Reinhardt mein Unehelicher war.«

Lore lauschte mit verwirrten Sinnen. Warum erzählte Else ihr das alles? Warum gestand sie einen Fünffachmord?

Lore spürte wieder ihr Herz, das einen Salto nach dem anderen sprang, außerdem hatte sie ein pelziges Gefühl am ganzen Körper. Moment, woher kannte sie diesen Ausdruck? Plötzlich gefror ihr Blut zu Eis. Freddy hatte das erwähnt. Der Eisenhut verursacht das Gefühl, einem wachse ein Pelz. Jetzt erst bemerkte Lore, dass Else gar nichts von ihrem Kaffee getrunken hatte. Ihre Tasse war noch ganz voll. Lore hatte ihre dagegen vollständig geleert. Else hatte sie vergiftet. Lore wollte aufspringen, doch sie war wie in einem engen Sack gefangen und konnte sich nicht bewegen. Sie fing Elses glühenden Adlerblick auf, dann wurde ihr grün vor Augen. Nimmergrün war das Letzte, was ihr in den Sinn kam.

IRRWEGE

Weißgerber war auf die Hälfte seiner Größe zusammengeschrumpft. Otto beobachtete zufrieden, wie sich große Flecken unter seinen Armen ausbreiteten. Alle Borniertheit war von dem Pressereferenten gewichen. Für Otto, der bestialische Schmerzen litt und den Kopf hielt, als sei er mit dem rechten Schlüsselbein verwachsen, war dies eine Genugtuung.

»Ich habe damit nichts zu tun«, beteuerte Weißgerber zum wiederholten Mal.

Brenneisen präzisierte die Anschuldigung noch einmal genussvoll.

»Wir beschuldigen Sie des fünffachen Mordes an der sogenannten Drogen-WG in der Dinkelsmühle. Sie haben die Anwohner vorsätzlich vergiftet und damit den Tod von fünf Personen verschuldet.«

Weißgerber war ein zitterndes Häufchen Elend. Otto beugte sich zu ihm, so gut er konnte. »Geben Sie es zu.«

»Für die Region«, schaltete sich nun Brenneisen ein.

Weißgerber hob den Blick »Wie? Was soll das?«

Otto sah nun den Anlass, eine Erklärung zu geben.

»Wir haben Dr. Rütter überführt. Er hat die Baumkrankheit gezüchtet und verbreitet sowie Rüben mit Eisenhut präpariert«, sagte Otto.

»Was wollen Sie dann von mir?«, brauste Weißgerber auf.

»Er gibt uns nur das Gegenmittel, wenn wir den Mord an seinen Eltern in der Dinkelsmühle aufklären«, sagte Brenneisen.

»Er ist davon überzeugt, dass seine Eltern ermordet wurden, um Platz für den Wanderpfad zu schaffen. Daher seine Rache an der Region. Und gleichzeitig will er uns zwingen, den Fall von damals aufzuklären«, sagte Otto.

»Sie sind unser Mann«, fuhr Brenneisen fort. »Wir präsentieren Sie als Täter, damit die Waldkrankheit so schnell wie möglich eingedämmt werden kann.«

In Weißgerber arbeitete es sichtlich.

»Und warum ich?«

»Sie sind doch am Gelingen des Projektes Hugenottenpfad interessiert.«

»Und warum nehmen Sie mich so in die Zange?« Weißgerber hatte wieder Oberwasser.

»Damit Sie überzeugend wirken. Wir brauchen Sie für ein emotionales Geständnis. Sind Sie bereit?«

Weißgerber war immer noch misstrauisch. »Das heißt, Sie haben den wahren Mörder der WG noch nicht gefasst?«

»Wir wissen noch nicht einmal, ob es einen Mörder gibt. Möglicherweise ist das nur eine fixe Idee von Rütter. Wir brauchen aber schnellstmöglich das Gegenmittel. Tun Sie's für die Region.«

Weißgerber war noch nicht überzeugt. »Und wie soll ich das getan haben? Ich muss das doch schlüssig erklären.«

Brenneisen räusperte sich. »Ganz einfach. Sie haben doch eine Verwandte, Else Burg.«

Weißgerber nickte verwirrt. »Ja, meine Tante.«

»Sie wurde in den 70er Jahren von einer Krämerin mit Eisenhut behandelt. Sie war also im Besitz des Giftes. Sie hatten Zugang, haben es sich beschafft und der WG ins Essen gegeben.«

Nun war Weißgerber ehrlich baff. »Woher wissen Sie das? Ich hatte keine Ahnung.«

»Das ist doch jetzt egal.« Otto tauschte einen Blick mit Brenneisen, es war schon ein Geniestreich, das Gerede der Kukuk für eine Falle zu nutzen. »Vielleicht war es ja wirklich so?«, sagte er, nur um Weißgerber zu ärgern.

»Ich habe mit den Morden nichts zu tun!«

Otto runzelte die Stirn. »Sie haben von den Todesfällen nicht unmaßgeblich profitiert.«

Brenneisen schien der Meinung zu sein, dass sie ihn genug provoziert hatten, und mimte den Good Cop. »Herr Otto will Sie nur provozieren, damit Sie möglichst glaubhaft wirken. Sind Sie bereit für Ihr Geständnis?«

Weißgerber blieb zweifelnd. »Woher weiß ich, dass das keine Falle ist? Ich gestehe und Sie sperren mich ein.«

»Sie haben keine Wahl.« Brenneisen erhob sich. »Ich hole Rütter herein. Sie wissen, was Sie zu sagen haben?«

»Moment, Moment«, Weißgerber schien sich an etwas zu erinnern.

»Rütter lebte als Kind in dieser WG, sagen Sie?«

Otto nickte und Weißgerber fuhr fort. »Meine Tante wollte, dass ich ihnen dabei helfe, eine Bleibe zu finden. Dieser Reinhardt Bertold war wohl irgendein Patenkind von ihr, daher fühlte sie sich verantwortlich. Ich habe dafür gesorgt, dass sie in der Dinkelsmühle einziehen konnte. Reinhardt Bertold hatte einen Sohn, meine Tante hat ihn abgöttisch geliebt. Sie hatte ja selbst keine Kinder, der Junge war eine Art Enkelersatz. Anders konnte ich mir diese Hingabe nicht erklären. Am liebsten hätte sie ihn zu sich genommen und großgezogen. Die Zustände in der WG missbilligte sie zutiefst.« Weißgerbers Blick heftete sich an Otto. »Dann wollte die Mutter des Kindes nach Amerika ziehen und den Jungen mitnehmen. Das gab einen Riesenstreit.«

Otto, der ungeduldig darauf gewartet hatte, dass Weißgerber zum Ende kam, wurde hellhörig. »Streit? Mit wem?«

»Zwischen der Mutter des Jungen und meiner Tante. Sie wollte auf keinen Fall, dass der Junge fortgeht. Kurz darauf waren alle in der WG tot.«

Mit großen Augen verstummte Weißgerber.

»Verdammt, wo wohnt Ihre Tante?«, bellte Otto.

»Rohrbach«, sagte Weißgerber. Zwei Minuten später saßen sie im Wagen, die Kommissare auf den Vordersitzen, auf dem Rücksitz ein verdutzter Weißgerber mit Dackel auf dem Schoß. Fahrtrichtung Rohrbach.

FREIHEITSBEWEGUNG

Evelyn Jost musste sich eingestehen, dass sie nicht in allen Lebensbereichen das beste Händchen hatte. In der Liebe griff sie zuverlässig daneben. Erst verliebte sie sich in einen Mann, der verheiratet war. Dann verguckte sie sich in einen Psychopathen. Oder wie sollte man jemanden bezeichnen, der einen beim zweiten Date in einen Schrank sperrte?

Aber in einer Angelegenheit bewies sie stets ein gutes Händchen.

Evelyn verließ niemals ohne Nagelfeile das Haus. Eine Gewohnheit, die ihren brüchigen Fingernägeln geschuldet war, sich jetzt jedoch als rettender Engel entpuppte. Sie konnte nichts sehen in diesem stockdunklen Schrank, und in ihren Händen hatte sie schon lange kein Gefühl mehr. Aber sie hatte sich so drehen können, dass die Nagelfeile aus ihrer Kostümtasche gefallen war und sie nach ihr greifen konnte. Nun führte sie die raue Seite des Metalls unermüdlich da entlang, wo der Kabelbinder ihr in die Handgelenke schnitt. Sie feilte und feilte mit einer Ruhe, die ihr selbst fremd war, und sie schwor sich, dass sie sich ihr Leben lang auf niemanden anderen mehr verlassen würde als sich selbst. An einem Rucken bemerkte sie, dass sie frei war. Sie zog die Arme mit den tauben Händen nach vorn und knetete sie, bis zumindest annähernd Leben in ihnen war. Dann feilte sie ihre Fußfesseln auf und trat mehrmals kräftig gegen die Metalltür des Schranks. Der musste extrem abgelegen stehen, denn der Lärm, den sie verursachte, war geeignet, ganz Darmstadt zu alarmieren. Aber hier im Haus schien niemand sie zu hören.

Endlich sprang die Tür auf und Evelyn konnte ihr Verlies kriechend verlassen. Sie stellte sich auf und versuchte, sich zu orientieren.

Ja, sie befand sich in einem abgelegenen Keller mit Metalltür, die sich jedoch ganz einfach öffnen ließ. Sie kam in ein Treppenhaus und stieg nach oben. Als sie den Hinweis Erdgeschoss las, war ihr erster Impuls, das Gebäude zu verlassen und schleunigst zur Polizei zu gehen. Doch dann erinnerte sie sich an das Gelübde, das sie gerade abgelegt hatte. Sich nur noch auf sich selbst zu verlassen.

Sie befand sich im Gebäude der Nano-Tech, so viel wusste sie. Das Labor befand sich im dritten Stock. Evelyn stieg die Treppe hinauf, betrat den Gang und von dort das Labor.

Es war menschenleer, genau wie bei ihrem letzten Besuch. Ihre Augen streiften die Regale entlang. Bis sie die Petrischalen mit den gesuchten Versuchsreihen gefunden hatte. Da. Die Strobilurine. Rütter hatte das Gegenmittel längst gefunden, das war es, was Evelyn entdeckt hatte. Sie nahm die Petrischalen sowie das Reagenzmaterial an sich. Dann rief sie ihre Sekretärin an und ließ sich sofort einen Termin bei der Ministerin in Wiesbaden geben.

Während der Fahrt sang sie Schlager im Radio mit.

Im Ministerium wurde sie bereits erwartet. Die Ministerin strahlte ihren typischen, cremegepflegten Charme aus. Ihr korallfarbener Lippenstift wurde von den Mundfältchen gefressen.

»Worum geht es?«, fragte sie und faltete ihre Hände unter dem Kinn.

Evelyn baute sich ihr gegenüber auf. »Ich habe es.«

»Sie haben was?«

Evelyn streckte ihr eine der Petrischalen entgegen.

»Das Gegenmittel für die Baumkrankheit.«

»Diese Seuche?«, fragte die Ministerin und streckte vorsichtig die Hand aus, als könne sie sich infizieren.

»Ja«, sagte Evelyn.

Das Gesicht der Ministerin strahlte. »Prima, wir geben es gleich an das Landeslabor weiter, damit die es entsprechend anwenden können. Und die übergeben es dann an die Forstbehörde. Das ist ja ein Durchbruch!«

Sie kam hinter ihrem Schreibtisch hervor und schüttelte Evelyn die Hand.

»Sie werden bei der nächsten Stellenausschreibung nicht vergessen werden. Was haben Sie sich denn vorgestellt?«

Evelyn trat einen Schritt zurück und hielt die Reagenzgläser nah an sich. »Ihre Nachfolge.«

Das Gesicht der Ministerin verwandelte sich in einen Gletscher.

»Wie stellen Sie sich das vor?«

Evelyn warf einen Blick auf ihre Armbanduhr, die sie sicherlich bald gegen eine Gucci austauschen würde. »Ganz einfach. Sie haben zwölf Stunden, um freiwillig zurückzutreten.«

»Oder …«, Evelyn machte eine Geste, als würfe sie das Mittel aus dem Fenster. Die Ministerin verstand, ohne dass Evelyn zusätzliche Erklärungen geben musste.

HERZKASPER

Das Erste, was Lore wahrnahm, war eine Gurke. Je mehr sie aus ihrer Bewusstlosigkeit erwachte, desto mehr nahm die Gurke menschliche Züge an. Und eine menschliche Hautfarbe.

»Professor Helm!«, krächzte sie mit einer Stimme, die nach Magensonde klang.

»Endlich«, rief Helm mit Fanfarenstimme. »Mehr Glück als Verstand.«

»Danke vielmals«, knurrte Lore. Sie hatte das Gefühl, aus einem Jahrhundertschlaf zu erwachen.

»Nur fürs Protokoll«, sagte Helm, »Sie befinden sich im Krankenhaus in Groß-Umstadt, Diagnose: mittelschwere Vergiftung mit Acotinin, zu deutsch Eisenhut. Wollten Sie high werden, Frau Kukuk?«

Lore schüttelte ihren Kopf, der höllisch schmerzte. »Nein, man hat versucht, mich zu vergiften. Else Burg ist eine Mörderin.« Lore bemühte sich, dem Professor ein möglichst lückenloses Bild ihrer Unterredung mit Else zu geben, musste jedoch feststellen, dass nur sinnloses Durcheinander aus ihrem Munde kam. Die Nachwirkungen der Narkose.

»Nur die Ruhe«, beruhigte Helm sie. »Wir wissen, was geschehen ist. Unsere beiden Helden hier«, er deutete auf zwei verschwommene Flecken im Hintergrund, »haben alles aufgeklärt. Frau Burg hat versucht, Sie mit Eisenhut zu vergiften, in einer niedrigen Dosierung, damit es aussieht wie ein natürlicher Herztod. Wir haben das Gift in den letzten Stunden gründlich ausgeschwemmt, sodass Sie bald wieder auf den Beinen sind. Sie hatten wirklich Glück. Wären unsere beiden Helden nicht rechtzeitig gekommen …«

Helm machte die klassische Bewegung mit dem Daumen auf Gurgelhöhe. Und Lore fühlte sich umso mehr, als sei sie dem Tode nur knapp entronnen.

»Jetzt lasse ich Sie mal alleine.«

Lore war zwar froh, dass sich die Fanfarenstimme zurückzog. Aber wer waren die beiden verschwommenen Flecke? Aus dem Hintergrund schälte sich ein Gesicht heraus. Der Kommissar mit dem Bartschatten. Mit Hund auf dem Arm. Lore kamen die Tränen.

»Füchschen«, flüsterte sie und streckte die Hand aus. Der Hund stieß ein Winseln aus und leckte ihre Finger. Jetzt erst erkannte Lore, dass Otto seltsam aussah. Sein Kopf wirkte wie am Schlüsselbein festgewachsen.

»Was ist denn mit dir passiert?«, fragte sie entsetzt.

»Das war ein harter Einsatz«, grinste er. Dann wurde sein Gesicht ernst. »Nein, es ist nur ein Hexenschuss. Keine große Sache. Der Chiropraktiker hier im Hause wird sich darum kümmern.«

Lore nickte. Er war wieder beim Du, also kam alles zwischen ihnen in Ordnung.

»Und das Füchschen?«, fragte sie ängstlich.

Otto lächelte. »Du kannst ihn für immer behalten. Ich werde euch nicht mehr trennen. Aber bitte nicht mehr den Hund als Vorwand benutzen, mich auf Abstand zu halten.«

Seine Hand landete auf ihrer. Lore ließ es geschehen.

ABSCHIEDSVISITE

Lore wartete im Gang vor dem Behandlungszimmer und starrte auf das Schild mit der Aufschrift ›Chiropraktik‹. Hinter der Tür ertönten laute Schreie. Aber der Kommissar hatte es nicht anders gewollt. Lieber ein Ende mit Schmerzen als Schmerzen ohne Ende, so lautete sein Credo, und nach mehreren Anläufen hatte er sich entschlossen, sich den Fingern des Chiropraktikers anzuvertrauen.

Sobald er fertig war, konnten sie gemeinsam das Krankenhaus verlassen. Lore war wiederhergestellt, der Wald war auf dem Wege der Besserung, seit das Gegenmittel im Einsatz war, übrigens ein Forschungsergebnis der neuen Ministerin von Hessen.

Der Waldvergifter und seine toxische Tante waren hinter Gittern, und Lore war froh, dass die Kukuks-Sippe nichts mit der ganzen Angelegenheit zu tun hatte.

Die Eröffnungszeremonie des Hugenotten- und Waldenserpfades war um wenige Tage verschoben, würde aber wie geplant über die Bühne gehen. Bis dahin war Lore wieder fit genug, um bei der Ausstellungseröffnung anwesend zu sein. Lore bemerkte, wie sich von rechts eine Gestalt näherte, sie nahm vor allem die gerötete Gesichtsfarbe wahr.

»Erich!«, rief sie, als sie die Gestalt erkannte. Es handelte sich um ihren alten Freund. »Was machst du denn hier?«

Erich setzte sich neben Lore, worauf das Füchschen sofort wütend zu knurren begann. Nanu, fiel der in alte Gewohnheiten zurück?

Erich räusperte sich. »Ich muss mich meinem halbjährlichen Gesundheitscheck unterziehen, wegen meiner Werte, du weißt schon.«

Lore wusste, wovon er redete. Der alte Hypochonder. Wegen einer Prise Crystal Mett, die sie ihm irrtümlich verabreicht hatte, hatte der alte Kerl damals ein Riesentheater gemacht. Allem Anschein nach bis heute.

»Und was treibt dich hierher?«, fragte er höflich.

»Ich hatte eine Vergiftung.«

»Nun ja«, sagte er mit schmalen Lippen, »das musste ja mal so kommen.«

»Nein, nicht, was du denkst. Jemand hat im Rahmen meiner Ermittlungen versucht, mich zu töten. Wir haben doch den Fall um den Waldvernichter gelöst.«

Erich nickte gedankenverloren. »Ah ja, der Waldenserfluch.«

»Von wegen Fluch.« Otto war aus dem Behandlungszimmer getreten. Er trug eine üppige Stützkrause und hatte wohl den letzten Satz von Erich gehört. Der Hund bellte ihn wütend an. Otto beäugte Lores Sitznachbarn misstrauisch und griff nach der Hundeleine. »Der einzige Fluch ist dieses Mistvieh hier.«

Lore und Kommissar Otto verließen das Krankenhaus Hand in Hand. An der Leine den wütenden Köter.

NACHWORT

Die Niederlassung der Waldenserfamilien in Rohrbach und Wembach-Hahn ist historisch belegt. Was Namen und Ereignisse angeht, habe ich mir jedoch künstlerische Freiheiten genommen. Inspiriert haben mich die Bücher und Publikationen der verstorbenen Heimatforscherin Brigitte Köhler, die zu diesem Thema viele interessante Artikel und Bücher veröffentlicht hat. Weiterhin danke ich Rolf Tilly für die Einweihung in noch mehr Geheimnisse der Veste Otzberg. In Sachen Gift verdanke ich der Pharmazeutin Ute Willig-Hunold neue Einblicke.

Bedanken möchte ich mich auch beim Breuberg-Bund und dem Waldensermuseum in Rohrbach für die netten Auskünfte. Dankbar bin ich auch dem ganzen Gmeiner-Team und Claudia Senghaas, die das Potenzial der Region erkannt hat und mich dabei unterstützt hat, mit Lore Kukuk in Serie zu gehen.

Bei meinen Recherchen stützte ich mich auf folgende Literaturtitel:

Köhler, Brigitte, 300 Jahre Waldenserkolonie Rohrbach, Wembach-Hahn, i.A. des Vereins für Heimatgeschichte e.V. Ober-Ramstadt, 1999.

Blum-Borell, Claudia, Natalies Poesiealbum. Die Geschichte eines Waldenser-Mädchens, epubli, Berlin, 2015.

Hartmann, Nienhaus, Butin, Farbatlas Waldschäden, Verlag Ulmer, 2007.

Werres, Wagner, Kaminski, Phytophthora Ramorum – ein neuer Schaderreger an Gehölzen, 2004.

Mytting, Lars, Der Mann und das Holz. Vom Fällen, Hacken, Feuer machen, Insel Verlag, 2014.

ELINOR BICKS
Silberregen

978-3-8392-1808-2 (Paperback)
978-3-8392-4873-7 (pdf)
978-3-8392-4872-0 (epub)

BLÜHENDES GIFT Eine Einbruchserie hält die Gemeinde Otzberg in Atem. Kommissar Roland Otto und sein Kollege Brenneisen tappen im Dunkeln. Lore Kukuk spielt den Lockvogel und gerät prompt ins Visier skrupelloser Schmuggler. Als hätte sie mit einer Bienenplage und einem fragwürdigen Verwandten, der sich bei ihr einnistet, nicht schon genug zu tun. Bei den gemeinsamen Ermittlungen kommen Otto und Lore sich näher. Bis Lore auf eigene Faust für Gerechtigkeit sorgt. Mit Hilfe eines heimtückischen Pilzes und dem hochgiftigen Silberregen, der auf dem Nachbargrundstück blüht.

GMEINER SPANNUNG

WWW.GMEINER-VERLAG.DE
Wir machen's spannend

ELINOR BICKS
Lavendelbitter

978-3-8392-1643-9 (Paperback)
978-3-8392-4563-7 (pdf)
978-3-8392-4562-0 (epub)

MÖRDERISCHE MITGIFT Lore Kukuks Verehrer wird tot aufgefunden. Die Leiche umgibt ein zweifelhafter Ruf und der Geruch nach Lavendel. Die Duftspur führt in ihren Garten auf dem Otzberg, der von Lavendel überwuchert ist. Hinzu kommt, dass eine ganze Reihe toter Männer Lores Weg säumt. Kommissar Roland Otto ist jedoch von ihrer Unschuld überzeugt. Aber ist er wirklich unbefangen? Oder hat Lore ihm mit ihrem Lavendelwein die Sinne vernebelt?

NICOLE BRAUN
Elsternblau

978-3-8392-2023-8 (Paperback)
978-3-8392-5293-2 (pdf)
978-3-8392-5292-5 (epub)

HERZLOS Dem jüdischen Arzt Edgar Brix fällt eine Fotografie aus dem Jahr 1945 in die Hände: Fünf Bergarbeiter feiern das Kriegsende. Drei von ihnen starben in den vergangenen Wochen an Herzversagen, zwei sind noch am Leben: Der letzte in der Reihe ist Albrecht Schneider. Edgar Brix glaubt schon lange nicht mehr an einen Zufall, doch Albrecht tut die Befürchtungen seines Freundes als Hirngespinst ab. Aber was ist, wenn Edgar Brix doch Recht behält?

Das Neueste aus der Gmeiner-Bibliothek

Unser Lesermagazin

Bestellen Sie das kostenlose Krimi-Journal in Ihrer Buchhandlung oder unter www.gmeiner-verlag.de

Informieren Sie sich …

www … auf unserer Homepage:
www.gmeiner-verlag.de

@ … über unseren Newsletter:
Melden Sie sich für unseren Newsletter an unter www.gmeiner-verlag.de/newsletter

f … werden Sie Fan auf Facebook:
www.facebook.com/gmeiner.verlag

Mitmachen und gewinnen!

Schicken Sie uns Ihre Meinung zu unseren Büchern per Mail an gewinnspiel@gmeiner-verlag.de und nehmen Sie automatisch an unserem Jahresgewinnspiel mit »mörderisch guten« Preisen teil!

GMEINER SPANNUNG

WWW.GMEINER-VERLAG.
Wir machen's spanne